Rajaa Alsanea, hija de una familia de médicos, creció en Riad, Arabia Saudí. Actualmente vive en Chicago, donde está cursando un doctorado en endodoncia y su intención es volver a Riad una vez que lo haya finalizado. Tiene veinticinco años y ésta es su primera novela.

# Chicas de Riad

## Rajaa Alsanea

Traducción de Yvonne Fernández Samitier

rayo | Planeta
www.harpercollins.com

Este libro fue publicado originalmente en árabe en el año 2005 por
Dar al Saqi, Beirut. La traducción al español fue originalmente
publicada en España en el año 2007 por Editorial Planeta, S. A.

PRIMERA EDICIÓN RAYO, 2008


ISBN: 978-0-06-156559-5


08 09 10 11 12   ❖/RRD   10 9 8 7 6 5 4 3 2 1

*Para mis dos amores:*
*mi madre y mi hermana Rasha.*
*Y para mis amigas,*
*las chicas de Riad*

# Nota de la autora

Mientras escribía la novela *(Banat Al-Riyadh)*, nunca se me pasó por la cabeza que se acabara publicando en una lengua distinta del árabe. No creí que el mundo occidental estuviera interesado en ella. Muchos saudíes tenemos la sensación de que el mundo occidental tiene una imagen romántica de nosotros (el país de *Las mil y una noches*, en el que jeques barbudos se sientan en las tiendas rodeados de un harén de hermosas mujeres), o política (el país del que han salido Bin Laden y otros terroristas, en el que las mujeres van vestidas de negro de pies a cabeza y cada casa tiene un pozo de petróleo en el jardín). Sabía, por tanto, que sería muy difícil, casi imposible, cambiar ese cliché. Pero el éxito del libro fue tan grande que me convirtió en miembro de la sociedad intelectual árabe, y eso conlleva unas cuantas responsabilidades. Además, como procedo de una familia que valora otras culturas y naciones y, a la vez, estoy orgullosa de ser saudí, consideré que tenía el deber de revelar al mundo occidental una cara distinta de la vida en mi país. La tarea, sin embargo, no era nada sencilla.

En la versión árabe de la novela mezclé el árabe clásico con un lenguaje que reflejaba el árabe híbrido del mundo moderno: utilicé unos cuantos dialectos saudíes, árabe

libanés, árabe inglés y otras variantes. Puesto que todo
ello no tendría ningún sentido para el lector no árabe, he
tenido que modificar un poco el texto original. También
he añadido explicaciones que ayudarán al lector occidental —o, al menos, eso espero— a entender mejor la esencia
del texto, ya que originariamente fue concebido en árabe.

Quiero dejar bien claro, para evitar malentendidos,
que las jóvenes de la novela no representan a todas las
chicas de Riad, pero sí a muchas de ellas.

Espero que después de leer el libro os digáis: «Sí, es
una sociedad islámica muy conservadora. Las mujeres viven bajo el dominio de los hombres, pero tienen muchas
esperanzas, planes, determinación y sueños. Y se enamo-
ran y se desenamoran como las mujeres de cualquier otro
lugar del mundo.»

Espero, además, que veáis que estas mujeres empiezan
a abrirse camino poco a poco, un camino que no es el occidental, sino uno que conserva lo bueno de los valores de
su religión y su cultura y, a la vez, permite introducir cambios.

Bienvenidos a la lista de suscriptores de «Memorias Desveladas»(*). Para participar, escribid a la siguiente dirección: seerehwenfadha7et_subscribe@yahoogroups.com

Para daros de baja, enviad un e-mail a la siguiente dirección: seerehwenfadha7et_unsubscribe@yahoogroups.com

Para poneros en contacto con la administradora de la lista, mandad un mensaje a: seerehwenfadha7et@yahoogroups.com

(*)  Cualquier similitud que pueda existir entre los personajes de la novela, sus experiencias y la realidad no es intencionada.

## 1

Verdaderamente, Alá no cambia la condición de las personas hasta que éstas no cambian interiormente.

Sura «El trueno», versículo 11

Para: seerehwenfadha7et@yahoogroups.com
De: «seerehwenfadha7et»
Fecha: 13 de febrero de 2004
Asunto: Escribiré sobre mis amigas

Damas y caballeros: los invito a acompañarme en uno de los escándalos más explosivos y una de las fiestas *all-night* más ruidosas y desenfrenadas. La guía personal de la excursión —una servidora— os revelará un mundo nuevo, un mundo más cercano a vosotros de lo que imagináis. Todos vivimos en este mundo, pero no lo conocemos demasiado bien, porque de él sólo vemos lo que podemos tolerar e ignoramos el resto.

A todos vosotros…

…que tenéis más de dieciocho años, en algunos países veintiuno, aunque entre nosotros, los saudíes, eso significa para los chicos más de seis (sí, habéis leído bien: seis, no dieciséis) y para las chicas que ya han tenido la primera regla.

A todos…

…los que tengan el valor suficiente para leer la verdad pura
y dura revelada en la World Wide Web y la determinación de
aceptar la verdad, así como la paciencia necesaria para acompañarme en esta aventura alocada.

A todos los que estáis…

…hartos de novelas de amor del tipo «Yo Tarzán, tú Jane» y
ya habéis superado una visión del mundo que sólo distingue entre blanco y negro, bueno y malo.

A todos los que creéis…

…que uno y uno no suman necesariamente dos y que habéis perdido la esperanza de que el capitán Majed (1) empate
marcando dos goles en el último segundo del capítulo. A los en-
fadados y a los indignados, a los entusiastas y a los hostiles, a
los rebeldes y a los cínicos, y a todos los que sabéis que cada fin
de semana del resto de vuestras vidas será un desastre total,
por no hablar del resto de la semana. A vosotros me dirijo, para
vosotros escribo los e-mails. Ojalá sean los fósforos que pren-
dan vuestros pensamientos, la yesca que encienda las llamas
del cambio.

Esta noche es la noche. Los héroes y las heroínas de mi historia vienen de vosotros y viven en vosotros. Procedemos del
desierto y al desierto volvemos. Igual que con las plantas de nuestro desierto, aquí encontraréis cosas dulces y cosas espinosas,
cosas virtuosas y cosas malévolas. Algunos de mis personajes
son dulces y otros espinosos, y otros son ambas cosas a la vez.
Así pues, guardad los secretos que os contaré o, como decimos
nosotros: «¡Protege lo que encuentras!» Y como he empezado a
escribir estos e-mails sin consultar con mis amigas, y como todas
viven acurrucadas al amparo de un hombre, de una pared, o de

---

(1)   Serie de dibujos animados muy popular entre los niños saudíes de la ge-
neración de los años noventa del siglo pasado.

un hombre que es una pared (2), o sencillamente se esconden en la oscuridad, he decidido cambiar todos los nombres de las personas e introducir unas cuantas modificaciones en los acontecimientos, pero de un modo que no ponga en peligro la sinceridad de la narración ni suavice el escozor de la verdad. Francamente, me importan un rábano las repercusiones de la historia que escribiré. Por decirlo con las palabras de Nikos Kazantzakis: «No espero nada, no temo nada, soy libre.» Ahora bien, un estilo de vida se mantiene firme ante todos los que me leéis, y tengo que admitir que no creo que se pueda destruir con un puñado de e-mails.

*Escribiré sobre mis amigas,*
*ya que en cada una de sus historias*
*me encuentro a mí misma,*
*veo una tragedia que se parece a la mía.*
*Quiero escribir sobre mis amigas,*
*sobre la prisión que sorbe la vida de los prisioneros,*
*sobre el tiempo que las columnas de los periódicos devoran,*
*sobre puertas que no se abren,*
*sobre deseos que son ahogados nada más nacer,*
*sobre la gran celda de la prisión,*
*sobre sus muros negros,*
*sobre miles y miles de mujeres mártires*
*enterradas sin nombre*
*en el cementerio de las tradiciones.*
*Mis amigas,*
*envueltas en crisálidas de algodón,*
*conservadas en un museo cerrado;*
*la historia conserva el dinero como un cheque,*
*y no se regala ni se gasta;*

(2)   Hay un proverbio árabe que dice: «Más vale la sombra de un hombre que la sombra de una pared.»

*bancos de peces se ahogan en sus estanques,*
*o en peceras de cristal donde su azul cobalto se pierde.*
*Escribiré sin miedo sobre mis amigas,*
*sobre las cadenas ensangrentadas a los pies de las mujeres*
   *bellas,*
*sobre los delirios, las náuseas, las noches de implorar,*
*sobre los anhelos enterrados en las almohadas,*
*sobre dar vueltas alrededor de la nada,*
*sobre la muerte a plazos.*
*Mis amigas,*
*piezas compradas y vendidas en el mercado de la superstición,*
*prisioneras en el harén de Oriente,*
*muertas que no han muerto,*
*viven, mueren,*
*son consideradas una grieta en el fondo de la botella.*
*Mis amigas,*
*pájaros que mueren afónicos,*
*dentro de sus nidos.*

Nizar Qabbani

¡Tienes razón, Nizar, amigo mío! Alabada sea tu lengua, que Dios te bendiga y descansa en paz. Aunque eres un hombre, mereces el título de «poeta de las mujeres» y, si a alguien no le gusta lo que digo, que se jorobe.

Me he despeinado, me he pintado los labios de un rojo descarado, a mi lado tengo un plato con patatas chip aderezadas con limón y pimienta. ¡Todo está ya preparado para revelar el primer escándalo!

Madame Susan llamó para decirle a Sadim, que se escondía detrás de la cortina con Kamra, que la cinta con la música de la boda seguía enganchándose, pero que lo estaban arreglando:

—Habla con la chica y tranquilízala. La gente, que espere; de momento aún no se ha ido nadie. ¡Sólo es la una de la mañana! Además, todas las novias que son como deben ser llegan tarde para añadir suspense. ¡Incluso hay algunas que no aparecen hasta las dos o las tres!

Kamra estaba a punto de desmayarse. Su madre y su hermana Hussa regañaron tanto a la organizadora de la fiesta que se las podía oír incluso desde el fondo de la sala. Se hablaba del escándalo y de una noche de infortunio. Sadim no se separaba de Kamra. Le secaba el sudor de la frente antes de que éste se mezclara con las lágrimas que se atascaban en las toneladas de maquillaje de los ojos.

De repente, la voz del famoso cantante saudí Mohammed Abdus llenó la sala y madame Susan hizo una señal a Sadim indicándole que ya era hora de empezar. Golpeó a Kamra con el codo:

—Venga, vamos.

Después de susurrar tres veces unos versículos del Corán contra los envidiosos, Kamra pasó la mano de forma inquieta por encima de su vestido. Tiró de nuevo del borde del escote, que se bajaba constantemente y dejaba al descubierto el inicio de sus pequeños pechos. Bajó por la escalera de mármol, colocando los pies como había ensayado con sus amigas (entre paso y paso debían transcurrir cinco segundos, pero ella alargaba un segundo más el tiempo hasta el siguiente movimiento). Antes de cada paso elogiaba a Dios y le pedía que Sadim no le pisara la cola y le arrancara el vestido, o que ella misma, como había visto en alguna película cómica, pisara el borde y cayera de bruces. Lo que estaba pasando no tenía nada que ver con la prueba. Durante el ensayo no había tenido miles de mujeres observándola y vigilando cada uno de sus pasos, tanto si miraba al suelo como si sonreía. Tampoco había habido

una fotógrafa que la deslumbrara con los flashes. Delante
de aquella luz brillante y de todos los ojos que la seguían,
una boda íntima, que había rechazado por completo, le
parecía ahora un sueño maravilloso. Se habría ahorrado
esa pesadilla interminable.

Por miedo a salir en las fotos, Sadim se agachaba detrás
de su amiga. Nunca se sabe quién las puede mirar y, como
cualquier chica decente, no quería que ningún desconocido la viera con aquel vestido de noche y, además, tan maquillada. Se tomaba muy en serio su tarea y estaba muy
concentrada. De vez en cuando, colocaba bien el velo de
Kamra y después de cada paso le bajaba la cola del vestido. Sin embargo, su radar captaba las conversaciones de
las mesas próximas.

—¿Quién es ésa?

—Dios mío, qué guapa es.

—¿Es la hermana de la novia?

—No. Debe de ser una amiga de la infancia.

—Es muy eficiente, lo hace bastante bien. Se ha ocupado de todo desde el principio, como si fuera la única responsable.

—En cualquier caso, es mucho más guapa que la novia.
Tanto si lo creéis como si no, he oído que el Profeta Mahoma ante Dios intercedía en favor de las feas.

—Alabado sea. Ya lo ves, ahora las feas están bien consideradas. Mal para nosotras, entonces.

—¿Esa chica es de buena familia? Tiene la piel de un
blanco radiante, como la de una siria, no tan gris como la
nuestra.

—Dicen que su abuela paterna procede de Siria.

—Se llama Sadim al-Harimli. Dos tíos suyos se han em-
parentado con nosotros. Si vuestro hijo así lo desea, puedo
pedir referencias.

Ya desde el inicio de la boda, Sadim había oído cómo
tres personas se interesaban por ella. Ahora ya eran cuatro o cinco. Cada vez que venía una de las hermanas de
Kamra y le contaba que de nuevo una mujer se había interesado por ella, respondía, avergonzada:

—Pues que le aproveche.

Como todos parecían contentos y satisfechos, cabía esperar que la boda de Kamra fuera un éxito, como había
pronosticado Umm Nuwair. Ella había planeado hasta el
último detalle, y ahora lo tenía todo bajo control.

Según Umm Nuwair, la táctica de distinguirse con el
grito —*jallah, jallah*, que significa «adelante, pero con prudencia»— era, dentro de nuestra sociedad conservadora, la
forma más segura de quedar prometida inmediatamente.

—Y después ya puedes hacer todas las locuras que quieras —decía Umm Nuwair.

En las bodas, las visitas y las recepciones donde se reunían mujeres o, más concretamente, mujeres de edad avanzada —las chicas señalaban en broma a las madres como si
fueran un capital—, esta táctica debía llevarse a cabo de
forma estricta.

—Caminar con prudencia, hablar con prudencia, sonreír con prudencia, bailar con prudencia, y con la ayuda
de Dios, muéstrate sensata y serena, ¡no parezcas frívola!
Mide cada palabra, cada movimiento.

Estas instrucciones y otras parecidas no tenían fin.

La novia ocupó su lugar sobre el lujoso trono situado
sobre el podio y las dos madres —la suya y la del novio—
se levantaron para darle su bendición y tomar un par de
fotos de recuerdo antes de que los hombres entraran en
la sala.

El dialecto hidja predomina en una boda nedj tan auténtica.

—¡Al fin y al cabo, somos descendientes de los faraones!

Por ejemplo, en el caso de Lamis, la influencia de su abuela egipcia era evidente, no sólo en su forma de hablar: toda su personalidad estaba impregnada de esa influencia. Susurró algo al oído a su amiga Michelle y, a continuación, las dos observaron la cara de Kamra. Iba muy maquillada y se había puesto tanto khol en los párpados que se le habían enrojecido los ojos...

Michelle le preguntó en inglés de dónde había sacado aquel vestido:

—*Where the hell did she get that dress?*

—Ay, mi pequeña Kamra. Si hubieras ido a la misma modista que Sadim, en vez de hacerte esos harapos... Mira el vestido de Sadim, se podría decir incluso que ni Elie Saab lo habría echo mejor.

—Hablas de una forma... como si estas mujeres supieran mucho de moda. Ninguna de ellas es capaz de ver que mi vestido es de Badgley Mischka, *my dear*. Nadie notaría la diferencia, y menos aún las mujeres que una se encuentra en estas bodas campesinas. Además, ¿no crees que ese maquillaje es simplemente demasiado? Con la piel tan oscura, ¿por qué le han puesto una base blanca como la leche? Parece que va borracha. El contraste entre la cara y el cuello es estridente. Bah, qué vulgar.

—Son las once. ¡Las once!

—Son las doce y media, boba.

—Dios mío, sí que te cuesta captar las cosas. Quiero decir que si me vuelvo así, hacia la izquierda, hacia ti, parece que la aguja marque las once. Pero fíjate en aquella chica, ¿no es demasiado?

—¿Cuál, la de delante o la de atrás?

—La de atrás, cegata.

—*Too much*. A ésa se le podría extraer una buena cantidad e inyectársela a Kamra delante y detrás, en lugar de colágeno.

—De todas nosotras, la que tiene mejor figura es Sadim: es muy femenina. Me encantaría tener su cuerpo.

—Es verdad, es una mujer con curvas. Pero, de todos modos, tendría que adelgazar un poco y hacer deporte como tú. Suerte que puedo comer lo que quiera sin engordar. It's fantastic!

—Sí, tienes mucha suerte, en cambio yo tengo que estar todo el día a dieta para mantener la figura.

La novia hizo un gesto a sus dos amigas para que fueran hacia una mesa cercana. Las dos le sonreían y la saludaban mientras interiormente se preguntaban: «¿Por qué no soy yo la que se casa?»

Esto hacía muy feliz a Kamra. Precisamente era ella, la que siempre había ido atrasada en todo, la primera que se casaba, y estaba muy orgullosa de ello.

Cuando las invitadas de la novia ya habían tomado suficientes fotografías, subieron una a una al podio para felicitarla. Sadim, Michelle y Lamis le susurraron cosas al oído y Kamra las abrazó y las besó.

—Te deseo toda la suerte del mundo, que Dios te bendiga. Rezaré por ti durante la boda.

—Felicidades, querida. Estás preciosa, y el vestido te queda fantástico.

—Dios mío, me voy a volver loca. ¡Estás preciosa! Eres la novia más hermosa que he visto jamás.

La sonrisa de Kamra se iba ensanchando con cada cumplido; observaba a sus amigas, que la veneraban con envidia. Las tres chicas se colocaron al lado de la feliz novia para hacerse un par de fotos. Entonces Sadim y Lamis bailaron a su alrededor, mientras las asistentas de la novia examinaban con sumo cuidado cada movimiento de las chicas. Lamis, que era alta y delgada, era consciente de su buena figura. Se mantenía alejada de Sadim. Ya le habían advertido que no se acercara a ella, porque, si lo hacía, la gente se daría cuenta de lo pequeña y rechoncha que era. Sadim ardía en deseos de hacerse una liposucción, así sería igual de delgada que Lamis y Michelle.

De repente, los hombres entraron en la sala. En medio iba el novio: Rashid-al-Tanbal. Se precipitó hacia el podio y, en ese mismo instante, las mujeres se retiraron mientras cada una observaba si en ella o en la mujer de al lado todo estaba en orden, es decir, si el cabello y rostro estaban cubiertos.

Cuando el novio y sus acompañantes estaban a pocos pasos del podio, Lamis cogió un extremo del mantel y se cubrió el escote. Su hermana gemela, Tamadir, le cubría el cabello y la espalda con un pañuelo del mismo color que el vestido. Sadim se envolvió con la *abaya* negra bordada y se tapó con el velo de seda la parte inferior de la cara. Sólo Michelle continuaba como antes, y examinaba a un hombre tras otro sin preocuparse de los comentarios y las miradas de las demás mujeres.

Rashid subió al podio con el padre de la novia, su tío y sus cuatro hermanos. Cada uno de ellos intentaba, en la medida de lo posible, mirar los rostros de las mujeres, mientras éstas observaban al tío de cuarenta años porque se parecía bastante al príncipe Xalid al-Faisal, que también era poeta.

Cuando Rashid estuvo delante de la novia, le levantó el velo con ambas manos, tal y como le había dicho su madre, antes de sentarse a su lado. Ahora los invitados podían felicitar a la pareja.

La gente vitoreaba:

—¡Viva mil veces Mahoma, querido hijo de Alá!

Y se oían de nuevo, uno tras otro, vítores dirigidos a las divinidades y las celebridades.

Un rato después, los hombres abandonaron la sala y la pareja de novios los siguió hasta el comedor, donde tenían que cortar el pastel de bodas. Detrás de ellos iban los parientes y las conocidas de la novia.

Cuando la pareja de novios pisó la sala, las amigas de Kamra gritaron, entusiasmadas:

—¡Que se besen! ¡Queremos ver un beso!

La madre de Rashid sonrió y la de Kamra se puso roja. Rashid, por su parte, dirigió una mirada hostil a las chicas, que enmudecieron al instante. Kamra maldijo en secreto a sus amigas por haber creado una situación tan incómoda en presencia de Rashid. Pero aún lo maldijo más a él, ya que, al negarse a darle un beso, empeoraba aún más la situación.

Cuando Kamra abandonó la sala, Sadim se echó a llorar. Su amiga de la infancia se esfumaba, pasaría la noche de bodas en un hotel y a la mañana siguiente saldría de viaje hacia Italia. Después iría a Estados Unidos, donde Rashid quería escribir su tesis doctoral.

Dentro del grupo de las cuatro amigas de Sadim, Kamra al-Kasmandji era su mejor amiga. Habían ido juntas al colegio, incluso habían compartido pupitre. A Mashail Abd al-Rachman, llamada Michelle por todos, la conocieron durante el segundo año del grado intermedio, cuando volvió de América con sus padres y el pequeño Mashal o Mishu, como todos lo llamaban. Un año más tarde fue a una escuela donde las clases se impartían en inglés (donde estudiaban Kamra y Sadim se enseñaba en árabe y Michelle no lo dominaba). En la nueva escuela, Michelle conoció a Lamis Yadawi, que procedía de Hiyaz pero vivía en Riad. Las cuatro eran uña y carne. Incluso en la universidad, su amistad siguió siendo la misma.

Sadim comenzó a estudiar administración de empresas, Lamis medicina, Michelle informática y Kamra, que era la única que había acabado la rama de literatura, consiguió entrar tras algunas intercesiones en la Facultad de Historia. No obstante, algunas semanas después de iniciar los estudios se prometió y abandonó la facultad para dedicarse a preparar el enlace matrimonial. Por otra parte, se decidió que después de la boda se trasladaría a América porque su marido quería hacer allí el doctorado.

En su habitación del hotel Giorgione, en Venecia, Kamra estaba sentada a un lado de la cama, untándose las piernas con una crema de glicerina y limón que le había preparado su madre. No podía dejar de pensar en el principio que su madre denominaba «la regla de oro»: «No se lo pongas demasiado fácil.»

Para incitar el deseo del hombre, el secreto es el rechazo. Su hermana mayor, Nafla, se entregó a su marido la cuarta noche, y lo mismo hizo Hussa. Y ella había batido todos los récords, ya que habían pasado siete noches sin que Rashid la tocara. No obstante, Kamra había estado dispuesta ya en la primera noche a saltarse las teorías de su madre. Había guardado el vestido de novia y se había puesto el camisón de seda, con el que se había contemplado tantas veces al espejo antes de casarse. Su madre, cuando la admiraba, nunca tenía bastante. Invocaba a Dios cada dos por tres para alejar la envidia, a la vez que le guiñaba el ojo a Kamra, que sabía que su madre exageraba con tantos elogios. A pesar de ello, se sentía satisfecha consigo misma.

La primera noche salió del baño y comprobó que Rashid estaba dormido. Estaba convencida de que fingía dor-

mir, ya que unos segundos antes tenía los ojos abiertos,
pero prefirió alejar de sí las «insinuaciones de Satanás»,
como le comentó su madre en la última conversación telefónica. Contenerse era la «coronación».

Desde la boda civil con Rashid, su madre hablaba más
a menudo de los problemas entre mujeres y hombres, mejor dicho, al fin hablaba de ello. Antes no los había mencionado nunca. Kamra recibió, pues, un curso intensivo
sobre las relaciones de pareja, que alejó para siempre la
idea que ella se había creado a partir de las novelas de
amor que le habían prestado sus amigas. También se le
prohibió visitar a sus compañeras. Sólo se le permitía ir a
casa de Sadim porque su madre conocía a su tía Badrija
de los «encuentros de mujeres del barrio».

La madre de Kamra estaba absolutamente convencida
de que la mujer era la mantequilla y el hombre el sol.
Cuando Kamra se prometió con Rashid, su madre se arrancó a hablarle de las «cosas de pareja», y Kamra escuchaba
con el mismo placer que siente un niño cuando su padre
le ofrece por primera vez un cigarrillo y puede fumarlo en
su presencia.

## 2

La vida o es una aventura arriesgada o no es nada.

HELLEN KELLER

Para: seerehwenfadha7et@yahoogroups.com
De: «seerehwenfadha7et»
Fecha: 20 de febrero de 2004
Asunto: Las chicas celebran la despedida de Kamra a su
  manera

En primer lugar, un mensaje corto para Hassan, Achmed, Fahd, Mohammed y Jasir, que me han honrado con sus cartas: no, no podemos conocernos.

Después de pintarme de nuevo los labios de rojo intenso, sigo donde me había quedado.

Tras la boda de Kamra, sus amigas colocaron la pequeña jarra de barro con los nombres de los novios grabados junto a los objetos de recuerdo que habían recibido en otras bodas. Cada una de ellas deseaba que tarde o temprano —y ojalá fuera pronto— se añadiera un nuevo objeto que recordara su propia boda para no tener que morir de pena.

Antes del casamiento, el grupo de las cuatro amigas había tomado precauciones especiales para organizar algo parecido a las despedidas de soltera de Occidente. No querían celebrar una de esas fiestas con disc-jockey que últimamente eran tan habituales. Ni hablar de celebrarlo en una pista de baile gigante a la que estarían invitadas las amigas, las parientes y las conocidas de la novia y, a veces, incluso una cantante. Y todo ello sin que la novia lo supiera (a menudo lo sabía, pero fingía que no). El grupo que se encargaba de la organización también tenía que financiar la fiesta, lo que implicaba desembolsar un par de miles de riales. No, esta vez las chicas querían preparar algo muy especial, algo alocado ideado por ellas mismas y que quizá sería copiado por otras chicas.

Kamra parecía fresca y despierta cuando entró en casa de Michelle después de tomar un baño magrebí. Michelle vestía unos pantalones anchos con muchos bolsillos y una chaqueta demasiado grande que enmascaraba su feminidad. Había escondido su cabello bajo un quepis, y cuando se ponía las gafas de sol parecía un chico en plena pubertad que se encuentra fuera del control de sus padres. Lamis vestía la indumentaria típica de los hombres autóctonos (una túnica blanca y larga y un pañuelo grande y cuadrado para la cabeza que se aguantaba con una cinta, el *ical*). Como era alta y tenía un cuerpo atlético, parecía un muchacho apuesto, pero tal vez con un rostro demasiado dulce. Las otras chicas —eran cinco— se enfundaron en sus *abayas* bordadas y se colocaron un velo que las cubría desde la nariz hasta el pecho. Sus bellos ojos, maquillados con kohl, quedaban ocultos tras unas gafas de sol muy extrañas.

Michelle, que tenía un carnet de conducir internacional, se situó al volante del BMW X5 con los cristales tin-

tados que había alquilado a nombre del chófer abisinio de
sus padres. Lamis se sentó en el asiento del copiloto y el
resto de las chicas en los asientos posteriores. Michelle
puso un CD a todo volumen en el equipo y todas empezaron a cantar moviéndose al ritmo de la música.

La primera parada sería en el famoso café de la calle
Tahlija. A pesar de la oscuridad de las ventanas, muchos
chicos veían que dentro del X5 se hallaba un valioso tesoro. En seguida el todoterreno se vio rodeado por todos
lados. Michelle circulaba despacio y la procesión se movía en dirección al centro comercial de la calle Ulja, que
era la segunda parada. Las chicas estaban atareadas escribiendo aplicadamente, ya que los chicos les gritaban
su número de teléfono o pegaban notas en las ventanas
de los otros coches. Los más valientes incluso pasaban
sus documentos de identidad por la ranura de la ventana
para que ellas tomaran nota de sus datos.

En la entrada del centro comercial las chicas se bajaron
del coche seguidas de un enjambre de muchachos, pero
ellos tuvieron que detenerse ante el hombre que se encargaba de la seguridad del recinto porque no estaba permiti-
da la entrada a los chicos sin acompañante después de la
oración del atardecer. Los pobres diablos se fueron yendo,
excepto uno, que se puso la mano en el corazón y se acercó a Michelle. Evidentemente, se había dado cuenta de
que era una chica, una cara tan bonita y unas facciones tan
suaves sólo podían ser de mujer. Por tanto, la mercancía
que transportaba el coche era femenina, chicas dispuestas
a pasar una noche de aventura. Le preguntó si podía aña-
dirse al grupo como miembro de la familia, por llamarlo de
algún modo; ofrecía mil riales. Tanta osadía dejó perpleja
a Michelle, que finalmente asintió. Las chicas se desplaza-
ron a un lado para fingir que el chico iba con ellas.

Una vez en el centro comercial, se dividieron en dos grupos: Sadim siguió con las chicas y Lamis y Michelle acompañaron al guapo muchacho.

Se llamaba Faisal. Lamis se reía. Le parecía extraño, decía, que hoy en día ningún chico se llamara Abid o Dahim y que casi todos se llamaran Faisal, Saud o Sulman. Él también rió. Preguntó a las dos chicas si podía invitarlas a un buen restaurante fuera del centro, pero Michelle rechazó la invitación. Entonces se sacó del bolsillo dos billetes de quinientos riales, apuntó en ellos su teléfono móvil y se los dio a las chicas.

Las mujeres del centro comercial seguían con ojos rabiosos a Sadim, Kamra y las demás muchachas. Una de ellas las miró a través del velo como si quisiera decirles: «Os conozco, pero vosotras a mí no.»

Ése es el procedimiento en tiendas y grandes almacenes: los hombres miran a las mujeres —tienen sus motivos para hacerlo—, y las mujeres miran a las otras mujeres porque están pendientes de «pillar» a alguna. Una mujer joven no puede pasearse tranquilamente por el centro comercial sin que las demás, sobre todo las autóctonas, la observen de pies a cabeza. Cómo es la *abaya* que lleva, qué clase de pañuelo le tapa el cabello, cómo camina, qué lleva en el bolso, en qué dirección va, en qué tienda se detiene... ¿Es envidia? El dramaturgo francés Sacha Guitry tiene razón cuando dice: «Las mujeres no se acicalan para gustar a los hombres, sino para fastidiar a las otras mujeres.»

Después del centro comercial y una serie de flirteos inocentes y no tan inocentes, las chicas fueron a cenar a uno de los mejores restaurantes italianos de la zona. Al terminar compraron en una pequeña tienda pipas de agua, carbón vegetal y diferentes clases de tabaco.

El resto de la noche la pasaron en casa de Lamis, me-

jor dicho, en la pequeña tienda de campaña que había en
el patio y donde su padre y algunos amigos solían encontrarse dos o tres veces por semana. Fumaban su pipa de
agua y hablaban un poco de todo, tanto de temas políticos
como de sus mujeres. Al comenzar el verano, los padres
de Lamis se fueron a Yidda. Lamis y su hermana se quedaron porque querían asistir a la boda de Kamra.

Repartieron las nuevas pipas de agua —el padre de Lamis, naturalmente, se había llevado la suya—, y la criada
preparó el carbón vegetal. Entonces cantaron, bailaron,
fumaron y jugaron a las cartas. Incluso Kamra se atrevió a
fumar esta vez, sólo después de que Sadim la convenció
diciéndole que una no se casa todos los días. El tabaco
que más le gustó a Kamra fue el que sabía a uva.

Lamis se ató un pañuelo bordado en la cadera y empezó a bailar la danza del vientre al ritmo de la canción de
Umm Kulthum *Las mil y una noches*. El resto de las chicas no bailaron por diferentes motivos. El primero de ellos
era que no podían competir con Lamis y, el segundo, que
preferían observarla. Habían puesto nombre a determinados movimientos, por ejemplo, «cortar con la media luna»,
«exprimir una naranja» o «seducir a alguien». Cada vez que
una chica solicitaba un movimiento determinado, Lamis
lo bailaba. Pero aún había un tercer motivo: que Lamis sólo
estaba dispuesta a bailar cuando las otras la animaban con
silbidos, aplausos y aclamaciones.

Durante esa noche Lamis y Michelle se bebieron una
botella entera de un caro champán francés que Michelle
había traído de su casa. Su padre tenía una importante
provisión de buenos vinos que sólo se bebían en ocasiones
especiales, y ella consideró que la boda de Kamra merecía
un buen Dom Pérignon. También sabía mucho de brandis,
vodkas, vinos y otras bebidas alcohólicas. Su padre le ha-

bía enseñado que para acompañar los platos de carne era mejor servir vino tinto y que para el resto de los platos el vino blanco era correcto. Sin embargo, esto no significaba que ella bebiera mucho, no. Era necesario que hubiera un motivo especial. Antes de aquella noche, Lamis sólo había bebido alcohol una vez, en casa de Michelle, pero no le había gustado. Esa noche, no obstante, se trataba de celebrar la boda de Kamra y no podía dejar que Michelle bebiera sola. Al fin y al cabo, tenía que ser una noche de lo más especial.

Entonces sonó música nueva. Abd al-Madjid Abdallah cantaba: «Vosotras, chicas de Riad, vosotras, chicas de Riad, vosotras, diamantes brillantes, compadeceos de la víctima que tenéis ante vuestra puerta…» Ninguna se quedó sentada. Ahora, todas querían bailar.

## 3

La mujer que consagra su vida a los demás es una mujer que no ha encontrado ningún hombre a quien consagrar su vida.

TAUFIK AL-HAKIM

Para: seerehwenfadha7et@yahoogroups.com
De: «seerehwenfadha7et»
Fecha: 27 de febrero de 2004
Asunto: ¿Quién es Umm Nuwair?

Para quien considere que no hay nada más importante que saber qué pintalabios chillón utilizo: es una marca nueva y se llama «No seáis tan fisgones y disfrutad con la lectura».

Dos semanas después de la boda de Kamra, la tía de Sadim, Badrija, recibió distintas llamadas de madres con hijos que querían información sobre aquella sobrina tan hermosa. La tía tenía sus propios métodos de investigación y, de este modo, podía rechazar los que, según su opinión, no eran adecuados. Decidió informar al padre de Sadim sólo de los pretendientes importantes. En caso de que no le tocara el gordo, había más números en la lista de espera. Si les dijera a Sadim y a su padre todas las demandas que había recibido sólo conseguiría que se convirtiera en una engreída.

En el primer lugar de la lista estaba Walid al-Shari, ex alumno de telecomunicaciones, funcionario de séptimo grado, hijo de Abdallah al-Shari, que formaba parte del grupo de los mayores vendedores inmobiliarios de la región. Su tío, Abdillah al-Shari, era un coronel retirado y su tía, de nombre Munira, era directora de una escuela de chicas de Riad que gozaba de un gran prestigio.

Eso fue lo que Sadim les dijo a Michelle, Lamis y Umm Nuwair cuando estaban en su casa. Umm Nuwair, vecina dc Sadim, procedía de Kuwait y trabajaba en Riad como inspectora de matemáticas de la administración de escuelas para chicas. Ya no tenía nada en común con su marido saudí, porque después de quince años de matrimonio, éste se había casado con otra mujer.

Umm Nuwair sólo tenía un hijo, de nombre Nuri. Sobre él debo contar una historia extraña. Cuando tenía entre once y doce años empezó a mostrar predilección por los vestidos de mujer, los zapatos femeninos, el maquillaje y el pelo largo. Al darse cuenta, su madre reaccionó con consternación. Intentaba evitar por todos los medios que su hijo se mostrara en público como un chico dulce y afeminado; a veces se lo decía con buenas maneras y otras le pegaba.

Su padre era un hombre duro. Nuri le tenía pánico y, por ello, evitaba mostrarse ante él como un chico «débil». Pero cuando el padre oyó lo que los vecinos decían de Nuri, perdió los estribos. Entró en su habitación y se le echó encima. Lo azotó hasta que le rompió una costilla, la nariz y un brazo. Después de esta escena, el padre aban-

donó la casa y vivió hasta el fin de sus días en casa de su
segunda mujer. No quería saber nada de aquel «mari...».

A partir de entonces, Umm Nuwair dejó el asunto en
manos de Dios. Se lo tomó como una prueba que le plan-
teaba el Señor y que debía soportar con paciencia. Nuri y
ella evitaban hablar del tema y, de este modo, Nuri siguió
siendo lo que era. Todos llamaban a su madre, Umm Nuwair, la madre de «Nuriquita». Así estaban las cosas cuando, después de que Nuri rechazó la idea de volver a Kuwait, se mudaron a casa de la vecina de Sadim.

Al principio ella aún se enfadaba por la superficialidad
con que la sociedad había reaccionado ante su tragedia.
Sin embargo, con el tiempo fue acostumbrándose a la situación y llegó a soportarla con mucha serenidad. Incluso
ella llegó a llamarse a sí misma de forma muy consciente
Umm Nuwair. Quería demostrar que era una mujer fuerte
que sólo sentía menosprecio por la actitud injusta de la
sociedad.

Umm Nuri, o Umm Nuwair, tenía entonces treinta y
nueve años. Sadim la visitaba a menudo y a veces también
se encontraba allí con sus amigas, porque Umm Nuwair
siempre estaba de buen humor, era ingeniosa y aguda. Según Sadim, era una de las personas más buenas que había
sobre la faz de la tierra, y eso era muy importante para
ella, ya que había perdido a su madre a los tres años y era
hija única. Por ello, siempre buscaba estar cerca de Umm
Nuwair. Aquella mujer era más que una simple vecina
agradable. La veía, a pesar de la diferencia de edad, como
una gran amiga, incluso como una madre.

Ah, sí, Umm Nuwair siempre había sido la guardiana
de los secretos de las chicas. Cuando surgían problemas,
pensaba con ellas qué debían hacer y siempre encontraba
la mejor solución. Le gustaba estar con las chicas y a ellas

les gustaba ir a su casa, donde podían disfrutar de unas libertades que eran impensables en sus propios hogares.

De este modo, la casa de Umm Nuwair acabó convirtiéndose en un lugar seguro para los amantes. Cuando, por ejemplo, Michelle quiso encontrarse por primera vez con Faisal, se citaron en casa de Umm Nuwair para ir a tomar un café o a comer un helado. Michelle no quería dar demasiados detalles a Faisal. Lo llamó tan sólo unos minutos antes de la cita. De ese modo, pensaba, Faisal no tendría tiempo de prepararse y se mostraría tal y como era. Cuando subió a su coche, se quedó deslumbrada. Vestido con vaqueros, camiseta y barba de dos días, estaba mucho más atractivo que vestido de blanco y con el pañuelo de Valentino. Debajo de la camiseta se le marcaban, de forma muy seductora, los músculos del tórax y los bíceps.

Faisal compró dos cafés fríos con nata montada y paseó por Riad con ella en su coche de lujo. Le enseñó su despacho en la empresa de su padre y le explicó qué hacía. También quería mostrarle la universidad donde estudiaba literatura inglesa. No pasó mucho tiempo hasta que acudió un policía. Estaba prohibido circular de noche por la zona universitaria, así que siguieron dando vueltas. Después de más o menos dos horas la acompañó a casa de Umm Nuwair y, allí, con gran sorpresa por su parte, Michelle se dio cuenta de que aquel chico le había hecho perder el juicio.

## 4

Nuestra cultura,
burbujas de jabón y barro.
Nuestro interior contaminado con sedimentos de un padre inex-
   perto.
Aún vivimos con la lógica
de la llave y el castillo,
envolvemos a nuestras mujeres con algodón,
las enterramos en la arena,
las poseemos como esteras,
como las vacas del campo.
De noche volvemos tarde a casa
y ejercitamos nuestro derecho conyugal como toros y sementales
en cinco minutos,
sin deseo ni placer ardiente alguno,
lo hacemos como máquinas
que funcionan de forma automática;
después dormimos como muertos,
dejamos a las mujeres en medio de las brasas,
en medio el barro y del lodo,
asesinadas sin homicidio,
las dejamos a medio camino,
¡qué sementales tan necios!

NIZAR QABBANI

Para: seerehwenfadha7et@yahoogroups.com
De: «seerehwenfadha7et»
Fecha: 5 de marzo de 2004
Asunto: ¿Qué hizo Rashid con Kamra aquella noche?

Ya me parece oír las críticas de algunos lectores masculinos y cómo maldicen por haberles servido este poema.

Quiero que lo entendáis como debería entenderse; como hubiera querido Nizar.

Después de la luna de miel, Kamra y su marido viajaron a Chicago. Allí, él quería realizar su doctorado en ingeniería eléctrica, después de haber cursado la licenciatura en Los Ángeles y el máster en Indianápolis.

A Kamra le daba miedo su nueva vida. Un poco más y muere al subir al ascensor que tenía que conducirla a su nuevo piso situado en la planta cuarenta de la Presidential Tower. A medida que subía planta a planta en el rascacielos, iba sintiendo una presión cada vez más fuerte sobre la cabeza y pensaba que acabaría estallándole el cerebro. No oía nada, tenía los oídos taponados, y cuando intentaba mirar por la ventana del piso, se mareaba. Allí abajo era todo tan pequeño. Las calles le parecían construidas con piezas de Lego, llenas de coches que no eran mayores que cajas de cerillas. Y los coches en los atascos le parecían hileras de hormigas.

Le daban miedo los mendigos borrachos con los que se topaba por la calle y le ponían las latas delante de las narices para que aflojara alguna moneda. La asustaban las historias de asesinatos y homicidios que tantas veces había oído contar. Sentía pánico incluso del conserje negro y robusto de su edificio que simplemente no quería entenderla cuando en su pobre inglés le pedía un taxi.

Rashid se pasaba el día en la universidad. Salía de casa a las siete de la mañana y volvía a las ocho o las nueve de la noche, a veces incluso a las diez. Los fines de semana siempre estaba ocupado con una cosa u otra. O se pasaba horas y horas delante del ordenador o se tumbaba en el sofá a ver la televisión. A menudo, se dormía cuando daban un partido de béisbol o las noticias de la CNN. Cuando se acostaba se metía en la cama con los mismos calzoncillos y la misma camiseta con los que se había paseado por la casa. Se echaba en la cama como un hombre viejo y no como un marido vital y joven.

Kamra soñaba mucho. Sus sueños eran de amor, de ternura, de amabilidad, de todos los sentimientos que le hacían latir el corazón más deprisa cuando leía una novela romántica o veía una película de amor. Pero tenía un marido que no se sentía en absoluto atraído por ella, ya que desde aquella noche en Roma no había vuelto a tocarla.

Cuando cenaron en el restaurante de un hotel de lujo, Kamra decidió que aquella noche finalmente pasaría lo que hacía tiempo que tenía que pasar y que tanto deseaba. Si Rashid era demasiado tímido, ella lo ayudaría; tenía que facilitarle el acercamiento, le había aconsejado su madre. Cuando estaban en la habitación, empezó a acariciarlo tímidamente. El juego inocente duró un par de minutos, después él tomó las riendas. A pesar de la confusión y tensión, lo dejó hacer. Llena de expectación, cerró los ojos, pero entonces pasó algo terrible que no habría imaginado nunca. Kamra reaccionó de forma espontánea y eso los sorprendió a ambos: lo abofeteó. Se miraron un momento, ella aterrada y desconcertada y Rashid furioso como no lo había visto nunca. Se levantó, se vistió rápidamente y salió corriendo de la habitación, mientras ella lloraba y pedía disculpas. No lo vio más hasta la noche siguiente. Con evidente repugnancia, la obligó a acompañarlo al aeropuerto. Volarían a Chicago haciendo escala en Washington.

## 5

El hombre está convencido de que ha alcanzado su objetivo cuando la mujer se entrega a él, mientras que la mujer está convencida de que lo ha alcanzado cuando el hombre hace lo que ella quiere.

HONORÉ DE BALZAC

Para: seerehwenfadha7et@yahoogroups.com
De: «seerehwenfadha7et»
Fecha: 12 de marzo de 2004
Asunto: Walid y Sadim, una historia habitual de la literatura saudí contemporánea

Algunas cartas dicen que no estoy autorizada a hablar en nombre de las chicas de Nejd. «Estás llena de odio y quieres manchar la imagen de la mujer en la sociedad saudí.»

Y tan sólo acabamos de empezar, queridos. Si ya me declaráis la guerra al quinto e-mail, ¿qué haréis cuando leáis los siguientes? ¡Os deseo buena suerte!

Sadim y su padre entraron en la salita de la casa de los padres de Walid. Sadim estaba tan nerviosa que creía que caería desmayada al suelo. No le dio la mano a Walid, como le dijo Kamra. Cuando ésta se prometió, su madre le había advertido de que no se da la mano al hombre durante la visita de cortesía. Walid se levantó amablemente y no volvió a sentarse hasta que lo hicieron Sadim y su padre. Éste se interesó por varias cosas, pero Sadim estaba demasiado perturbada para poder seguir la conversación. Unos minutos más tarde, su padre salió; tenían que conocerse tranquilamente y hablar un rato.

Al entrar, Sadim miró por el rabillo del ojo y eso le bastó para darse cuenta de que Walid la observaba con admiración. Este hecho la desconcertó tanto que estuvo a punto de tropezar. Cuando Walid inició la conversación, ella se relajó. Walid le preguntó sobre sus estudios, sus planes de futuro, sus aficiones, hasta que llegó al gran tema... ¡la cocina! Después le preguntó si no tenía nada que decir y le pidió que preguntara lo que quisiera, sin vergüenza.

Sadim reflexionó unos segundos y luego dijo:

—Llevo gafas.

Él se echó a reír y, a continuación, ella también.

—Ahora que lo dices, se me ocurre una cosa importante, Sadim. Debes saber que, por motivos de trabajo, a menudo viajo al extranjero.

Ella tenía la impresión de que quería ponerla a prueba.

—Ningún problema, me gusta viajar —contestó de inmediato.

De nuevo la miró con admiración; era evidente que su respuesta poco habitual le había gustado. Ella se puso roja y, cuando inclinó la cabeza, pensó que quizá sería mejor refrenarse un poco, ya que, de lo contrario, con tanta osadía el novio acabaría huyendo. Su padre entró y eso la salvó. Se despidió con una agradable sonrisa y Walid también le respondió del mismo modo. Sadim salió rápidamente de la casa con la cabeza llena de pájaros.

Walid le parecía muy atractivo. Prefería a los hombres
con la piel más morena y él la tenía bastante blanca, ti-
rando a rojiza, pero el bigotito, la perilla y las pequeñas
gafas plateadas le habían causado una buena impresión.

Walid pidió permiso al padre de Sadim para llamarla;
de ese modo, tendría la posibilidad de conocerla mejor
antes de anunciar el compromiso. El padre estuvo de
acuerdo y le dio el número del móvil. Por la noche Walid
la llamó. Le dijo que ella le gustaba y después permaneció
un momento en silencio, como si esperara algún tipo de
comentario. Sadim estaba contenta de haberlo conocido,
dijo, y nada más. Él le contestó que estaba profundamente enamorado y que no podía imaginarse esperar a la boda
que se celebraría después de la fiesta de final del ayuno del
Ramadán.

Walid la llamaba sin parar, al menos diez veces al día.
La primera llamada era por la mañana, antes de ir a trabajar y cuando ella acababa de despertarse. La última llamada la hacía cuando ella se disponía a acostarse y a veces
hablaban hasta que salía el sol. También podía ser que la
despertara en medio de la noche para anunciarle que había solicitado una canción para ella en la radio. Él le pedía
consejo sobre qué gafas, reloj o loción para después del
afeitado tenía que comprarse. Estaba dispuesto a adquirir
sólo lo que le gustara a ella.

El amor de Walid y Sadim hacía palidecer de envidia a
las otras chicas. Kamra se compadecía de sí misma y cada
vez se mostraba más silenciosa cuando Sadim le contaba
por teléfono cuánto se querían ella y Walid. Kamra empezó a mentir sobre su vida con Rashid. Decía que era tre-
mendamente feliz y que Rashid hacía realidad todos sus
deseos.

Llegó el día de firmar el contrato matrimonial. La tía

de Sadim lloraba desconsoladamente porque recordaba a su hermana, la madre de Sadim, Dios la bendiga, que murió en la flor de la vida y no podría ver la boda de su preciosa hija. Su hijo mayor, Tarik, también lloraba en secreto, porque siempre había deseado que algún día Sadim fuera suya. Pidieron a Sadim que imprimiera su huella digital en el gran libro del registro civil. Ella protestó porque quería firmar, pero su tía le dijo:

—Hazlo de una vez, el jeque te ha dicho que tienes que estampar tu huella. Sólo los hombres firman.

Después de firmar el contrato, el padre de Sadim invitó a sus parientes y a los del novio a cenar. Al día siguiente, como era habitual, Walid le llevó un regalo: el último modelo de teléfono móvil que había salido al mercado. En las semanas siguientes las visitas aumentaron. La mayoría eran conocidas por su padre, otras no. Walid acostumbraba a ir a su casa después de la oración del atardecer y se quedaba allí hasta las dos de la madrugada; los fines de semana hasta que amanecía.

Cada catorce días la invitaba a cenar en un buen restaurante y, cuando no salían, siempre llevaba algo para cenar o dulces que le gustaran especialmente. Pasaban el rato hablando o haciendo manitas, o veían un vídeo que uno u otro había pedido prestado a algún amigo o amiga.

Así iban pasando los días, y el primer beso estaba a punto de llegar. Normalmente, él la besaba en la mejilla cuando llegaba o se iba. Pero una noche al despedirse se sentía más apasionado, tal vez como consecuencia de la película que acababan de ver, el caso es que le dio un beso en sus virginales labios.

Sadim se preparaba para la boda oficial. Iba de tiendas con Umm Nuwair, Michelle o Lamis, a veces también con

Walid. Cuando oyó que quería comprarse un camisón, él insistió en pagarlo.

La boda tenía que celebrarse a finales del primer año de carrera, después de los exámenes. Sadim deseaba que así fuera porque temía no poder estudiar si se casaban durante el Eid al-Adha, la Fiesta del Sacrificio. Era bastante ambiciosa y siempre quería estar entre las mejores. Walid se molestó ante esta noticia porque prefería casarse cuanto antes. Y ella accedió a sus deseos.

Una noche se puso el camisón nuevo; era negro y transparente. El día que él lo compró, insistió mucho en que se lo probara, pero Sadim no quiso. Lo invitó a cenar, sin que su padre supiera nada. Tenía previsto pasar la noche en el campo con amigos.

Echó pétalos de rosa por encima del sofá, prendió algunas velas y puso música suave. Cuando Walid entró, se fijó en todos los detalles, pero lo que realmente le llamó la atención fue el camisón negro, que mostraba más de lo que escondía. Sadim, que aquella noche se había propuesto satisfacer a su amado, no se contuvo. Él ya había intentado en más de una ocasión sobrepasar la línea roja que ella había establecido después de la boda civil. Sin embargo, ahora Sadim había entendido que no lo dejaría satisfecho si no le mostraba sus «encantos femeninos». Al fin y al cabo, se trataba de hacer feliz al hombre amado.

Como siempre, Walid abandonó la casa para asistir a la primera oración de la mañana, pero esta vez parecía trastornado. Ella pensaba que después de lo que había pasado él estaba igual de nervioso que ella. Esperó a que la llamara en cuanto llegara a casa; que lo hiciera aquella mañana era más importante que los otros días, ya que necesitaba sentir su voz, su ternura. Pero él no llamó. Ella esperó y esperó. No pensaba llamarlo, no, no lo haría. Al día siguiente tampoco tuvo noticias suyas. De mala gana, decidió que se esperaría un par de días más y que entonces lo llamaría y le pediría explicaciones.

Al cabo de tres días no había pasado nada de nada. Con la paciencia casi agotada, marcó su número, el móvil, pero estaba apagado. Durante toda la semana intentó contactar con él a horas diferentes, pero el móvil siempre estaba fuera de servicio. Marcó el número de teléfono fijo de su dormitorio. Siempre estaba ocupado. ¿Qué significaba todo eso? ¿Quizá le había pasado algo? ¿Se había enfadado con ella porque había accedido a satisfacerlo? ¿Todo lo que había hecho aquella noche había sido en vano?

¿Había sido un error entregarse a él antes de la boda? ¿Se había vuelto loco o qué? ¿Verdad que no era normal desaparecer así? ¿Por qué lo había hecho, entonces? ¿Acaso no era su marido desde el día en que habían firmado el contrato? ¿Era necesario celebrar la boda en una sala gigante con invitados, música y cena? ¿Qué significaba casarse? ¿Tenía él derecho a castigarla por lo que había hecho? ¿No había sido él quien había empezado? ¿No era él el más fuerte? ¿Por qué la había obligado a ceder y ahora se echaba atrás? ¿Cuál de los dos había cometido un error, si es que podía considerarse un error? ¿Había querido ponerle a prueba? Y si no había superado la prueba, ¿significaba eso que no era digna? ¡Seguro que ahora la consideraba una chica fácil! ¡Pero qué estupidez tan grande! ¿Acaso no era su legítima mujer? ¿No había estampado su huella digital al lado de la firma de él en aquel libro grueso? ¿No se les había preguntado a ambos si estaban de acuerdo? ¿No había testigos? ¿No había sido un matrimonio válido? ¿O significaba todo eso que sin fiesta oficial no era su esposa legal?

Si nadie la había instruido, ¿podía echarle en cara Walid lo que no sabía? Si su madre estuviera viva y la hubiera avisado, eso no habría sucedido. Por otro lado, había oído muchas historias de mujeres que habían hecho lo mismo que ella y Walid después de la boda. Muchas incluso habían tenido hijos siete meses después del casamiento, y en pocos casos este hecho había creado malestar. Entonces, ¿en qué se había equivocado ella?

¿Quién podía decirle dónde estaba la frontera entre lo que estaba bien y lo que estaba mal? Seguramente la religión establecía reglas, ¿pero tanto dominaba las mentes de los hombres nedj que éstos las seguían al pie de la letra? Cuando Sadim se oponía a los intentos de acercamiento de Walid, él le decía que era su mujer según la ley de Dios y el Profeta. Su tía y Umm Nuwair le habían advertido de los peligros de las intimidades, ya que al fin y al cabo aún no estaba casada del todo. ¿A quién debía creer, entonces? ¿Quién podía explicarle la psicología de los hombres saudíes? ¿Tal vez Walid había creído que era una mujer «con experiencia»? ¿Habría preferido que lo hubiera rechazado? En la televisión, las parejas se besaban, y algunas amigas que ya estaban casadas o habían tenido experiencias sabían mucho al respecto. ¡Había sido él quien había querido ir demasiado lejos! ¿Por qué tenía que ser ella la culpable? ¿Cómo podría haber reaccionado de una forma distinta a esa situación? A fin de cuentas, allí el tema no era la química ni la física, que funcionaban con fórmulas. ¡Pero qué bobadas le pasaban por la cabeza!

Sadim lo llamó a casa, quería hablar con su madre. La criada le explicó que la señora estaba durmiendo, y ella le dijo que le dejara una nota indicando que había llamado Sadim y que aguardaba su llamada. Esperó y esperó, pero no pasó nada. ¿Qué debía hacer? ¿Contárselo a su padre? ¿Tenía que contarle lo que había pasado aquella noche? ¿Y si no decía nada y esperaba hasta el día de la boda? ¿Y si no se celebraba la ceremonia? ¿Qué diría la gente? ¿Que el novio había desaparecido? No, Walid no era tan cruel. Seguro que estaba inconsciente en algún hospital. Prefería pensar eso que aceptar que se había esfumado de una forma tan miserable.

Sadim no había perdido la esperanza de que en algún momento él llamara a su puerta o por teléfono. Soñaba que se arrodillaba ante ella y le pedía perdón. Pero ni vino, ni llamó. Cuando su padre le preguntaba qué había pasado con Walid, Sadim no contestaba. Sin embargo, un día el padre recibió una respuesta: Walid le envió un documento para tramitar el divorcio. El hombre se quedó de piedra y, naturalmente, quiso saber qué había pasado. Sadim se echó a llorar sin poder pronunciar palabra. Enfadado, salió de la casa dispuesto a hablar con el padre de Walid, pero éste tampoco sabía nada. Walid sólo le había dicho que su mujer no le gustaba demasiado; prefería separarse de ella antes de celebrar la boda oficial y consumar definitivamente el matrimonio.

Sadim guardó el secreto para sí y sufrió en soledad. Pero aún recibió otro duro golpe: suspendió más de la mitad de las asignaturas.

## 6

En los cuadernos escolares dejé la nostalgia;
en las aulas los retales de mi corazón;
encima de la tiza quedaron gotas de mi sangre;
es curioso que la tiza pareciera blanca.

GHAZI AL-QUSAIBI

Para: seerehwenfadha7et@yahoogroups.com
De: «seerehwenfadha7et»
Fecha: 19 de marzo de 2004
Asunto: ¡Soy Lamis y con eso basta!

He recibido muchas cartas en las que me preguntan por mi verdadera identidad; si soy una de las cuatro chicas sobre las que escribo en estos e-mails.

Hasta ahora, la mayoría dudan entre Kamra y Sadim. Sólo un autor cree que soy Michelle, aunque no está completamente seguro, ya que el inglés de Michelle es mucho mejor que el mío. Pero lo que de verdad me ha hecho gracia es el e-mail de Haitham de Medina: critica que de lo que más hablo es de las «beduinas», las chicas de Riad, y dice que dejo de lado la personalidad de Lamis, su preferida. ¡Empezáis a

actuar como si conocierais mejor que yo a las cuatro amigas!
No te comas más el coco, Haitham, mi e-mail de hoy habla
única y exclusivamente sobre Lamis.

Aunque Lamis y su hermana gemela Tamadir se parecían mucho físicamente, tenían caracteres y formas de
pensar muy diferentes. Las dos fueron al mismo colegio,
las dos empezaron a estudiar medicina, pero si alguna recibía todos los elogios ésa era Tamadir, porque era muy seria y disciplinada. Lamis era la «guay», y por eso las otras
niñas la preferían a su hermana. Era divertida y se entendía con todo el mundo. Aun así, procuraba destacar en la
escuela. Lamis también era mucho más valiente que su
hermana.

Su padre era el doctor Asim Hidjasi, antiguo decano
de la Facultad de Farmacia. Su madre, Fatin Chalil, había
trabajado en la misma facultad como subdirectora. Ambos influyeron en la misma proporción en el desarrollo espiritual de las chicas. Ya desde su nacimiento tuvieron en
cuenta que las dos debían obtener la misma atención in-
dividual. Eligieron cuidadosamente la guardería y la escuela para que las chicas tuvieran las mejores opciones
para formarse.

Lamis y Tamadir eran las únicas hijas del matrimonio.
El padre y la madre tuvieron dificultades con la procrea-
ción y, por ello, se sometieron a tratamiento durante catorce años. Gracias a Dios, finalmente fueron obsequiados
con dos niñas preciosas. No querían más descendencia, ya
que la madre no era muy joven y quedarse embarazada de
nuevo habría sido demasiado peligroso, tanto para ella
como para el bebé.

El primer año que Lamis asistió a la escuela de ense-
ñanza media, ocurrió algo desagradable. Había acordado

con Michelle y dos chicas más que cada una llevaría cuatro películas de vídeo a clase para intercambiarlas. Pero la mala suerte aguardaba. Alguien se había enterado de que aquel día se inspeccionarían las aulas y las mochilas de los alumnos para buscar objetos prohibidos, sobre todo vídeos y casetes de música.

Lamis no sabía si alguien las había delatado o si aquél no era su día. Ella y sus amigas se encontraban en apuros, ya que no habían llevado a la escuela sólo uno o dos vídeos, sino dieciséis. ¿Cómo se podía tener tanta mala suerte?

Era el momento de que Lamis demostrara sus capacidades estratégicas. Empaquetó todos los vídeos en una bolsa de papel grande y dijo a las demás que se comportaran de la forma más normal del mundo. Todo iría bien, ya se le había ocurrido una solución.

Durante el recreo cogió la bolsa y desapareció en el baño. Buscaba un lugar donde poder esconderla, pero la bolsa era enorme y, si una de las mujeres de la limpieza la encontraba por casualidad, se la quedaría o la haría llegar a la dirección de la escuela. Entonces no sólo tendría un problema con la directora, sino también con las otras chicas, ya que no les gustaría nada la noticia de quedarse sin los vídeos. Volvió a clase. ¿Y si simplemente los metía en el armario? No, seguro que lo abrirían. Se sentía como si estuviera jugando al escondite, aunque no era ni el momento ni el lugar adecuados.

De repente se le ocurrió una idea genial. Fue a la sala de profesores, llamó a la puerta y pidió hablar con la señorita Hana; enseñaba química y era la maestra preferida de Lamis. La señorita Hana acudió a su presencia. La visita la sorprendió un poco. Lamis se llevó la mano al corazón y le explicó la difícil situación en la que se encontraba. La señorita Hana exclamó:

—Santo Dios, ¿qué podemos hacer, Lamis?

—No puedo guardar la bolsa, ni tampoco esconderla.

—¿Pero es que te has vuelto loca? ¡Traer dieciséis vídeos a clase! ¡Si te pillan, te la cargarás!

Estuvieron un buen rato decidiendo qué hacer, hasta que la señorita Hana cogió la bolsa y prometió hacer todo lo posible por salvar a Lamis.

En la quinta hora, dos empleados de la administración entraron en el aula y, en un visto y no visto, empezaron a inspeccionar las mochilas, los pupitres y el armario. Las alumnas tenían que colocarse contra la pared. Algunas incluso tuvieron tiempo de esconder un par de objetos personales en los bolsillos (uno o dos casetes, un frasco de perfume, un pequeño álbum de fotos o un pequeño reproductor de música). Las amigas de Lamis siguieron con atención y preocupación la inspección. Tenían miedo de que Lamis finalmente hubiera decidido esconder los vídeos en su mochila y que los encontraran.

A última hora acudió una empleada y le dijo a Lamis que la directora quería hablar con ella. Lamis salió del aula con la cabeza gacha, pensando: «¿Han pillado a la señorita Hana? ¿O la muy cobarde me ha delatado? Ahora resulta que la maestra tiene más miedo que yo de la directora. Ya no se puede confiar ni en las profesoras.»

Cuando entró en el despacho, estaba mucho más tranquila. «No hay vuelta atrás —se dijo—; tener miedo ya no sirve de nada.» Aun así, estaba nerviosa porque no era la primera vez que la directora la llamaba. Se metía en líos a menudo.

—¿Ya has vuelto a hacer de las tuyas, Lamis? ¿No tuviste suficiente la semana pasada, cuando no nos quisiste decir quién tiró la tinta roja en la silla de la maestra?

Lamis agachó la cabeza, pero por dentro aún se reía,

porque la situación con la tinta había sido de lo más cómico. Durante el recreo, una compañera de clase, llamada Aurad, había sacado el cartucho de tinta de su bolígrafo rojo y había salpicado la silla de la maestra. Cuando ésta entró y se quiso sentar, retrocedió asustada y miró atónita las manchas rojas. Todas tuvieron que esforzarse mucho para no echarse a reír.

—¿Qué maestra os ha dado la clase anterior? —preguntó finalmente.

Todas gritaron a la vez:

—¡La señorita Nama!

La profesora salió corriendo a buscar a su compañera. Era precisamente la maestra que más odiaban las alumnas. Ahora sí que todas se dieron una panzada de reír. Cuando preguntó a Lamis quién había sido, ésta contestó, enfadada:

—¡No pienso delatar a mis amigas!

—¡Quien hace cosas como ésta no debería ser amiga tuya! —le dijo la directora—. Tu comportamiento es lo que se denominaría una actitud negativa. Si quieres sacar buenas notas, debes colaborar con nosotras. ¿Por qué no te comportas como tu hermana?

Después de esta amenaza y de los habituales comentarios provocativos sobre su hermana gemela, la directora concertó una entrevista con la madre de Lamis. Ésta no toleró que se tratara así a su hija. Como no se podía demostrar que hubiera tenido ninguna relación con el incidente, no se la podía forzar a delatar a las culpables. Sería mejor que la propia maestra descubriera quién era la verdadera culpable en vez de utilizar a Lamis como delatora. Con ello, su hija no sólo rebajaría su autoestima, sino que también pondría en juego su amistad con las compañeras de clase. Si las maestras continuamente preguntaban a

Lamis por qué no se comportaba como su hermana Tamadir, también las compañeras podían preguntar a Lamis por qué Tamadir no podía ser como ella.

Lamis estaba convencida de que esta vez la directora la trataría mejor. Sólo habían transcurrido un par de días desde la visita de su madre y ésta tenía cierta reputación en la escuela, ya que hacía cinco años que era la presidenta del consejo de madres y participaba en muchas actividades sin ánimo de lucro.

—Tengo la bolsa —explicó la directora—. Pero como he prometido a la señorita Hana que no te castigaría, no lo haré. Veré las películas en mi casa, y cuando las haya visto te las devolveré.

—¿Las quiere ver? ¿Por qué?

—Porque quiero ver si son películas adecuadas o no.

¡Qué comedia! ¿Por qué no decía sin rodeos que tenía ganas de verlas? Lamis no estaba dispuesta a permitir que aquella directora repugnante, que cada día le creaba más problemas, pasara una noche fantástica delante de la pantalla.

—Lo siento, señora directora, pero las películas no son mías. Si mis amigas se enteran de que han desaparecido, me matarán.

—¿Quién son esas amigas?

«¿Aún no ha entendido que vale más no hacer esa pregunta?», pensó Lamis.

—Eso no puedo decírselo —respondió—. Les he prometido que solucionaría el problema yo sola.

—Tu problema es que te comportas como la líder del grupo. Por ello, no debes sorprenderte si pagas las consecuencias. O me dices ahora mismo los nombres de tus amigas o te confisco las películas.

«¿Lo dice en serio o sólo quiere asustarme?», pensó Lamis.

—Disculpe, señora directora, estoy dispuesta a decir los nombres de mis amigas si ellas nunca se enteran y no son castigadas.

—Te lo prometo.

Lamis dijo los nombres de sus cómplices y recuperó los vídeos. Cuando se acabaron las clases y repartió las películas a sus compañeras, éstas le preguntaron sorprendidas dónde había escondido aquella bolsa descomunal. Lamis sonrió y dijo lo que siempre decía:

—¡Soy Lamis y con eso basta!

## 7

¿Son estas palabras obra de mis manos?
Dudo de todo:
de mis cuadernos,
de mis dedos,
de mis colores escurridos…
Estas imágenes las he creado yo,
¿o pertenecen a otro?

NIZAR QABBANI

Para: seerehwenfadha7et@yahoogroups.com
De: «seerehwenfadha7et»
Fecha: 26 de marzo de 2004
Asunto: Las historias de la calle Cinco

Mucha gente me acusa de copiar el estilo de determinados escritores, aunque dicen que los mezclo y el resultado es un estilo
ecléctico y extraño. ¡Francamente, es para mí un gran honor que
crean que imito a escritores como los que mencionan! Ahora
bien, juro que soy demasiado insignificante para imitar a tales
escritores.

Nuestra sociedad saudí se parece a un cóctel de frutas de clases sociales donde éstas no se mezclan si no es estrictamente necesario. ¡Ni tan siquiera con la ayuda de una licuadora! El nivel más alto, para las cuatro chicas, era el mundo entero, pero de éste sólo se encontraba un fragmento minúsculo en la enorme diversidad universitaria.

Cuando las amigas entraron en la universidad, conocieron por primera vez a chicas que venían de áreas lejanas muy desconocidas para ellas.

De las sesenta estudiantes de ese año, más de la mitad eran de fuera. A medida que Lamis las iba conociendo, también iba creciendo su admiración por ellas. Eran increíblemente activas, independientes y perseverantes, a pesar de haber estudiado en escuelas estatales donde no había ni una cuarta parte del estímulo que habían recibido Lamis y sus amigas en las escuelas privadas. El caso es que estaban entre las alumnas cuyo rendimiento era mayor, y obtenían las mejores notas. Si sus conocimientos de inglés no hubieran sido tan bajos, nadie podría haber visto ninguna diferencia entre ellas y Lamis y sus amigas. Iban peor vestidas, eso sí. Ninguna de ellas había oído hablar de las marcas de moda que llevaban las cuatro chicas.

Una vez Michelle se llevó un susto, cuando Lamis le estaba describiendo en voz alta el vestido de noche que se pondría para la boda de su prima. Resultó que detrás de ella estaba una de las forasteras, que lo había oído todo por casualidad y que había empezado a rezar con fervor pidiendo disculpas a Dios. Sadim les contó que una de sus compañeras, que hacía un año que se había casado, continuamente hablaba de buscar una segunda mujer para su marido. Ella misma pediría su mano. La razón que daba era que así tendría más tiempo para ocuparse de la casa, de sí misma —cuidar de su cabello, pintarse las manos con henna, maquillarse— y del niño, y seguro que tendría más hijos. Entretanto, la otra mujer podría ocuparse del marido.

Michelle no sabía cómo tratar a aquellas chicas. No estaba preparada para mantener una conversación profunda con ellas, y no aprobaba que Lamis, con toda la ilusión del mundo, intentara entablar amistad con ellas. Tenía la sensación de que Lamis interpretaba el papel de Alicia Silverston en la película *Clueless*, su filme favorito de la adolescencia. A Lamis le parecía una suerte poder llevarse a una de aquellas chicas a una de sus excursiones de embellecimiento y hacerle un cambio de imagen integral; probablemente la hacía sentir superior a la vez que la llenaba de autoridad.

Michelle no lo entendía y lo que la enfurecía más aún era que Sadim también mantuviera una buena relación con aquellas chicas. Se sentía atraída por ellas, porque, según decía, eran muy amables y refinadas. Además, tenían una cualidad que había desaparecido en los mejores círculos sociales: la alegría, que hacía que aquellas chicas fueran irresistiblemente simpáticas.

¿El bienestar material y el prestigio social son incompatibles con la amabilidad y la alegría? ¿Es verdad que las personas gruesas son más divertidas? Personalmente estoy convencida de ello. La agresividad va unida al hecho de ser huraño, y ésa es la enfermedad de las clases altas. ¡Mirad el grado de superficialidad de las rubias, especialmente las de clase alta, y entenderéis lo que quiero decir!

Lamis se dio cuenta de que Michelle estaba celosa de las chicas con las que hablaba.

El primer semestre del primer curso Sadim y Lamis se reunían a diario en la calle Cinco, o en los «Champs Uleisha» (de «Champs Elysées»), porque era donde las estudiantes paseaban entre clase y clase. Sadim y Lamis habían soñado poder ver finalmente los Champs Uleisha, porque habían oído hablar de ellos a menudo. Pero entonces comprobaron con gran decepción que en la acera de la calle Cinco sólo había un par de sillas viejas de madera. En general, los edificios del campus tenían un aspecto anticuado. En el suelo había restos de dátiles secos que habían caído de las palmeras que se alzaban a ambos lados de la calle. Nadie los recogía, ni siquiera los frutos que acababan de caer y estaban en perfectas condiciones.

Michelle, que había ido allí expresamente desde su Facultad de Malaz para ver los Champs Uleisha, se llevó una gran decepción. Creía que era muy mala suerte tener que estudiar en Arabia Saudí en vez de hacerlo en Estados Unidos. La culpa la tenían únicamente sus tías. No podían permitir que fuera a estudiar sola al extranjero, le habían dicho. «Ahora se habla mucho de esas chicas, y cuando vuelven no encuentran a nadie que quiera casarse con ellas», habían añadido las tías. Lo peor de todo era que un hombre civilizado como su padre se hubiera dejado convencer por unos argumentos tan estúpidos y ridículos.

Había muchas leyendas sobre la acera de la calle Cinco; historias que se parecían a la canción que Amru Dijab canta en la película *Helado en Djalim*. De hecho, ¿era Uleisha distinto de Djalim? Algunas cosas sí que habían sido así, otras se habían exagerado.

Una historia famosa que se contaba año tras año era la de Arwa. ¿Qué estudiante no había oído hablar de Arwa? Tenía una buena figura, era hermosa, pero lo que la diferenciaba del resto de las estudiantes era su pelo corto y su conducta masculina. Todas la temían, pero, a la vez, querían ser amigas suyas. Una chica juró que la había visto sentada en la calle Cinco con un abrigo largo y negro y unos pantalones de hombre. Otra chica le había contado a Sadim que su amiga había visto cómo Arwa cogía por la cintura a una chica de forma sospechosa. Sadim casi muere del susto. Aún no se había cruzado nunca con Arwa y, por ese motivo, no entendía por qué lamentaba tanto todo este tipo de chismes. Lo entendió cuando una compañera de clase le dijo que la chica que estaba allí delante, apoyada en la pared, era Arwa. Ésta miró a Sadim fijamente y le sonrió de forma inquietante.

—¿Qué querrá? —preguntó Sadim, preocupada, a la otra chica—. ¿Le habéis contado algo de mí?

Sus amigas le advirtieron que tuviera cuidado y le aconsejaron que no fuera por la universidad sola. Era evidente que Arwa la había añadido a su lista de candidatas.

¡Que Dios te proteja, pequeña Sadim! No te acerques a las ruinas de ahí detrás. Es la zona de cacería de Arwa, y cuando una chica se pierde por allí, la atrapa. Aunque grites, no sirve de nada. El edificio está demasiado lejos y nadie se entera.

Arwa, la lesbiana. ¡Dios mío, qué historias! ¿Habrá terminado los estudios? Hace mucho que nadie me comenta nada de ella. Se ha convertido en una leyenda de la que aún se habla en la vieja universidad.

Transcurrida la primera mitad del año, Lamis y Tamadir se cambiaron a la Facultad de Ciencias Naturales de la universidad para chicas de Malaz, donde también estudiaba informática Michelle. Un semestre más tarde se cambiaron a la Facultad de Medicina Humana para chicas, donde estudiaron dos años. Después comenzaron los cursos de formación, que tanto envidiaban el resto de las chicas, en la clínica universitaria Al-Malik Chalid, donde los dos géneros —masculino y femenino— eran instruidos en los campos de la medicina humana, estomatología y farmacología.

Poder estudiar con los chicos era un sueño para muchas de las estudiantes. Para algunas era incluso el único motivo válido para estudiar medicina. Pero también en esa clínica las posibilidades de establecer relaciones eran limitadas. Sólo se veían un momento durante los recreos o cuando eran llamados a rezar, ya que las dos salas de oración estaban muy cerca. También se miraban brevemente en los largos pasillos del hospital o en el ascensor. Pero en fin, mejor eso que nada.

## 8

Cuando la desesperación se apodera de una mujer, su corazón funciona como la cerradura de una puerta. Todos pueden moverla a voluntad hacia la izquierda o la derecha.

ANIS MANSUR

Para: seerehwenfadha7et@yahoogroups.com
De: «seerehwenfadha7et»
Fecha: 3 de abril de 2004
Asunto: A él no le gusta nada

En primer lugar quiero pediros disculpas por haber tardado tanto en escribir este e-mail; no ha sido voluntario. Ayer, viernes, no me sentí bien y no pude escribir. Por eso recibís mi e-mail hoy. Disculpa que te haya estropeado la tarde del viernes (1), apreciado Ijad. Sé que te has acostumbrado a mis cartas, que hacen un poco más agradable este día tan aburrido. También quiero disculparme ante ti, querida Ghada. Tú fuiste la primera chica que empezó a enviarme e-mails al principio de estas historias reveladoras, y te lo quiero agradecer. Pero también tengo que

---

(1) En Arabia Saudí, el fin de semana es jueves y viernes.

pedirte disculpas por aquel sábado en que no os di tema de conversación ni a ti ni a tus colegas del banco. Y tú, Raid, el bromista, perdóname también por haberte desmontado los planes del fin de semana. Por culpa de mi e-mail retrasado casi no trabajaste el sábado y te llevaste un disgusto de los gordos.

Me he aplicado un pintalabios rojo chillón y me he preparado un gran bol con aceitunas. Esta vez necesito morder algo fuerte que me haga recordar el sabor amargo de lo que escribiré a continuación.

Kamra se esforzaba por acostumbrarse a su nueva vida. Había entendido que el comportamiento de Rashid se debía a algo más que a la timidez ante la mujer que había entrado de repente en su vida. Pero aún no era capaz de admitir lo que le rondaba por la cabeza. Las palabras resbalaban desde su cráneo hasta su corazón atemorizado: «El hombre al que quiero me odia. Quiere deshacerse de mí.»

Hacía pocas semanas que vivían en Chicago y Rashid cada vez se enfadaba más con ella. Le echaba en cara su indolencia y que se pasara el día encerrada en casa y no saliera nunca. Por esta razón, ella decidió ir a comprar los fines de semana. Rashid no estaba preparado para enseñarle a conducir. Tampoco creía que con el poco inglés que sabía llegara a entenderse con el profesor o la profesora de la autoescuela. Por ello, pidió a la mujer de un amigo árabe que enseñara a Kamra, naturalmente a cambio de dinero. Después de suspender siete veces el examen práctico, decidió interrumpir las clases. Tendría que acostumbrarse a hacer los encargos en taxi.

Cuando Kamra salía se ponía un abrigo largo y se tapaba la cabeza con un pañuelo negro o gris, lo cual también molestaba a Rashid: «¿No puedes vestirte como las otras mujeres? Haces el ridículo con esa indumentaria.

Mis amigos no dejan de preguntarme por qué nunca te llevo conmigo.»

Ni Kamra ni su madre podían entender por qué Rashid era tan despectivo con ella y por qué siempre estaba de malhumor. Aunque estaba furiosa y triste, Kamra se esforzaba por ser una buena esposa.

Un día le suplicó ir con él al cine. Después de entrar en la sala y encontrar dos butacas libres, cuando iban a sentarse, de repente ella se quitó el abrigo y el pañuelo. Le sonrió avergonzada, y le hubiera gustado poder leerle el pensamiento. Rashid la miró un momento y le dijo, refunfuñando: «Con el pañuelo estás mejor. Vuelve a ponértelo.»

Antes de la boda, su alegría por el compromiso matrimonial, el novio tan elegante y la dote, mucho más impresionante que la de sus hermanas, fue tan grande que no se planteó pensar en nada más. Por eso, ahora Kamra se preguntaba: «¿Por qué se ha casado conmigo, si no me quiere?» Consultó a su madre si tal vez alguien de su familia había insinuado que lo habían obligado a contraer matrimonio con ella. Al mismo tiempo, le parecía ridículo que alguien como Rashid, por el motivo que fuera, hubiera accedido a casarse con una mujer de la que no quería saber nada.

Tal y como establecían las reglas de las buenas maneras de su familia, ella sólo lo había visto una vez antes de la firma del contrato, y ése había sido el encuentro oficial. Como entre la fecha de la firma del contrato y la de la boda sólo tenían que pasar dos semanas, las dos madres habían acordado que Rashid no viera a la novia, así ésta podría preparar la ceremonia con tranquilidad. A Kamra le pareció lógico, aunque le sorprendió que Rashid no hubiera pedido permiso a su padre para llamarla por teléfono. Walid lo había hecho cuando se había prometido con Sadim, con el pretexto de que quería conocerla mejor antes de casarse.

A menudo le llegaban voces respecto a que la mayoría de los chicos jóvenes insistían en poder hablar por teléfono con sus novias antes de la firma del contrato. Pero eso no estaba permitido en su familia. Para ellos, el día decisivo era el día de la boda, por así decirlo, el día en que se abre la sandía para comprobar si está madura. La sandía de Nafla, su hermana mayor, había sido roja y dulce, mientras que la de su hermana Hussa y la suya aún estaban bastante blancas.

Le daba vueltas y más vueltas, pero no podía llegar a entender la compleja psicología de Rashid. Cuanto más intentaba sacar algo en claro, más preguntas le venían a la cabeza. La acumulación de dudas le parecía un ovillo, como una bola de nieve en la cima de la montaña que va creciendo más y más a medida que va rodando hacia abajo. ¿Por qué razón la evitaba y la obligaba a tomar la píldora anticonceptiva? ¡Ella quería tener un hijo!

La duda de si ese tipo de relación se podía denominar matrimonio la atormentaba. Seguramente Rashid la trataba igual que su padre a su madre. Pero Mohammed, el marido de Nafla, se comportaba de una forma totalmente distinta, y Chalid, el marido de Hussa, al menos al principio, también se comportó mejor. La diferencia más clara se apreciaba en su vecino de Kuwait, que se había casado seis meses antes que ellos, y que era increíblemente amable con su mujer.

Kamra quería a su marido. Le estaba profundamente agradecida porque la había sacado de su prisión, porque cuando le pidió la mano tuvo la sensación de que finalmente había alguien que valoraba su existencia. En realidad, no sabía por qué estaba tan atada a ese amor de una forma tan desesperada. ¿Lo hacía porque para él era importante sentirse amado o porque creía que era obligatorio querer a su marido? Kamra era un mar de dudas y estaba tan desanimada que no podía pensar en nada más. Por la noche ya no podía dormir y de día la invadían estos tristes pensamientos.

Durante la compra en la tienda árabe Al-Chajjam de la calle Kidzie, oyó cómo el dueño cantaba a plena voz un tema de Umm Kulthum. Era una canción triste que acabó de hundirla:

> *Los caballeros de la noche vienen a verme,*
> *me susurran lo que haces,*
> *pero mis oídos no se lo quieren creer,*
> *y mis ojos piden ser engañados,*
> *ya que no me creo lo que dices,*
> *y también dudo de mi buena fe.*
> *Atormenta mi alma la llama de la desconfianza,*
> *sufre de desesperación y anhelo.*
> *Contéstame cuando te pregunte:*
> *«¿Es verdad lo que dice la gente?*
> *¿Me engañas, sí o no?»*
> *Antes desconfío de mí*
> *que de ti,*
> *ya que eres todo mi ser.*

Y entonces le vino una idea a la cabeza: «¿Y si Rashid está enamorado de otra?»

Los ojos se le llenaron de lágrimas. La relación con su marido había empeorado tanto que ahora ese pensamiento la pinchaba sin parar.

Cuando Kamra voló hacia Riad para celebrar el Año

Nuevo, Rashid se quedó en Chicago. Durante los dos meses que ella pasó en casa de su familia, no perdió la esperanza de que le pidiera que volviera porque ya no quería estar solo. Pero eso no ocurrió, y poco a poco fue invadiéndola el sentimiento de que tal vez él deseaba incluso que se quedara para siempre en Riad. Su frialdad la mataba cien veces al día. Ella había hecho todo lo posible por ganarse su aprobación, pero no había conseguido nada. Con su tozudez y su táctica hábil, era el prototipo del hombre leo.

Lamis era una experta en astrología. Había traído de Beirut libros sobre los signos del zodíaco de Chairija Hadib y Mary Farah. Lo importante era no sólo a qué horóscopo pertenecía cada uno, sino también con cuál encajaba. Cuando alguna de las chicas de la pandilla conocía a alguien, lo primero que hacía era dejarse aconsejar por Lamis. Naturalmente, Kamra le había preguntado si su signo (géminis) armonizaba con el de Rashid. Y antes de prometerse con Walid (que era aries), Sadim quiso saber si hacían buena pareja. Incluso Michelle, que no se había interesado nunca por esas cosas, le preguntó a Lamis si el signo de Faisal (cáncer) se avenía con el suyo (leo).

Antes de la boda, Lamis le había regalado a Kamra la fotocopia de uno de esos libros tan valiosos. Kamra lo leía a menudo y, cuando algo le llamaba la atención, lo subrayaba:

La mujer que ha nacido bajo la constelación de géminis es físicamente muy atractiva y los vuelve locos a todos. Es muy activa y enérgica, pero tiene poca paciencia incluso en temas amorosos. Es el ejemplo de mujer que siempre busca novedades y que no puede estar mucho tiempo en un mismo sitio o al lado de alguien. Es muy sensible y

tempestuosa cuando encuentra al hombre que puede satisfacer su corazón, su intelecto y su cuerpo. Es, sin quererlo, un poco complicada, ya que acostumbra a estar en
tensión y tiene muchos miedos. A pesar de todo, es excitante y divertida, y el que está con ella no conoce el aburrimiento [...].

El hombre que ha nacido bajo la constelación de leo
es una persona realista, práctica y pensativa que no des-
perdicia su tiempo en juegos que no sirven para nada. Es
nervioso, irritable, egocéntrico y tozudo, y cuando se enfada puede llegar a gritar. Cuando ama a una mujer la posee y la vigila celosamente. Aunque acostumbra a mantener el control, en el amor es como un volcán, ardiente
y apasionado. Si interfiere en asuntos personales de su
mujer, ésta debe cerrar los ojos y quitarle importancia. No
duda en utilizar la fuerza cuando desconfía de la fidelidad y la obediencia de ella.

Lo peor que leyó fue que la mujer géminis y el hombre
leo sólo encajaban en un quince por ciento:

Una relación armónica bajo estas constelaciones es casi
imposible. Si bien se pueden complementar durante un
tiempo, en lo relativo a los aspectos prácticos es difícil
que haya una unión emocional. En consecuencia, es pre-
visible el fracaso de esta relación.

Cuando leyó este fragmento antes de la boda, murmuró: «Todo esto no es más que una sarta de mentiras, aunque algunas cosas sean verdad.»

Ahora lo veía de distinta forma, y releyó las líneas con
más convicción. También se acordó de Malika, la cocinera
marroquí. Cuando estaba prometida, ésta le leyó el desti-

no en los posos del café. Su matrimonio con Rashid sería el más feliz de la familia y tendrían muchos hijos. Incluso podía ver en los restos de café o a través de las líneas de su mano cómo serían sus hijos.

También probaron con la *ouija*. Michelle trajo una de América y jugaron mucho con ella cuando estudiaban el grado medio. Había un tablero con letras y una piedra de cristal. Se sentaban en una habitación a oscuras y a medida que hacían preguntas sobre el futuro empujaban la piedra ligeramente. Ésta resbalaba por el tablero hasta que se detenía en un punto determinado. De este modo, a Kamra se le pronosticó que se casaría con un hombre cuyo nombre empezaba por R. Se iría con él al extranjero y tendría tres hijos y dos hijas. Siguieron jugando hasta que supo los nombres de los cinco hijos.

Aunque Kamra se esforzaba por pensar en otras cosas, llamaba de vez en cuando a su madre a Riad; con la excusa de necesitar alguna receta, esperaba poder estar un buen rato pegada al teléfono. Su madre siempre tenía cosas que contar: las noticias más frescas de los parientes de al-Kasim, de los vecinos del barrio, las quejas sobre los descreídos hijos de Nafla y las historias de Hussa, que soportaba con paciencia a su marido.

## 9

¿Cómo te quiero? Te quiero
hasta el abismo y la región más alta
a la que puedo llegar cuando persigo
los límites del ser ideal.

Te quiero en el vivir más cotidiano,
con el sol y la claridad de una vela.
Con libertad, como se aspira al bien;
con la inocencia de quien aspira a la gloria.

Te quiero con la fiebre que antes puse
en mi dolor y en mi fe de niña,
con el amor que creí perder,

en perder mis santos… Con las lágrimas
y la sonrisa de mi vida… Y, si Dios quiere,
te querré mucho más después de la muerte.

ELIZABETH BARRETT-BROWNING

Para: seerehwenfadha7et@yahoogroups.com
De: «seerehwenfadha7et»
Fecha: 9 de abril de 2004
Asunto: Un tesoro en un poema

Durante la última semana he recibido muchas cartas furiosas. Unas se enfadan con Rashid por su crueldad, otras con Kamra por su pasividad. La mayoría se enfadan conmigo porque escribo sobre constelaciones, lecturas de posos de café y la *ouija*. Por un lado, lo comprendo, pero por otro, no. Yo soy, como habréis notado ya o notaréis, una chica muy normal, aunque a veces pueda parecer un poco traviesa (sólo un poco, eso sí). No digo que lo que hago sea correcto, pero tampoco lo considero reprobable… En ningún caso pretendo ser perfecta.

Chicas como mis amigas hay en todas partes, o no os lo queréis creer o simplemente no prestáis atención porque sencillamente no os interesa. A menudo tengo que escuchar la frase «Ni mejorarás el mundo, ni cambiarás a las personas». Es cierto, pero a diferencia de los demás, por lo menos lo intento. Como dice el Profeta Mahoma: «Hay que juzgar las obras según las intenciones.» Espero que Dios, cuando sopese mi vida, considere mis escritos una buena obra, porque sólo tengo buenas intenciones. Y, por si alguien todavía no lo ha entendido, lo repito: no pretendo ser perfecta. Reconozco que cometo errores y que desconozco muchas cosas, pero «cualquiera puede equivocarse y actúa correctamente cuando se arrepiente de sus errores». Me esfuerzo sin parar por corregir mis errores y no conozco la compasión cuando se trata de mejorarme. Pero cuando miro a mi alrededor, desafortunadamente, no veo a nadie que se comporte igual. Convendría que todos los que me critican se evaluaran también de forma crítica antes de ponerme en la picota.

Ojalá nos arrepintiéramos de los pecados después de haberlos visto reflejados leyendo en Internet. Ojalá descubriéramos nuestros tumores ocultos y los extirpáramos después de que yo los haya hecho visibles. Opino que no es ninguna infamia hablar de las debilidades de mis amigas, ya que pueden beneficiar a otras chicas: las que no han tenido la oportunidad de aprender en la escuela de la vida, la escuela a la que mis amigas han entrado por la puerta principal (la puerta del amor). La verdadera infamia, desde mi punto de vista, consiste en fastidiarnos mutuamente e insultarnos, cuando todos reconocemos que compartimos el mismo objetivo: reformar la sociedad y llegar a ser mejores personas.

El día de San Valentín, el día del amor, Michelle se puso un vestido rojo y eligió un bolso rojo. Como muchas estudiantes también eligieron el rojo, toda la facultad de chicas quedó sumergida en este color: vestidos rojos, flores rojas, peluches rojos... No sé cuándo se puso de moda esta fiesta. Los chicos se paseaban en sus coches por la calle y, cuando veían a una chica bonita, se detenían y le regalaban una rosa con un número de teléfono colgado del tallo. A las chicas les hacía gracia recibir una rosa como en las películas. Sin embargo, en un momento dado, esto se acabó porque la Policía Religiosa prohibió la fiesta. A los vendedores de flores incluso les multaban si vendían rosas a escondidas a sus clientes vip. Las rosas se habían convertido, por decirlo de algún modo, en una mercancía de contrabando. La fiesta del amor está prohibida en nuestro país, pero sí se puede celebrar el día de la madre o el del padre. Ay, amor maravilloso, ¡por qué aquí estás tan perseguido!

Ante la puerta de la universidad, el chófer de Faisal esperaba a Michelle. La cesta que le dio contenía pétalos de rosa secos y velas rojas en forma de corazón. En el centro había un oso de peluche negro que llevaba alrededor del cuello un corazón de terciopelo rojo. Si se presionaba en el corazón, sonaba la canción de Barry Manilow *You know I can't smile without you*. El sonido era un poco raro, pero bonito.

Cuando Michelle entró en el aula, flotaba en vez de caminar. Enseñó a todas el poema que le había escrito el propio Faisal y que había puesto en la cesta. Se notaba que las otras chicas se morían de envidia y, al día siguiente, muchas trajeron orgullosas las rosas y los peluches que habían recibido. Todas insistieron en que Michelle leyera el poema, que decía así:

*Me gustaría dedicarte este poema,*
*sí, para ti será cuando resuelvas el acertijo.*
*Sí, ciego me ha dejado la luz de tus ojos brillantes cuando*
*nos hemos cruzado en mitad del camino.*
*Qué tesoro valioso esconden estas palabras,*
*búscalas, están a un lado,*
*entre el principio y el final,*
*¿puedes ver la hilatura*
*que oculta esta hoja?*
*Con gran habilidad, busca entre las letras.*
*Para ti es el dicho mágico,*
*mi querida amada.*
*Tres son las palabras que contienen el mensaje,*
*necesitarás perspicacia para deshacer el nudo gordiano.*
*No seas distraída o todo el esfuerzo habrá sido en vano.*
*Amor, sí, ¡a ti va dedicado!*
*Busca, busca, ánimo, hay que esforzarse,*
*la solución en el poema está escondida.*
*Nunca abandones, amada, estos versos o no adivinarás*
*a qué chica amo con intensidad.*

Ninguna de las chicas entendió qué significaban esos versos tan extraños. ¿Qué palabras tenían que buscar, y cómo? Michelle, antes de entrar en el aula, había llamado a Faisal. No sólo le había dado las gracias por el regalo, sino que también le había preguntado qué quería decir con el poema. Era un poema de Edgar Allan Poe, le dijo él, y lo había traducido y adaptado para poder regalárselo. Estaba dispuesto a darle alguna pista sobre cómo resolver la adivinanza. Tenía que mirar las primeras veinte líneas y coger del primer verso la primera letra, del segundo la segunda, del tercero la tercera y continuar así.

Después de que Michelle explicó el truco para resolver el enigma a sus compañeras, una de ellas empezó a contar las letras mientras otra las apuntaba. Michelle las miraba sonriente porque ella ya conocía la solución: la primera letra era una M, la segunda una I, la tercera una C, la cuarta una H y entonces vinieron la E, la L, otra L, una E y la A, la B, la D y luego la A, la L, la R, la A, la C, la H, la M, la A y la N. Todas a una gritaron:

—¡Michelle Abd al-Rachman!

Ese día, muchas chicas lamentaron la pérdida de un viejo amor, y algunas lloraron y sollozaron tanto que la fiesta acabó convirtiéndose en un escándalo. Se confiscaron muchos regalos y todas las chicas que se habían vestido de rojo tuvieron que prometer no hacerlo al año siguiente. Los años posteriores se instauró un control de vestimenta antes de entrar en el campus, o sea, antes de que las chicas se quitaran la *abaya*. Si se encontraba el menor indicio de «delito rojo», aunque sólo se tratara de una cinta roja, el chófer tenía que volver a llevar a la joven a casa.

Sea como fuere, Michelle pudo salvar su regalo. Mientras jugaba con el oso negro y suave y disfrutaba del perfume elegante de Faisal –era Bvlgari–, descubrió de repente que Faisal había colocado dos pendientes en las orejas del oso. Eran dos diamantes en forma de doble corazón. A partir de ahora, pasarían a decorar las bellas orejas de Michelle.

## 10

Un día él le dijo a ella: «Todo lo que un hombre espera de una mujer es que lo entienda.» Entonces, la mujer contestó: «Y todo lo que una mujer espera de un hombre es que la quiera.»

SÓCRATES

Para: seerehwenfadha7et@yahoogroups.com
De: «seerehwenfadha7et»
Fecha: 16 de abril de 2004
Asunto: Cuando sufrir se convierte en placer

Entre las numerosas críticas que he recibido en mi correo, la mayoría me reprochan que cite al poeta Nizar Qabbani y afirman que en el primer e-mail me puse de su parte. No entiendo tanta irritación, porque no tiene ningún argumento en el que basarse. Os puedo asegurar que no he encontrado nada en la lírica moderna que se pueda comparar con sus poemas, tan auténticos y expresivos. A mí no me gustan los poetas modernillos y modernísimos que tienen la desfachatez de escribir treinta versos sin decir nada. No me hace ni pizca de gracia leer churros que hablan de una «frente rebosante de pus putrefacto que rezuma de una herida de sufrimiento eterno». A mí me engancha la claridad de los poemas de Nizar y, con todos mis respetos, los poetas actuales no son capaces de llegar hasta donde llegó él, ni tan sólo se le acercan.

Después de que Sadim suspendió los exámenes, su padre le propuso volar con ella a Londres para pasar una temporada en su apartamento de South Kensington. Allí podría relajarse un poco. Sadim le pidió ir sola. Tras dudar, su padre asintió. Buscó un par de direcciones y números de teléfono de amigos que pasaban allí el verano con sus familias, para que en caso de necesitar distracciones pudiera quedar con alguien, y la instó a inscribirse a un curso avanzado de contabilidad o a un seminario sobre economía política; así aprendería cosas provechosas para sus estudios cuando volviera a Riad.

Sadim empaquetó sus heridas y sus vestidos en una gran maleta y se preparó para abandonar la ciudad del polvo y adentrarse en la ciudad de la niebla. Conocía bien Londres, pues solía pasar allí el último mes del verano. Pero esta vez no quería huir del calor, sino del estado depresivo en el que se encontraba desde su separación de Walid.

Justo antes de aterrizar en Heathrow, fue al baño y se quitó la *abaya* y el pañuelo que le cubría la cabeza. Los vaqueros estrechos y una camiseta igual de ceñida dejaban al descubierto su figura bien proporcionada. También necesitaba un poco de maquillaje: colorete en los pómulos, máscara de ojos en las pestañas y, por último, brillo en los labios.

Siempre le había gustado la lluvia estival de Londres, y la aprovechaba para salir a pasear. Sin embargo, esta vez el cielo gris aún la entristeció más: combinaba demasiado

bien con su estado de ánimo. Cuando entró en el apartamento, en medio del silencio, no pudo evitar derrumbarse
y que los ojos se le llenaran de lágrimas. Nunca habría
imaginado que se pudiera llegar a llorar tanto.

Sadim lloró a mares; lloraba por la injusticia a la que
se la había sometido, por sentirse herida como mujer, por
el primer amor que había tenido que enterrar antes de poder disfrutarlo. Lloraba y suplicaba a Dios que la ayudara
a encontrarse a sí misma. Allí no había ninguna madre
para consolarla, ninguna hermana que estuviera a su lado,
y aún no sabía si tenía que contarle a su padre lo que había pasado aquella noche entre ella y Walid, o si era prefe-
rible guardarlo en secreto para siempre.

No podía hacer más que suplicar a Dios que evitara
que Walid contara con toda crueldad y por todas partes la
razón de su distanciamiento. Que no hablara mal de ella.

—Dios mío, protégeme. No permitas que me haga más
daño. Dios, Señor mío, sólo puedo acudir a ti, sólo tú sabes en qué situación me encuentro.

Lo que más le gustaba ahora era escuchar canciones
que hablaran de los tormentos del amor y del dolor de la
separación. Se había vuelto adicta a ese estilo de música.
Entraba en una especie de trance cuando escuchaba *Una
carta de amor* de Talal Maddah, *Una vez* de Majada al-
Hanawi, *Olvidar es difícil* de Hani Shakir, o *Cómo quieres
que te deje si eres un golpe del destino* de Mustafá Ahmed.

Estas historias la ponían muy triste. Pero a medida que
pasaba el tiempo, no buscaba consuelo en las canciones,
sino que se hundía voluntariamente en el dolor causado
por el fracaso de su primer gran amor. Una especie de ma-
soquismo la empujaba a comportarse así. Cuando la tristeza se considera agradable, incluso podemos sentirnos
felices en ella. Se trata de encerrarse en una tienda de cam-

paña y filosofar sobre lo que sucede fuera. El corazón es débil y cada recuerdo lo hurga y lo hace sollozar. Es un corazón atemorizado, ya que, una vez roto, tiene miedo de volver a romperse una y otra vez. Así, nos quedamos dentro de la tienda de campaña hasta que llega un beduino desconocido dispuesto a franquear la entrada. Lo invitamos a una taza de café y le pedimos que se quede un rato, para alegrar un poco nuestra triste soledad. Desafortunadamente, ese hombre acaba quedándose demasiado tiempo… y antes de que nos demos cuenta, la tienda de nuestra sabiduría se nos cae encima. Y entonces no somos más inteligentes que antes.

Después de dos semanas en régimen de incomunicación, Sadim decidió salir a comer a un restaurante no frecuentado por turistas saudíes. Lo último que quería era encontrarse con un joven saudí con intenciones de acercarse a ella.

En el restaurante no se sentía más cómoda que entre las cuatro paredes de su apartamento, a pesar de que se llamara «La Reflexión Alegre». El interior era bastante tranquilo y romántico. Sadim se sentía como una leprosa a la que su familia ha expulsado de casa. Estaba sentada sola, mientras el resto de las mesas estaban ocupadas por parejas que hacían manitas a la luz de las velas.

Recordó la cena después de la firma del contrato, cuando habló con Walid de lo que harían durante la luna de miel. Él le había prometido volar con ella a Bali y, a la vuelta, pasar unos días en Londres, porque ella así lo deseaba. Cuántas veces había soñado que después de la boda enseñaría a su marido todos los lugares que había visitado sola durante esos años. Se había imaginado con él en el Victoria and Albert Museum, en la Tate Gallery y en el Museo de Cera de Madame Tussaud. A Walid no le interesaba demasiado el arte, pero estaba convencida de que cambiaría después de la boda. También tendría que conseguir que dejara la mala costumbre de fumar, que le parecía horrible. Habrían comido sushi en el Itsu, en Draycott Avenue, y bebido *shoga-sapple*. De camino a casa, habrían comprado creps de chocolate en la tienda de al lado. La habría acompañado a ver los espectáculos del Ishbilia, un restaurante libanés, y, naturalmente, también habrían ido en barco hasta Brighton. El último día lo habrían pasado en Sloane Street, donde había muchas *boutiques* famosas, y seguramente Sadim lo habría convencido para que le comprara alguno de los modelos más nuevos. Eso le había aconsejado la madre de Kamra, que era partidaria de ahorrar el dinero de la dote.

¡Qué dolorosos eran esos recuerdos! El maravilloso vestido de noche y el caro velo de novia, todo traído expresamente desde París para ella, estaban colgados en su armario de Riad. Siempre que lo abría le sacaban la lengua en actitud burlona. No se sentía capaz de deshacerse de ellos. Quizá aún no había perdido la esperanza de que Walid volviera. Pero el caso es que él no había vuelto, así que el vestido y el velo se habían convertido en testigos del despreciable acto de su amado.

A la mañana siguiente quería ir a la librería árabe Dar al-Saki. Como brillaba el sol, decidió ir andando. Cuando iba en dirección a Exhibition Street pasó por el Victoria and Albert Museum. Las huellas de las bombas en sus muros tenían como objetivo no dejar que los ingleses olvidaran la segunda guerra mundial ni su odio contra los alemanes. Cruzó Hyde Park, que con tantas personas, caballos y palomas se había convertido en una espléndida mezcla de colores. Cuando alguien les tiraba grano, las palomas lo engullían de inmediato. Cruzó el puente, desde donde se vislumbraba una magnífica vista del parque.

Tardó unos veinte minutos en salir de Hyde Park y llegar a Bayswater Road. Mientras paseaba cantaba una canción de Abd al-Karim: «Soy forastero y tengo heridas en el corazón, ¿a quién se las podría contar? [...] Soy forastero y mis pensamientos confusos me conducen a la locura. [...] Ando y ando, y mi corazón está lleno de tristeza.» Repetía continuamente la última estrofa a medida que avanzaba por la calle cubierta de árboles. Torció a la izquierda, después en Queens Way a la derecha y, de repente, decidió que era mejor no cantar, porque la zona no le inspiraba mucha confianza y no quería llamar la atención de los carteristas. Pasó junto al cine Whiteleys, torció a la izquierda hacia Westbourne Groves y cuando por fin encontró la librería, murmuró: «Por el camino tendría que haber pronunciado la oración del viajero pero, aun así, Alá me ha guiado.»

Animada por otro cliente, un hombre de unos cuarenta años, compró las novelas *Al-Adama* y *Al-Shamisi*, de Turki al-Hamad, así como *El piso de la libertad*, de Ghazi al-Qusaibi, en la que se basaba una serie de televisión; hacía años que la daban y siempre había tenido éxito. El simpático librero iraquí le recomendó el libro *La memoria del cuerpo*, de Ahlam Mustaghanimi, y también lo compró.

Volvió en autobús. Una vez en casa, encontró un mensaje de su padre en el contestador. Le había organizado unas prácticas para todo el verano en un banco con el que trabajaba desde hacía tiempo. Podía empezar dentro de una semana.

La idea le gustó. Tendría algo que hacer, sería independiente y trabajaría para sí misma. En realidad, había planeado dedicar el verano a estudiar temas de psicología.

Por ello, había llevado consigo un par de libros de Freud. Quería saber cómo funcionaba la psicología de Walid y qué lo había llevado a separarse de ella.

Primero leyó los libros nuevos. Los que más le gustaron fueron las novelas *Al-Schamisi* y *El piso de la libertad*, aunque se percató de que había grandes diferencias entre la novela y la serie televisiva. Le resultaba muy molesto no saber qué podía leer a continuación. Sus amigas no podían aconsejarla porque no les gustaba leer, y mirar siempre qué compraban los otros clientes no le parecía buena idea. Así, siempre dependería de lo que le aconsejara el librero. Lo que más le habría gustado era tener una lista de libros obligatorios para los intelectuales. Los leería todos y estaría muy orgullosa de sí misma.

En los libros de al-Qusaibi y al-Hamad encontró muchas indicaciones sobre hechos políticos que ya conocía de las novelas de los escritores egipcios que tanto había disfrutado durante su adolescencia. Pensó en la manifestación que había querido organizar con sus compañeras de clase (pero que se prohibió) cuando los países árabes se solidarizaron con el pueblo palestino y la intifada. En muchos países hubo llamamientos para boicotear productos americanos y británicos, pero en Arabia Saudí pocos se sumaron, y nadie aguantó más de dos o tres semanas. ¿Por qué antes la política era un deseo social que afectaba a todos en mayor o menor medida? ¿Por qué ahora la salvaguarda de los intereses políticos se deja exclusivamente en manos de los que gobiernan o de las élites dirigentes? ¿Por qué no había nadie en su entorno tan convencido de algo que luchara por ello en cuerpo y alma como habían hecho al-Qusaibi y al-Hamad? ¿Por qué la gente hoy en día sólo se interesa por la política exterior cuando hay escándalos como el de Clinton y Monica Lewinsky? Lo mismo sucede con la política interior, sólo se tienen en cuenta escándalos, como por ejemplo aquella historia de corrupción de la compañía telefónica. Y Sadim se incluía a sí misma en el saco. Ella y todos los que la rodeaban estaban fuera de la vida política. No les interesaba, y nadie se sentía responsable de nada. Si tuviera una pequeña idea de lo que pasaba en el mundo de la política y defendiera alguna cuestión o protestara contra algo, no tendría que estar pensando todo el tiempo en el maldito Walid.

## 11

No hay Dios sino Alá, el Poderoso y el Clemente. No hay Dios sino Alá, el Señor de los Cielos, el Señor de la Tierra, el Señor del Noble Trueno. Oh, tú, el Verdadero, el Eterno, sólo tú eres nuestro Dios y en tu misericordia buscamos cobijo.

Oración para librarse de las preocupaciones
y la tristeza

Para: seerehwenfadha7et@yahoogroups.com
De: «seerehwenfadha7et»
Fecha: 23 de abril de 2004
Asunto: La clasificación de las personas según Umm Nuwair

En estas dos últimas semanas he leído cosas sobre mí en algunos foros saudíes de Internet, como, por ejemplo, «Resurgimiento», «Libertad de movimiento» y otros. Algunas de las cosas que decían eran suaves, como gotas de lluvia en mi cara; otras ásperas como la piedra tosca con la que intento solucionar el problema de mis rodillas. Cuando seguí el debate que giraba en torno a mí, me dio la sensación de asistir a una corrida de toros.

¿Os podéis creer que hay gente que opina que incluso merezco morir? ¡Qué fuerte! También hay una que afirma ser mi hermana. ¡Eso sí que es grave! Parece ser que esta persona ha observado que su hermana —o sea, yo— se pasa todos los viernes, desde la mañana hasta la noche, delante del ordenador. Una vez, cuando la hermana no estaba, le registró los archivos buscando pruebas que confirmaran sus sospechas. Y encontró treinta e-mails. ¡No está mal! Ahora está dispuesta a venderlos al mejor postor.

Una mala pécora que quiere forrarse a costa de unos cuantos chalados.

Después de leer *Introducción al psicoanálisis*, *Tres ensayos sobre teoría sexual*, *Tótem y tabú* y *Sobre el narcisismo*, Sadim se dio cuenta de que Freud, con la libido, los tótems, el superyo y todos aquellos líos no podría ayudarla a solucionar su problema. Había encontrado algunas de sus obras traducidas en la librería Djarir de Riad, otras se las había llevado una compañera del Líbano.

Con la filosofía freudiana no consiguió averiguar a qué se debía el comportamiento de Walid. Le resultaba mucho más útil la clasificación hecha por Umm Nuwair. Una vez, en un momento de tranquilidad, hizo una descripción exhaustiva de los criterios que utilizaba para catalogar a los hombres y las mujeres del Golfo y a los árabes en general. Para ella; eran importantes tanto el grado de desarrollo de la personalidad como la confianza en uno mismo y en el aspecto físico. En cuanto a la personalidad, habría dos tipos. Al primero pertenecerían los fuertes y seguros de sí mismos, y al segundo, los débiles, que se someten a los demás. Dentro de la primera categoría habría dos subgrupos. El primero lo formarían las personas razonables, que respetan las opiniones de los demás siempre que la propia también sea respetada. El segundo estaría integrado por personas que no hablan de nada ni de nadie y que sólo quieren imponer su opinión.

Respecto a los débiles o los que siempre obedecen, también habría dos subgrupos. El primero sería el de los que están muy influidos por su familia. Para estas personas, separarse de ella es impensable, porque están convencidas de que, sin familia, «no valen ni un céntimo». El segundo grupo se somete a sus amigos. Éstos son los peores, porque piensan que la familia está en su contra y que sólo pueden confiar en los amigos; una idea errónea, ya que la amistad a veces resulta engañosa. En lo relativo al ascenso laboral y social, los fuertes consiguen mejorar sus condiciones de vida por sí solos. Se acercan a personas con éxito y las toman como modelo. A los débiles, en cambio, les falta espíritu empresarial y, por ello, su ascenso depende de la reputación de la familia y del entorno en el que viven.

Otro criterio que utiliza Umm Nuwair en su clasificación es la autoconfianza. Un grupo lo forman los que están seguros de sus capacidades, aunque entre ellos también hay diferencias. En uno hay personas sensatas y sinceras consigo mismas. Su conducta segura hace que sean respetadas y, como también tienen un carácter modesto y saben retirarse a tiempo, son consideradas encantadoras.

Al otro grupo pertenecen los que tienen una confianza excesiva en sí mismos, y a ellos se les puede aplicar el dicho «no es oro todo lo que reluce». Se presentan como personas que lo saben hacer todo, aunque, en realidad, no tienen capacidades y nunca consiguen llevar nada a cabo. Además, en muchas ocasiones, ni siquiera valen nada físicamente. Estas personas acostumbran a caer mal a todo el mundo y, por desgracia, abundan mucho más que las del grupo que he mencionado antes. Estos dos grupos, el de los populares y los impopulares, son, respecto a los de la poca autoestima, inferiores en cantidad. También dentro de éstos hay diferencias. Un grupo lo forman los que se muestran ante los demás como individuos muy seguros, aunque interiormente no creen en sí mismos. Estas personas reaccionan de forma hipersensible. Sopesan cada palabra y hacen una montaña de un grano de arena. Son fácilmente irritables y en las discusiones intentan hacer callar a los demás cuando se dan cuenta de que no pueden hacerse respetar con sus argumentos.

El otro grupo no aparenta nada. Se ve a la legua que a esas personas les van mal las cosas y pueden dar lástima. Tienen algún complejo y, por ello, les falta autoestima. Este complejo puede tener su origen en algo que la persona considera un defecto: se ve demasiado gruesa o demasiado baja, o cree que tiene la nariz muy grande. El complejo también puede deberse al hecho de no alcanzar un ideal, por ejemplo, ser pobre o ignorante. Y, naturalmente, existe el sufrimiento psíquico, a causa de una herida incurable provocada por un ser querido.

Pero Umm Nuwair había descubierto otra posibilidad de clasificación, que era la que más gustaba a Sadim, y que se basaba en el comportamiento religioso antes y después de la boda. A diferencia de los otros grupos, esta variante depende del género: hay que distinguir entre el comportamiento del hombre creyente y el de la mujer creyente, aunque esto no significa que no puedan juntarse en determinadas categorías. En primer lugar, está el grupo de los creyentes rigurosos, los «obedientes». Después vienen los moderados, los que creen «a medias». Y finalmente están los librepensadores, que evitan las reglas en la medida de lo posible. Observando los detalles se puede distinguir a los diferentes grupos.

Empecemos por los hombres. En el grupo de los «obedientes» hay dos tipos: unos que «se desenfrenaron» y ahora son devotos, y otros que tienen miedo de desenfrenarse y, para evitarlo, se someten a las normas religiosas. Los dos comparten el temor a degenerar moralmente después de casarse si tienen aventuras. Por ello, acostumbran a practicar la poligamia y prefieren mujeres que estén igual de atadas a la religión que ellos.

También dentro del grupo de los moderados hay dos tipos. Primero, los vinculados a la religión pero que, a diferencia de los «obedientes», son más tolerantes con sus mujeres y no se meten en su vida. Los hombres de este tipo suelen escoger mujeres relativamente emancipadas. Mientras esté convencido de que ella lo quiere y que se comporta de forma honesta, no lo considera un defecto. En segundo lugar, están los denominados «seculares». Un hombre de esta índole conoce los cinco deberes fundamentales que el islam impone a los creyentes, pero se conforma con pronunciar las oraciones obligadas, con ayunar durante el Ramadán y, cuando ha hecho el peregrinaje a La Meca, considera que ya ha cumplido. Sólo se compromete con una mujer que viva la religión del mismo modo que él o que sea incluso más liberal. Nunca se casaría con una mujer que llevara velo. Su mujer debe ser hermosa, de mentalidad abierta y elegante, para poder lucirla delante de sus amigos.

En el caso de los librepensadores también hay dos variantes. Si alguien ha nacido en un entorno estrictamente creyente, puede ser que, en cuanto esté fuera de su alcance, evite poco a poco las prescripciones religiosas y morales («perderlas» sería una definición demasiado fuerte). Exteriormente se adapta a los comportamientos sociales, porque prefiere evitar problemas. La segunda posibilidad es que la persona haya nacido ya en un ambiente en el que la religión no tiene un papel fundamental, en el que tal vez no se crean y se nieguen las prescripciones morales. Como reza el dicho: «De tal palo, tal astilla.»

El problema de estos hombres es su desconfianza enfermiza. Consideran, basándose en sus propias experiencias, que cada mujer que se entrega con facilidad (de esto hablaremos más adelante) es una chica «frívola». Por eso prefieren casarse con chicas sin experiencia. O se casan con una mujer experimentada, pero ésta debe ser lo suficientemente inteligente para interpretar su papel y hacer creer al hombre que él es su único poseedor. La que se casa con un hombre así lo lleva crudo. La mujer debe ir con cuidado con la desconfianza del marido y, a menudo, tiene que fingir para que su comportamiento no sea malinterpretado. Precisamente éste fue el caso de Sadim. Entendió demasiado tarde la forma de pensar de Walid, es decir, después de que él ya se hubo creado una mala opinión de ella y no quiso saber nada.

Hablemos ahora de las mujeres. En relación con las mujeres creyentes, tenemos dos posibilidades. Unas se han criado en un entorno religioso y no han entrado nunca en contacto con otras influencias. Este tipo de mujeres son felices cuando se casan con un hombre tan creyente como ellas. Tienen una vida tranquila y agradable mientras cada uno se siente satisfecho con lo que Dios le ha dado. Pero también puede ser distinto cuando una mujer creyente se casa con un hombre librepensador. Como su educación contrasta con sus necesidades, le resulta difícil entenderlo y ser una buena esposa.

La segunda posibilidad en cuanto a las mujeres creyentes es que, aunque se hayan criado de forma religiosa, siempre hayan soñado con escapar de las prescripciones tradicionales. A pesar de ello, llevan una vida parecida a la de las mujeres creyentes del primer grupo. Unas son bastiones de castidad, porque no saben lo que pasa ahí fuera; las otras se ven obligadas a comportarse virtuosamente porque sus familias así lo desean.

Hablemos ahora de las mujeres que tienen una relación moderada con la religión. También aquí, como siempre, hay dos posibilidades. Las primeras son las víctimas de la moda: siguen la corriente y hacen una cosa u otra según sople el viento. Kamra es un buen ejemplo de este grupo. El hecho de llevar velo o no cambia como las estaciones del año. Cuando en el extranjero —o sea, fuera del Reino— se pone de moda llevar el velo, se lo pone. Si está mal visto, se lo quita. Si en nuestro país se le permite salir al mercado con una *abaya* un poco más estrecha, lo hace. Normalmente, la tendencia del momento responde a los deseos del marido o de los candidatos a marido, o también de las madres que buscan esposa para sus hijos.

La segunda variante del comportamiento moderado es la mujer que no es religiosa, pero tampoco está liberada. Se trata de una mujer lo bastante creyente para ser aceptada por los más devotos y, a la vez, lo suficientemente abierta para frecuentar círculos liberales. Este tipo de mujeres evitan el comportamiento incorrecto más por convicciones morales que por motivos religiosos. Tienen una personalidad fuerte, pero sería incorrecto clasificarlas en el grupo de las librepensadoras, porque no cumplen todos los requisitos del primer grupo.

En cuanto a las mujeres librepensadoras, existen dos variantes. Primera: las que lo son antes de casarse. Su comportamiento a veces cambia tras la boda; depende del hombre. Si es un creyente estricto y la mujer lo quiere, es probable que se vuelva como él o al menos una creyente moderada. Pero si se casa con un hombre que no le conviene, no cambiará de forma de pensar. Segunda variante: las que se convierten en librepensadoras después de casarse. A veces, mujeres muy creyentes o moderadas se liberan de sus ataduras religiosas tras la boda. Esto sucede cuando no saben cómo adaptarse a las exigencias de su marido librepensador, cuando éste las engaña o cuando el matrimonio es un desastre.

Sadim había tomado nota de la clasificación de Umm Nuwair y, con el tiempo, la iba asimilando porque algunos aspectos eran bastante complicados. Sin embargo, con cada nuevo día que la escuela de la vida le iba regalando, veía más claro que Umm Nuwair tenía razón en sus observaciones. Era una mujer sabia que antes de su matrimonio en Kuwait había tenido un par de experiencias «inocentes» y, después de su divorcio en Arabia Saudí, una menos inocente. Pero ese tema no nos atañe ahora.

Sadim recordaba con nostalgia las agradables veladas en casa de Umm Nuwair con sus tres amigas. Aún le parecía notar el sabor de las deliciosas galletas que servía con el té. Evocó la casa de sus padres, lo veía todo muy claro: la salita, donde se presentó ante Walid, el portón de hierro con puntas de oro brillante detrás de la cual esperaba a Walid después de la oración del atardecer, el columpio Hollywood al lado de la piscina donde él la abrazó por primera vez, el salón con la tele, donde vieron muchas películas y, finalmente, la habitación donde nació y murió el amor. ¿De verdad había muerto?

Se levantó, puso uno de los casetes que había en el suelo, pulsó el botón y se volvió a la cama. Se hizo un ovillo, como un feto en el vientre materno, y escuchó con melancolía una canción de Abd al-Halim:

*Lágrimas de dolor,*
*sollozos porque el corazón está herido,*
*increpo al que ha cometido la traición,*
*me quejo de ti, tiempo,*
*que me condujiste al paraíso del amor,*
*sólo para romperme el corazón.*

Con la voz ahogada por las lágrimas, cantó en voz baja. Entonces vino una canción con una letra y una melodía tan bonitas que la conmovieron aún más. La voz de Abd al-Halim era muy suave, como si quisiera hacer honor a su sobrenombre de Ruiseñor. Sadim, absorta, se acariciaba suavemente los labios con el borde de la manta mientras escuchaba estremecida.

*Pensaba que lo conocía, pero no sabía nada de él,*
*creía que lo veía, pero no entendía nada.*
*Continuamente hablaba de amor, yo lo creía.*
*Hasta hoy no he sabido*
*que los ojos podían mentir tanto;*
*hasta hoy no he creído,*
*que existiese tanta añoranza.*

No se daba cuenta de que la cinta ya se había terminado. Cuando el radiocasete crepitó, se despertó sobresaltada. Se secó las lágrimas, cambió la cinta y escuchó atentamente la voz de Majada, que se lamentaba de su cruel amado, el duro Walid.

*Tú, que eres la persona que más amo, dime*
*de dónde ha sacado tu corazón tanta frialdad.*
*Líbrame de este peso y cuéntame lo que ha pasado,*
*dime por qué torturas el corazón de tu amada,*
*por qué eres tan cruel conmigo,*
*por qué me has traicionado,*
*por qué no conoces la compasión.*
*De dónde ha sacado tu corazón tanta frialdad.*
*Aún lloro por tu traición,*
*pero si un día me libro de mi tristeza,*
*llorarás años y años,*
*por tu traición.*
*Sí, hoy aún tengo que llorar,*
*Pero sé que hay algo que no puedo hacer:*
*mostrar mis lágrimas al traidor*
*y permitir que se alegre.*

Sadim estaba sola en su apartamento de Londres y no podía dejar de llorar. Quizá ella también conseguiría librarse algún día de su tristeza, en vez de llorar y dejar que el traidor se alegrara.

## 12

Pregunté a Aisha, la mujer del Profeta Mahoma: «¿Qué hacía el Profeta, bendito sea, en su casa?» Y ella respondió: «Cuidaba de su familia y la servía. Y cuando era el momento de la oración, salía y rezaba.»

SAHIH AL-BUCHARI, versículo 676

Para: seerehwenfadha7et@yahoogroups.com
De: «seerehwenfadha7et»
Fecha: 30 de abril de 2004
Asunto: Una vida, a pesar de todo…

Francamente, nunca habría imaginado que mis tímidos e-mails desataran una avalancha de reacciones tan apasionadas.

Hace cinco años que se me metió en la cabeza la idea de este proyecto, en 1999, cuando empezó la historia de mis amigas. Pero no fue hasta hace poco que me decidí a escribirla, cuando me di cuenta de que la capacidad de mi cerebro para almacenar recuerdos estaba al límite de la saturación, del «disco lleno». Ha llegado la hora de exprimir la esponja de mi cabeza y descargar mi corazón. Tengo que hacer un hueco para poder absorber las cosas nuevas que me depare la vida.

La relación de Kamra y Rashid no se parecía en nada a una de esas historias de amor que se ven en el cine, pero tampoco era totalmente desastrosa. Rashid sólo vivía para el trabajo y, como Kamra nunca demostró interés por matricularse en la universidad, la dejó a cargo de la casa. Al principio le costó tener que ocuparse de todo, pero con el tiempo fue ganando confianza en sí misma. Llegó a tener suficiente valor para preguntar a la gente dónde quedaba una dirección o a los vendedores qué precio tenía un producto determinado.

A Rashid lo veía poco, pero cuando necesitaba dinero, nunca le faltaba. Normalmente no tenía que pedirlo, tampoco para cosas personales que de vez en cuando deseaba. No tenía la posibilidad de comparar el dinero que recibía con el que recibían otras mujeres, pero estaba satisfecha. De lo único de lo que no se preocupaba en absoluto era de su bienestar psíquico. Aun así, Kamra tenía la sensación de ser más feliz que el resto de sus parientes femeninas.

La sorprendió darse cuenta de que Rashid podía ser muy amable con los demás. Era muy tierno cuando hablaba por teléfono con su madre y sus hermanas, y era de lo más cordial con la gente de la calle, sobre todo con los niños. Cuando se encontraba con un niño, él mismo se convertía en uno. Jugaba, gastaba bromas y era increíblemente afectuoso.

Kamra estaba convencida de que con el tiempo la acabaría queriendo. Es verdad que al principio se había comportado de una forma muy ruda con ella, pero gradualmente se había ido volviendo más amable y ya no la trataba de un modo tan grosero. Naturalmente, había momentos en los que Rashid se enfadaba, y a veces se enfurecía por cosas que ella consideraba totalmente banales. ¿Eran así todos los hombres? El padre, los hermanos, el tío y los primos no se comportaban de forma distinta. Eran así, tendría que acostumbrarse.

Lo que más la molestaba era que no se preocupara en absoluto de averiguar lo que era importante para ella. Por ejemplo, cuando sintonizó los diferentes canales televisivos, sólo eligió los que le gustaban a él. Los canales favoritos de Kamra no estaban, como el HBO o el que emitía la serie «Sexo en Nueva York», que le encantaba, aunque no terminara de entenderla. Estaba muy enfadada y aún la irritaba más ver que él ni siquiera se daba cuenta. Se comportaba como si no le importaran en absoluto las cosas valiosas, como si viviera solo.

Cada día había algo que la sacaba de quicio. Pero pobre de ella si por la noche no había preparado la ropa que Rashid quería ponerse al día siguiente. De madrugada, cuando el aún dormía, le planchaba rápidamente la camisa. Además, no tenía derecho a pedirle que la ayudara en algunas tareas de la casa, como cocinar o fregar los platos, aunque él había vivido solo en Estados Unidos muchos años y sabía hacerlo. Para Kamra todo era nuevo porque en casa siempre había tenido criadas que se ocupaban de ella y de sus hermanas.

Rashid se acostumbró a llegar siempre tarde a casa. Cuando ella le preguntaba qué hacía hasta tan tarde en la universidad, él le respondía que tenía que buscar cosas por Internet y que, para hacerlo, necesitaba el ordenador de la biblioteca.

Durante los primeros meses ella se pasaba el día delante del televisor, o leyendo novelas románticas que había traído consigo de Riad. Empezó a leer una en la escuela por recomendación de Sadim.

En el piso había un ordenador, pero no lo utilizaba nadie. No tenía conexión a Internet. Rashid le dijo que podía usarlo si quería. Kamra necesitó mucho tiempo para manejarlo medianamente bien. A veces, Rashid se ofrecía a ayudarla, pero ella prefería espabilarse sola. Había notado que Rashid insistía rápidamente en ayudarla cuando se daba cuenta de su determinación por aprender por su cuenta. El hecho de que ella no le consultara cualquier nimiedad —o cualquier cosa importante—, como al principio de estar casados, aún lo hacía estar más dispuesto a ayudarla. ¿Los hombres sienten amenazada su supremacía cuando se dan cuenta de que la mujer empieza a adquirir conocimientos en algún ámbito?, se preguntaba Kamra. ¿Los hombres tienen miedo de las mujeres independientes? ¿Creen que la independencia y la autorrealización de la mujer son un ataque cruel a la posición de tutores que Dios les ha asignado?

Kamra descubrió que existe una regla importante en cuanto al comportamiento del hombre y la mujer. El hombre debe tener la impresión de que la mujer posee fortaleza y confianza en sí misma. Y la mujer debe comprender que no puede limitar su relación con el hombre en función de sus necesidades —que le dé dinero suficiente, que la haga responsable de la casa, que cuide de sí misma y de los hijos—, sino que, ante todo, le proporcione la sensación de que ella es importante en este mundo. Para alcanzar este sentimiento de importancia, una mujer necesita un hombre. Y en ello reside la auténtica desgracia, ¿verdad?

Para llegar a tener ese tipo de sentimiento, lamentablemente, necesitaría otro hombre.

Un día que Kamra estaba examinando el contenido de algunas carpetas del ordenador en busca de fotos para el fondo de escritorio, su mirada se detuvo en una que almacenaba fotos de una mujer, una asiática. Poco después descubriría que la mujer era japonesa y se llamaba Kari.

En algunas imágenes salía sentada en un sofá junto a Rashid y en posición relajada. Y no en cualquier sofá, sino en el de su propio apartamento. Era delgada y parecía de la misma edad que Rashid, o quizá un poco mayor.

De repente entendió que las fotos eran el eslabón que faltaba en la cadena: la culpa de que Rashid la dejara de lado era de esa mujer. Seguramente había tenido una relación con ella antes de casarse, y tal vez aún la tenía.

Todos los meses, Rashid pasaba un par de días en el campo con sus «amigos». Kamra siempre había estado de acuerdo, ya que volvía de allí relajado y alegre y la trataba con amabilidad. Incluso agradecía encarecidamente a esos «amigos» que se llevaran a su marido de excursión. Esperaba con impaciencia el siguiente viaje para que Rashid volviera a mostrarse alegre.

¿Cómo había conseguido esconder su relación con esa mujer durante nueve meses? ¿Cómo podía ser que no se hubiera dado cuenta de que su marido tenía una relación con otra? Los primeros meses de matrimonio habían sido muy difíciles, pero gradualmente él había ido cambiando y se había vuelto un marido saudí normal, igual que el de su hermana Hussa. ¿Cómo había podido fingir tan bien durante todo este tiempo? ¿Aún se veía con esa mujer? ¿Vivía en el mismo estado o volaba todos los meses a donde ella vivía? ¿La quería? ¿Hacía el amor con ella? ¿Esa mujer tenía que tomar la píldora anticonceptiva como ella?

Si alguien me hubiera contado lo que sería capaz de hacer la dulce y servil Kamra no me lo habría creído. La mujer pequeña y débil decidió coger el toro por los cuernos para luchar contra su marido. Excepto Sadim, nadie sabía nada. Consideraba que era la única amiga que la entendería porque, igual que ella, también había vivido experiencias muy desagradables. Se llamaban a diario, y Sadim le aconsejaba que no le dijera nada a Rashid de lo que había descubierto, que adoptara una estrategia defensiva y descartara los planes de ataque, porque no había acumulado armas suficientes para lanzar un ataque…

—No te queda otra opción que reunirte con esa mujer y llegar a un acuerdo con ella.

—¿Y qué quieres que le diga? ¿«Deja a mi marido en paz, monstruo robamaridos»?

—No, claro que no. Lo que tienes que hacer es sentarte con ella y averiguar qué relación tienen y desde cuándo. Ni siquiera sabes si él le ha dicho que está casado.

—¡Me gustaría saber qué ve en esa pelandusca de ojos rasgados!

—¡De eso se trata! Tienes que ver cómo es ella. ¿No dicen que uno debe conocer bien a sus rivales?

¿Hizo bien Kamra cuando decidió luchar por defender su matrimonio? ¿No es un matrimonio que funciona una relación que no necesita ninguna guerra para continuar? De hecho, un matrimonio que pide una guerra, ¿no está destinado a fracasar?

En la agenda de Rashid encontró el teléfono y la dirección de Kari. También constaba su número de Japón…

—Por eso supe que se trataba de una japonesa.

También había un número del estado vecino, Indiana, donde Rashid había hecho el máster. Kamra llamó a ese número y respondió Kari. Kamra se presentó y le dijo que le gustaría citarse con ella. Parecía que Kari estaba dispuesta a hacerlo. En cuanto tuviera una oportunidad, viajaría a Chicago.

Hacía más o menos dos meses que Kamra había descubierto la aventura de Rashid y le costaba mucho fingir que no sabía nada. No quería hablarle de su encuentro con Kari, y había tomado una decisión: dejaría de tomar anticonceptivos. No le dijo nada a su madre; ya conocía su opinión: «Debes tener hijos. Los hijos atan al hombre.»

Kamra no quería que Rashid se quedara con ella sólo porque hubiera hijos de por medio, pero, con su comportamiento, la había obligado a tomar esa decisión. Quería que Rashid palpara las consecuencias de sus propios actos, y que los hijos palparan las consecuencias de los actos de ambos.

A menudo se encontraba mal y por las mañanas tenía que vomitar. Conocía los síntomas y estaba bastante segura de que estaba embarazada. Precisamente eso era lo que había esperado antes de encontrarse con Kari. Fue al supermercado, que estaba justo debajo de casa, y compró un test de embarazo. Como no sabía qué aspecto tenían esos aparatos, buscó a una dependienta. Se puso las manos en la barriga como si sujetara una pelota e intentó decirle en inglés que creía que estaba embarazada.

—*I'm… I'm… pregnant!*

La chica, que no terminaba de entenderla, le dio la enhorabuena:

—*Oh, congratulations, ma'am.*

A Kamra nunca le había gustado el inglés, todas sus amigas lo hablaban mucho mejor que ella. Había aprobado los exámenes a trancas y barrancas. Una vez incluso tuvo que hacer el examen después del verano y también entonces aprobó por los pelos, porque la profesora se compadeció de ella e hizo la vista gorda. Kamra insistió:

—*No, no! Pregnant… how?*

Le mostró la mano derecha, la movió arriba y abajo, como si quisiera indicar un signo de interrogación.

La vendedora la miró sorprendida y le dijo que no la entendía.

—*Sorry, my dear, but I don't catch what you mean.*

Kamra se señaló a sí misma con el dedo de nuevo.

—*Me... me... pregnant, how? How baby... how?*

La vendedora llamó a una compañera y después también se unió a ellas una clienta para ayudarlas a resolver el acertijo. Con gestos y preguntas, todas intentaron descifrar los sonidos que emitía Kamra. Al cabo de diez minutos resolvieron el dilema: con una amplia sonrisa, Kamra sujetaba en sus manos una prueba de embarazo.

## 13

El Profeta —la bendición y la paz de Dios recaigan en él— no ha pegado nunca a un criado ni a una mujer, ni ha golpeado nunca nada con su mano.

SINAN IBN MADJIH, versículo 2060

Para: seerehwenfadha7et@yahoogroups.com
De: «seerehwenfadha7et»
Fecha: 7 de mayo de 2004
Asunto: El enfrentamiento: la buena se reúne con la mala

He oído decir que el rey Adb al-Aziz tiene previsto bloquear mi sitio web para tener a raya los canales de comunicación y evitar los actos malévolos, los hechos escandalosos y todas las causas de corrupción y de mal. Sé que la mayoría conocéis mil formas de acceder a los sitios web bloqueados. Pero moriré de un cortocircuito si el bloqueo empieza antes de que pueda vaciar (y traspasaros) las cargas —positivas y negativas— que se ocasionan en mi pecho y que éste se niega a utilizar. Sólo pido un poco de espacio en la red para verter mis historias. ¿Es eso pedir demasiado?

Por dejarlo claro ya desde el principio: sé que si no sigo contando inmediatamente la historia de Kamra alguno de vosotros se enfadará tanto que será capaz de infectar mi ordenador con un virus del que no podré deshacerme nunca más. Por esta razón, no alargaré más la intriga.

Después de confiar su pelo durante horas y horas a una peluquera, Kamra se puso las joyas más caras, por primera vez desde que salió de Riad, y se dirigió hacia el hotel en el que se alojaba Kari. Por el camino se exhortaba una vez tras otra a no librarse al deseo de estrangular allí mismo a aquella fresca.

Tiempo después, Kamra me enseñó una fotografía de la actriz china Lucy Liu y me dijo que Kari se le parecía bastante.

Kamra se sentó en el vestíbulo. Nunca había estado tan nerviosa. Por fin apareció Kari. Le tendió la mano, pero Kamra hizo caso omiso. En su interior aún sentía la necesidad imperiosa de asesinar a aquella mujer.

Por desgracia, la conversación no siguió el curso que Sadim había previsto. Fue Kari quien llevó la voz cantante, hablando en un tono firme y seguro. A diferencia de su rival, parecía que no le costaba nada hablar en inglés. Ni se encallaba ni tartamudeaba.

—Me alegro de haberte conocido; Rashid me ha hablado mucho de ti. Tu deseo de reunirnos ha sido una decisión muy acertada.

«¡Maldita mujer! ¡Cómo se atreve a hablarme de ese modo!»

—Está bien que me conozcas, así sabes qué gustos tiene tu marido. Rashid ha tenido que soportar muchas cosas. Tendrías que trabajar un poco más en ti misma, físicamente y psíquicamente, para acceder al nivel superior que él quiere y necesita; es decir, llegar a mi nivel.

La lengua de Kamra estaba medio paralizada, no se esperaba un ataque así. Pero entonces su rabia superó el sobresalto y empezó a gritar en su pobre inglés:

—¡Cállate, ramera! *¿Me robas marido y atreves hablarme así? ¡Deja en paz mi marido o juro por Dios que mato!*

Cuando Kari se echó a reír, Kamra de repente se sintió terriblemente pequeña y ridícula. Sin una pizca de inhibición, Kari cogió el móvil y llamó —ante los ojos de su mujer— a Rashid. Kari le dijo que estaba en Chicago y quedaron para verse.

Kamra no necesitaba un libro de astrología para saber en qué estado anímico vendría Rashid, un leo de pies a cabeza, cuando volviera de la cita con su amante. Seguro que ella le había contado con todo lujo de detalles lo que había pasado. Precisamente por eso había retrasado tanto el encuentro con aquella desvergonzada: quería estar segura de su embarazo. Uno de los muchos proverbios que repetían su madre y otras mujeres de la familia decía: «Un embarazo asegura la continuidad de la pareja.» Continuidad no significa éxito.

Aún no había trascurrido ni una hora cuando Rashid llegó a casa. ¡Ojalá no hubiera vuelto nunca!

—¡Ven! —le ordenó.

—¿Por qué?

—Ahora mismo pedirás disculpas a Kari por lo que le has hecho y por todo lo que le has dicho. ¡No puedes hacerme algo así! ¿Lo entiendes o no? Si tu familia no te ha educado, yo me encargaré de ello.

—¿Por qué me gritas de esa manera? No lo haría ni que me mataras. ¿Yo tengo que pedir disculpas a la japonesita?

¿Por qué? Si hay alguien que tiene que disculparse aquí, sois vosotros.

La cogió por el brazo.

—Escúchame bien. Has metido la pata hasta el fondo y ahora te toca sacarla. Después subirás al primer avión y volverás con tu familia. ¡No quiero verte nunca más, ni oírte decir una sola palabra!

—¿Y todo esto por qué? Yo soy tu mujer, deberías cerrarle la boca a esa criada asiática. Pero seguro que a una puta así le dejas decir cualquier cosa.

Rashid le soltó un sonoro bofetón.

—A ver si así razonas. Del resto que se ocupe tu familia, ¿lo has entendido? Al fin y al cabo, el padre de Kari no ha suplicado a mi padre que me case con ella. Mi padre sabía perfectamente que su hijo amaba a otra mujer en Estados Unidos con la que había vivido siete años. Esa mujer a la que tanto odias me ha querido siempre y aún me quiere. Siempre ha estado a mi lado, y cuando mis padres dejaron de enviarme dinero, me acogió en su casa. Mi familia rechazaba totalmente que me casara con ella. Durante tres años no me mandaron nada. Esa mujer a la que no soportas no ha ido tras mi dinero, tampoco le ha importado la buena reputación de mi familia. ¡Esa mujer a la que rechazas es mil veces más sincera y respetable que tú y toda tu familia!

A Kamra aún le temblaba la mejilla; estaba a punto de perder la cabeza. Todas las infamias que le lanzaba Rashid caían como puñetazos sobre ella. Sin ser consciente de lo que decía y sin tener en cuenta que ése no era el mejor momento para decirlo (¿hay algún momento adecuado, en una guerra conyugal, para introducir a un hijo como escudo humano?), dijo entre sollozos y con una mano en la mejilla ardiente y otra en el vientre:

—Estoy embarazada.

Mientras su voz iba bajando de tono a medida que avanzaba la discusión, la de Rashid iba subiendo de volumen. Se enfadó tanto que los ojos le brillaban de rabia.

—¿Qué dices, que estás embarazada? —gritó—. ¿Cómo puede ser? ¿Quién te ha dado permiso para quedarte embarazada? ¿Acaso no tomas la píldora? ¡Pero si acordamos que dejarías de tomarla cuando acabara el doctorado y volviéramos a Arabia Saudí! ¿Acaso crees que puedes engañarme con tus asquerosos trucos?

—¿Yo soy la que hace trucos asquerosos? ¿Acaso soy yo la que ha engañado al otro y ha dejado a una mujer inocente haciendo las tareas de la casa mientras terminaba el doctorado con la intención de echarla de casa como a un perro? ¿He sido yo la que se ha casado con una chica de buena familia y después he salido con una puta barata?

Llegó el segundo bofetón. Ella gritó y cayó al suelo. Rashid salió de casa. Cuando cerró la puerta con furia, Kamra empezó a insultarlo. Se golpeó la cara y escupió con rabia al suelo; temblaba y gritaba. Era más que un ataque de histeria: estaba al borde de la locura.

El amor es un sentimiento del corazón y nadie puede dominarlo. Los corazones de los hombres están entre dos dedos —los de Alá misericordioso—, y Él los mueve a su voluntad. Si el amor no fuera un tesoro tan precioso, no se habría arriesgado tanta gente desde los lejanos tiempos de los profetas. El Profeta —las bendiciones y la paz recaigan en él— recalcó que la llama del amor tan sólo se puede apagar con el matrimonio. Porque el amor que está refrenado con las riendas de la castidad y la devoción no puede ser nunca motivo de vergüenza. Pero si no se contrae matrimonio, la única solución es la paciencia y la amargura de la desilusión.

Hay que distinguir entre el amor como una práctica y un comportamiento, por un lado, y el amor como emoción, por el otro. Es una buena práctica islámica (es decir, Halal) sentir amor, pero si el amor se traduce en actos de amor, como caricias, besos o abrazos, entonces va contra la ley del islam (es decir, Haram). De ello se derivarán muchas cosas malas, porque a la persona que ama le cuesta mantener el amor a raya. ¿Cuál es, entonces, el amor que deseamos? Deseamos el amor que cambia los corazones y las almas. Nos referimos al amor que empuja a quienes tienen que hacer proezas que quedarán registradas en los libros de historia como una bella historia de amor.

JASSEM AL-MUTAWA (1)

(1) El jeque Jassem al-Mutawa, famoso evangelista televisivo musulmán kuwaití que presenta un programa titulado «Nidos felices», es el director de varias revistas y el autor de muchos libros islámicos que hablan de la familia, el matrimonio y las relaciones entre hombres y mujeres.

Para: seerehwenfadha7et@yahoogroups.com
De: «seerehwenfadha7et»
Fecha: 14 de mayo de 2004
Asunto: Os contaré cosas de Michelle y Faisal

Quedé fascinada al leer vuestros comentarios sobre la historia
de Kamra. He recibido al menos cien mensajes y después de
leerlos todos he llegado a la conclusión de que somos un pueblo que se ha puesto de acuerdo para no estar de acuerdo. Los
sentimientos respecto a Kamra van desde la compasión hasta
el desprecio y, en cuanto a Rashid, desde la aprobación hasta el
odio. Os aseguro que me he alegrado leyendo un abanico de
opiniones tan variadas, incluso en los casos en que no com-
parto vuestra opinión. Veo que seguís con mucha atención mis
e-mails y estoy contenta cuando expresáis un punto de vista
distinto del mío. Eso demuestra que algunos de vosotros ya
empezáis a no opinar como la mayoría y tenéis vuestro propio
criterio.

Algunos me habéis preguntado qué ha sido de Michelle y
me decís que la he dejado abandonada demasiado tiempo.
Debo reconocer que tenéis razón y os pido disculpas. ¡Michelle
navega a toda vela por el mar de la felicidad y es tan fácil perder
de vista a una pareja feliz!

Michelle encontró en Faisal todo lo que esperaba de
un hombre. Él era distinto de los demás chicos que había
conocido desde que había llegado a Riad, y la mejor prueba de ello era que hacía ya casi un año que salían juntos.
Todas las relaciones que Michelle había tenido hasta entonces no habían durado más de tres meses.

Faisal era muy educado, sabía cómo tratar a una mujer. A diferencia de los otros hombres, no aprovechaba
cualquier pretexto para acercarse a Michelle. Él tenía mu-

chas amigas y ella muchos amigos, pero en poco tiempo le demostraron a todo el mundo que eran una pareja seria.

La amabilidad y el buen comportamiento de Faisal cambiaron por completo la concepción que Michelle tenía de los hombres. Nunca habría imaginado que un joven saudí pudiera ser igual de romántico que los hombres del mundo civilizado. Todos los días él iba detrás del coche que la llevaba a la universidad; a las siete de la mañana ya conducía por las calles de Riad. Ella sabía que Faisal debía de estar cayéndose de sueño y que sus clases empezaban por la tarde; eso la conmovía tanto que aún lo quería más.

Michelle nunca había sido capaz de hacer entender a sus amigos, ni siquiera a sus amigas más íntimas, hasta qué punto se sentía sola y perdida en Arabia Saudí cuando volvió de América. Sus mejores amigas conocían su odio y su desprecio por la sociedad saudí a causa de las rígidas tradiciones y las rigurosas normas que se imponían a las mujeres, pero nadie intuía cómo sufría por culpa de este conflicto entre civilizaciones. Para entender sus turbulencias mentales era necesario tener una mentalidad tan abierta y una inteligencia tan clara como la suya.

Cuando conoció a Faisal, Michelle tuvo la impresión de que por fin había encontrado a alguien capaz de comprender sus tormentos interiores. Siempre que sentía la necesidad de contarle a Faisal lo que la inquietaba, él se mostraba comprensivo. Durante muchos años había afrontado sola sus problemas y ahora, por fin, había encontrado una persona que compartía sus sentimientos. ¿Cómo podía renunciar al placer de hablar sin tapujos y desde el fondo del corazón? Michelle abrió la caja negra que almacenaba en su interior y fue sacando ansiosamente una pieza tras otra. Faisal la ayudó a liberarse de sus preocupaciones y ella le entregó la llave de su corazón.

Michelle y Faisal se veían en casa de Umm Nuwair. Ella creía en el amor y por ello no había intentado convencer nunca a las cuatro chicas de que el amor era algo sucio que había que evitar. Sabía de sobra que a los enamorados de este país les falta el aire y que cualquier relación, incluso las castas, está expuesta a la incomprensión y las represalias. Y precisamente eso era lo que llevaba a los enamorados a una situación molesta. Un día, Michelle explicó que estaba decidida a invitar a Faisal a su casa cuando sus padres no estuvieran. Estaba harta de pasarse todo el día sentada en cafés y restaurantes, y de tener que esconderse detrás de las cortinas. Cuando le pidió permiso a Umm Nuwair para decir a sus padres que pasaría aquellas noches en su casa, ésta abrió las puertas de su casa a los desafortunados amantes. Sabía que había que cuidar ese amor dulce e inocente para que pudiera crecer y seguir adelante. Ya llegaría el día en que los dos enamorados tendrían que declararse oficialmente y firmar los papeles necesarios.

Cuando Michelle iba a casa de Umm Nuwair para encontrarse con Faisal, a veces se llevaba a su pequeño caniche blanco. Se llamaba *Powder* y estaba muy consentido. A Faisal le gustaba jugar con él, pero eso no impedía que pudiera escuchar a Michelle y sus historias. Normalmente ella le hablaba en inglés, ya que le resultaba más fácil comunicarse en esta lengua, y lo hacía abiertamente y sin vergüenza alguna.

—Cuando tenía cinco años, entonces aún vivíamos en Estados Unidos, los médicos descubrieron que mi madre tenía cáncer de matriz. Primero le aplicaron la quimioterapia, pero finalmente le extirparon la matriz. Ya no podría tener más hijos. La sometieron a radiaciones y entonces emprendimos el viaje de vuelta a casa. Cuando llegamos a Riad a mi madre ni siquiera le había crecido el pelo. Mi tía no nos consoló, sino que le propuso a mi padre que se casara con una segunda mujer. Necesitaba un hijo que llevara su nombre. ¡Como si mi nombre fuera el de un extraño! Dejémoslo, si tuviera que contarte todas las heridas que me ha infligido esta sociedad, no pararía de hablar. Mi padre no hizo caso del consejo de mi tía, quiere a mi madre y está muy enamorado. Se la presentaron una noche de fin de año en Norteamérica y fue amor a primera vista. Dos meses después, estaban casados. La familia no estaba de acuerdo con ese matrimonio; mi abuela lo condena incluso ahora. El caso es que cuatro semanas más tarde volvimos a Norteamérica, aunque mi padre siempre había soñado vivir en su país. Yo tenía que educarme como una niña saudí normal. Pero como no pudo hacer entender nuestra forma de vida a su familia y parientes, prefirió volver al extranjero…

Umm Nuwair entró para sondear la situación. Era una mujer de muy buen corazón, ya que, aunque estaba emancipada, se preocupaba como una madre por las chicas. Tenía su propio método para hacer ver que no los controlaba: se sentaba un par de minutos con ellos, preguntaba a Faisal cómo estaba su madre, a la que nunca había visto, o qué hacían sus hermanos, a los que tampoco conocía; entonces preguntaba a Michelle de quién era la música que estaba sonando.

—Es Pink Floyd, *aunty*.

Umm Nuwair puso cara de enfadada:

—¿Eso tan horroroso le pones? Más valdría que le hicieras escuchar «Ay, tú, mi chico moreno, el más hermoso, la pasión me empuja a entregarme a ti para olvidar mi soledad».

Le guiñó el ojo a Faisal.

Él sonreía con picardía, mientras Michelle contemplaba fascinada sus hoyuelos. Simulando indignación, gritó:

—¡*Aunty*, *please*, que se convertirá en un engreído! Por fin conozco a uno que está de buen ver y que no se cree alguien especial y entonces llegas tú y lo estropeas todo.

Todos rieron.

Cuando Umm Nuwair salió de la habitación, Michelle continuó su explicación mientras picaba almendras, nueces y frutos secos que Umm Nuwair siempre traía de Kuwait.

—Tres años después volvimos a Riad y trajimos con nosotros a mi hermano Mashal (lo llamamos Mishu). ¿Te puedes creer que fui yo quien lo eligió entre cientos de niños? Entonces me dio la sensación de que yo decidía el destino. Me gustó su pelo negro, casi igual que el mío, y su cara inocente. Me gustó a primera vista. Cuando lo adoptamos tenía siete meses. ¡Era un niño tan mono y tan tranquilo! Lo miré y en el mismo instante les dije a mis padres que ese niño tenía que ser mi hermano.

»Cuando volvimos a Riad, mi padre se sentó con sus padres, sus hermanos y sus hermanas y les explicó con toda claridad que Mashal era el hijo que Dios le había negado a Diana, mi madre. Les pidió que respetaran su decisión y que le prometieran que mantendrían en secreto el tema de la adopción y que nunca le dirían nada a Mashal. Sólo sabían lo de la enfermedad de mi madre los que pertenecían al círculo familiar más cercano. No había hecho aquí la terapia y mi padre no quería que nadie comentara que estaba enferma. Dio dos opciones a su familia: o respetaban su decisión o volvería a Norteamérica y no lo verían nunca más. La familia deliberó una semana entera hasta que, finalmente, decidieron aceptar a Mashal como un miembro más. Mi padre sabía desde el principio que lo harían, y no porque lo quisieran mucho, sino porque gracias a sus conocimientos y capacidades se había convertido en el jefe del clan familiar. Viajamos a Estados Unidos para arreglar nuestros asuntos y después de un año volvimos a casa y nos preparamos para nuestra nueva vida.

Michelle alzó la vista. Estaba acostumbrada a que Faisal la escuchara en silencio, sobre todo cuando hablaba de temas tristes, pero esta vez su mutismo la asustaba. Lo miró a los ojos para ver si hallaba algún indicio de reacción, un parpadeo que pudiera revelarle lo que pensaba de lo que acababa de oír. Al no descubrir nada que la pudiera tranquilizar, dijo, deprimida:

—No tenemos miedo y tampoco hemos ocultado la adopción de Mashal porque nos avergoncemos de ella. Puedes estar seguro de que mi padre lo habría publicado en todos los periódicos y revistas si hubiera estado seguro de que aquí lo tratarían con la misma ternura con que lo harían en el país de mi madre. ¿No es triste que esté obligada a no hablar de ello ni con mi hermano ni con mis amigas? Sería feliz si pudiera hacerlo, pero sé que no lo entenderían. Lo criticarían y le harían daño a sus espaldas, y no lo permitiré. Mi padre y mi madre han elegido su forma de vida, ¿qué les importa a los demás? ¿Por qué se entrometen? ¿Por qué tengo que fingir delante de la otra gente si no quiero que me traten mal? ¿Por qué esta sociedad no puede respetar que mi familia viva de forma distinta del resto de las familias saudíes? A mí me consideran una mala chica porque mi madre es americana. ¿Cómo puedo vivir en una sociedad tan injusta? ¿Cómo, Faisal?

Se echó a llorar, algo que sólo se permitía cuando estaba junto a él. Faisal era el único que sabía la cifra exacta de lágrimas que tenían que brotar de sus ojos antes de convencerla con una broma amable de que dejara de llorar. Él era el único que sabía que Michelle acabaría riendo a carcajadas cuando le comprara una lata de su naranjada preferida o el pastel de mantequilla de su infancia en la tienda más cercana.

Esta vez, sin embargo, Faisal no podía consolarla, su cabeza estaba en otra parte. Se imaginaba la conversación que tendría con su madre en cuanto llegara a casa. Lo había ido aplazando, pero había decidido abordar la cuestión (o ponerle fin) de una vez por todas. «Dios, ayúdame», pensó, y se puso en pie.

Y algunos de ellos te oyen, ¿pero puedes hacer hablar a las palomas si no tienen intelecto? Y algunos te miran, ¿pero puedes guiar a los ciegos si no te ven? Fíjate bien, Dios no es injusto con los hombres, sino que los propios hombres son injustos consigo mismos.

Sura «Yunus», versículos 42-44

Para: seerehwenfadha7et@yahoogroups.com
De:«seerehwenfadha7et»
Fecha: 21 de mayo de 2004
Asunto: ¡Mi corazón! ¡Mi corazón!

Sé que os morís por saber qué ocurrió entre Faisal y su madre. Por ello, hoy no lo perderemos de vista ni a él ni a Michelle. Pobre Michelle, ha desatado muchas habladurías porque estáis convencidos de que soy yo (si no soy Sadim). Cuando utilizo expresiones inglesas pensáis que soy Michelle. Pero, una semana más tarde, cuando cito versos de Nizar Qabbani, me transformo en Sadim. ¡Qué vida más esquizofrénica me obligáis a llevar!

Cuando la madre de Faisal oyó el nombre inglés de Michelle, le entró el pánico, como si se le hubieran metido mil demonios en la cabeza. Faisal intentó corregir en seguida su error. Todos la llamaban Michelle, pero su nombre era bien saudí: Mashail —Mashail Abd al-Rachman. A pesar de la explicación, los ojos de la madre empezaron a brillar de rabia y Faisal enmudeció, asustado. Temía que las dos familias estuvieran enfrentadas cuando descubrió que su madre no había oído hablar nunca de la familia de Michelle.

«¿De qué Abd al-Rachman se trata? ¡Hay tantos como granos de arena! ¡Una familia con un nombre tan vulgar no puede juntarse con la familia al-Batran!» Faisal intentaba aclarar que el padre de Michelle hacía pocos años que se había establecido en el país y que, por ello, su nombre aún era desconocido por las familias de buena reputación de Riad. Pero esa información no le bastaba a la madre. Quería saber quiénes eran sus hermanos. En un impulso, Faisal dijo:

—Su padre es un hombre muy rico que, después de volver de Estados Unidos, donde vivió una larga temporada, decidió relacionarse sólo con personas cultas y que tuvieran la misma mentalidad que él.

Este dato aún enfureció más a la madre. Era evidente que la familia de esa chica no podía pertenecer a su círculo. Hablaría con su padre, él sabía más que ella sobre los orígenes familiares. Pero ya podía avanzarle que todo eso no le daba buena espina. ¡Esa chica le tomaba el pelo! ¡Sí, las jóvenes de hoy en día eran así! Pobre hijo suyo, nunca habría imaginado que se tragaría el anzuelo y caería en la trampa de una muchacha. ¿Y la madre de ella? Uf, una norteamericana. En tal caso, la discusión podía darse por concluida. Emprendió la retirada aplicando la táctica más habitual:

—¡Mi corazón! ¡Mi corazón! ¡Rápido, hijo, acércame las pastillas! ¡Me ha subido la tensión y me ha bajado el azúcar!

Sin embargo, Faisal no abandonó el combate. Intentó convencerla de las cualidades de Michelle, pero ninguna de ellas interesaba a la madre: era una chica increíblemente culta y educada, estudiaba en la universidad y a él le atraía mucho la mezcla de Oriente y Occidente; esa chica lo entendía, era civilizada y más refinada que todas las otras que conocía, incluyendo las que ella le quería endosar. Lo que no se atrevió a decir bien alto y bien claro es que Michelle lo quería y él aún más a ella.

La madre se tomó las pastillas, que no servían para nada, pero que tampoco le hacían ningún daño. Se secó las lágrimas de los ojos, le acarició tiernamente el pelo y le habló de su gran sueño: su hijo menor tenía que casarse con la mejor chica, pasar la mejor luna de miel, vivir en la mejor casa y conducir el coche más bonito.

Entonces Faisal, desesperado, se arrodilló a los pies de su madre y empezó a llorar. Su madre era lo que más quería en todo el universo; hasta ahora no se había opuesto a ninguno de sus deseos y no pensaba hacerlo en la vida. Y lloraba por la chica civilizada, su amada, que tanto lo entendía y a quien él tanto entendía, que poseía, de un lado, la belleza nedj y, de otro, la mentalidad americana: su Michelle, a quien la suerte no sonreía y que ya no podría ser suya.

## 16

Oh, poeta, cuántas flores han sido castigadas sin tener culpa de
nada.

Ibrahim Nadji

Para: seerehwenfadha7et@yahoogroups.com
De: «seerehwenfadha7et»
Fecha: 28 de mayo de 2004
Asunto: ¿Esto es la inestabilidad emocional?

Muchos no queréis creer lo que hizo Faisal o, mejor dicho, lo
que no hizo. Os aseguro que es exactamente lo que sucedió.
Contó a Michelle los sórdidos detalles del enfrentamiento con
su madre —que yo, a su vez, os he transmitido—, pero lo hizo
después de unas cuantas semanas de confusión mental, de
autoacusaciones, de guerra entre un corazón apasionado y una
mente que conocía bien los límites —fijados tiempo atrás por su
familia— de las decisiones que tendría que tomar a lo largo de
su vida.

No me acabo de creer que estéis tan sorprendidos. Historias
como éstas ocurren a diario entre nosotros, aunque, por supuesto, nadie se entera, salvo las dos personas que quedan

chamuscadas por las llamas del incendio. ¿De dónde pensáis que salen los poemas tristes, los lamentos y las canciones melancólicas de nuestra herencia cultural? Hoy en día, las páginas de poesía de los periódicos, los programas melodramáticos de la radio y la televisión y los foros literarios de Internet tienen como fuente de inspiración los corazones rotos.

Os contaré las cosas que pasan en el interior de nuestras casas y las emociones que nos invaden a nosotras, las chicas de Riad, cuando suceden esas cosas. No intentaré adentrarme en la vida interior de los cocodrilos, porque, por decirlo claramente, no sé casi nada de la psicología de los cocodrilos. La verdad es que queda fuera de mi especialidad y de mi esfera de interés. Yo me limito a hablar de mis amigas; el resto queda en manos de alguien que tenga afinidad con los cocodrilos y que desee hablar de sus amigos. Esa persona tendría que escribirme e informarme de lo que pasa en los pantanos donde habitan los cocodrilos, porque nosotras —las lagartijas— nos morimos por conocer la forma de pensar de dichos reptiles y comprender sus motivos, que siempre quedan ocultos.

Algunos han armado mucho revuelo después de mi último e-mail sobre Michelle y Faisal. Por desgracia, algunas personas imponen su voz por encima de los demás porque ponen en práctica aquel principio tan discutible que dice: «El que más grita lleva razón.» Si tantas ganas tienen de hacer cosas, estos individuos vengativos aprovecharían más el tiempo si movilizaran su lengua contra ideas repugnantes y tradiciones tronadas, como los prejuicios tribales (1), en vez de difamar a las personas que lo único que hacen es intentar iniciar un debate sobre estas costumbres tan ofensivas.

(1)   Una de las numerosas subclasificaciones de la sociedad saudí distingue entre familias tribales y familias no tribales. No se pueden celebrar bodas entre clases o sectores diferentes. Las familias tribales son las que descienden de una de las famosas tribus árabes.

Todo el mundo condena mi forma de escribir: les parece demasiado osada. Quizá lo que les parece osado es que escriba. Todos me reprochan la polémica que he desatado alrededor de cuestiones consideradas «tabú». En nuestra sociedad no estamos acostumbrados a hablar tan abiertamente, aún menos cuando el disparo de salida lo da una chica como yo. ¿Pero no es así cómo empiezan todos los cambios sociales radicales? ¿Quién podía prever que Martin Luther King, partidario de la no violencia, liberaría a los negros de Estados Unidos de la desigualdad social? Que él y sus seguidores conseguirían, con una protesta discreta contra los asientos separados de los autobuses, iniciar la lucha por la igualdad de blancos y negros...

Quizá también yo me tope con dificultades, como Martin Luther King, a quien asesinaron hace medio siglo, justo cuando había empezado a luchar contra los principios erróneos de su sociedad. Él se sacrificó por su causa. Estaba convencido de que era posible cambiar el mundo, y hoy en día se lo considera uno de los héroes de este siglo, mientras que en su época lo tildaron de criminal.

Eso es lo que pienso: tal vez ahora hay algunas ovejas descarriadas que creen en mi causa, o tal vez no hay ninguna, pero sin duda dentro de medio siglo no habrá tanta gente que se oponga.

Kamra fue de visita a casa de sus padres. Su madre estaba informada de la situación, pero decidió ocultársela a los demás. Consideraba que la pelea de la pareja y la intención de Rashid de divorciarse eran sólo hechos pasajeros. No le había comentado nada a su marido sobre el sufrimiento de Kamra porque estaba en el norte de África, de vacaciones. Si nunca se había interesado por los asuntos familiares, ¿por qué iba a hacerlo ahora? La madre de Kamra tenía la sartén por el mango, lo había planeado todo y creía que tenía la situación bajo control.

Cuando venían visitas a felicitar a Kamra por su embarazo, ésta les contaba lo que su madre le había aconsejado que dijera:

—Rashid tiene mucho trabajo en la universidad y, lamentablemente, no puede hacer vacaciones. Cuando supo que estaba embarazada, decidió que era mejor que fuera yo quien diera la noticia a mi familia. Supongo que me quedaré un mes, después volveré. El pobre no puede vivir sin mí.

—Cualquier cosa menos el divorcio —dijo su madre—. Que se separe tu hermano, todavía, pero mi hija no será una divorciada.

Sin embargo, Rashid no les dejó mucho tiempo. Como sucedió con Sadim, dos semanas después de llegar Kamra, el padre recibió el documento del divorcio. Con ello se frustraron todos los planes de la madre. Daba la impresión de que Rashid hubiera esperado ese momento durante mucho tiempo. Por fin había llegado el día en que podía deshacerse de la mujer que le habían impuesto.

El documento entró como un fantasma en la casa. Kamra sólo conocía estas cosas de verlas en las películas egipcias. Lo más terrible no era la carta en sí misma, sino su contenido. Cuando su hermano se la entregó y ella leyó un par de frases, se dejó caer en el sofá y empezó a gritar:

—¡Se ha divorciado! ¡Rashid se ha divorciado!

Su madre la abrazó y gritó, sollozando:

—¡Que Dios rompa tu corazón y el de tu madre, Rashid, como tú has roto el mío!

Su hermana Hussa, que se había casado un año antes que Kamra y celebrado el enlace embarazada de ocho meses, se añadió a ellas y también maldijo a todos los hombres. Desde su boda padecía interiormente. Khalid, su marido, que durante el noviazgo se había mostrado tan atento y la había cuidado tanto, se había transformado poco después de la boda en otra persona. La había dejado de lado y no se preocupaba de ella en absoluto. Incluso cuando estaba enfadada, él no quería saber los motivos y, cuando enfermaba, se negaba a acompañarla al médico. Mientras estuvo embarazada su madre la acompañaba a las revisiones. Después del parto fue a comprar las cosas para el bebé con su hermana. Lo que más molestaba a Hussa era la ambición de su marido. No había motivos para que fuera tan avaricioso, pues no le faltaba el dinero. Sólo se quejaba cuando gastaba Hussa; él no se privaba de nada. Tampoco le daba dinero para los gastos domésticos, como siempre había sido habitual en su casa y en casa de Nafla. Hussa tenía que pedir y suplicar mucho antes de que él se rebajara a darle el dinero y, para ella, suponía una humillación continua.

Cuando quiso comprarse un vestido nuevo para asistir a la boda de una pariente, él le dijo:

—No es necesario comprar un vestido nuevo, ya tienes suficiente ropa.

Una vez que necesitaba una blusa, le dijo:

—¿Por qué? ¿No te compré una hace seis semanas?

Khalid no se cansaba de repetirle:

—Tengo que ahorrar. Pide dinero a tu padre. Veo que tiene mucho, porque cada día le compra un coche nuevo a tu hermano…

O le echaba en cara:

—Te han casado conmigo para quitarse un peso de encima.

Continuamente tenía que oír comentarios humillantes como ése, así que terminó por renunciar a pedirle nada. Pero cuando su marido le daba dinero, en vez de tres mil riales, le daba quinientos, o cincuenta si necesitaba quinientos. De hecho, la madre de Khalid, a la que apodaban el Escorpión, siempre le daba la razón y lo elogiaba por ser tan tacaño con su mujer. Así debe ser un hombre nedj. Así era cómo su marido, el padre de Khalid, la había tratado a ella.

Kamra sufrió mucho después del divorcio. Había vivido la separación de Sadim y había visto cómo había sufrido su amiga. A pesar de ello, su situación le parecía mucho más dolorosa. No había un solo día en que no pensara que acabaría ahogándose a causa de sus lágrimas. Las noches eran lo más difícil de soportar. Normalmente sólo dormía tres horas y, cuando se levantaba por la mañana, se sentía terriblemente cansada y deprimida. Y eso que antes de la boda, y también justo después, no había tenido ninguna dificultad para dormir diez o más horas seguidas. ¿Era eso la «inestabilidad emocional», tema de conversación habitual entre sus amigas solteras? Hasta entonces no había visto nunca con tanta claridad lo que Rashid significaba en su vida. Hasta que desapareció.

Se tumbó de lado y se acercó la rodilla izquierda al pecho, casi hasta tocarla con la barbilla. Estiró la pierna derecha para sentir la pierna de Rashid, pero allí no había nada. Daba vueltas de izquierda a derecha y de derecha a izquierda y tenía la sensación de que la cama ardía debajo de ella. O le parecía estar tumbada encima de una sábana llena de agujas que le pinchaban. Suplicaba, citaba el sura «El trueno» y entonces abrazaba el cojín y se lo colocaba sobre la barriga. Apoyaba la cabeza en la esquina derecha y estiraba las piernas hacia la izquierda. De este modo, tumbada en diagonal, llenaba el vacío que Rashid había dejado en la cama. Sin embargo, eso no servia para llenar su vacío interior.

## 17

¿No te hemos aligerado el pecho, descargado la espalda y mejorado la reputación de tu nombre? En efecto, después de lo pesado viene lo ligero; mira, pues, cómo con lo pesado viene lo ligero. Y no ha parado la carga; álzate y alaba a tu Señor.

QUR'AN, SURAT AL-SHARH (capítulo sobre
la relajación, versículos 1-8)

Para: seerehwenfadha7et@yahoogroups.com
De: «seerehwenfadha7et»
Fecha: 4 de junio de 2004
Asunto: ¡Lo que sea menos un saudí!

Durante estas últimas semanas he leído en periódicos tan conocidos como *Al-Rijad* y *Al-Watan* artículos que hablan de mí. Mejor dicho, de mis e-mails. Citemos uno:

«Hace poco ha estallado un escándalo. La instigadora es una chica anónima que todos los viernes envía un e-mail a muchos usuarios de Internet. En él cuenta historias de cuatro amigas: Kamra al-Kasmandji, Sadim al-Harimli, Lamis Yadawi y Michelle Abd al-Rachman. Estas jóvenes pertenecen a la clase alta, una élite con un comportamiento que normalmente se oculta a los que no pertenecen a ésta.

»Todas las semanas, la autora informa de los cambios en la vida de sus amigas, y cuenta historias tan emocionantes que todo el mundo espera ansioso que llegue el viernes. Oficinas del gobierno, salas de conferencias, hospitales y aulas se transforman los sábados por la mañana en clubes de debate en los que se comenta el último e-mail. Todos quieren expresar su opinión; algunos aplauden lo que escribe la chica; otros no están tan de acuerdo. Algunas personas consideran normal el comportamiento de las jóvenes, mientras que otras se exasperan y no pueden creer que en nuestra sociedad conservadora se puedan realizar actos tan contrarios a las reglas establecidas.

»Aún no se pueden prever las consecuencias de todo esto. Lo que no se puede negar es que estos extraños e insólitos e-mails han generado un gran alboroto en nuestra sociedad, que nunca había visto nada parecido. Es innegable que alimentarán el debate durante mucho tiempo, incluso cuando se dejen de enviar.»

A Sadim le gustaban las prácticas de verano en el banco HSBC. Se había integrado bien en el equipo y sus compañeros la trataban con amabilidad. Como era la más joven, todos le daban consejos y la respaldaban. Su trabajo no era difícil: ayudaba a los clientes a rellenar formularios y ordenaba cartas y actas en el archivo.

Sadim sentía predilección por uno de sus colegas, un musulmán pakistaní que se llamaba Tahir y era increíblemente divertido y gracioso. Ahora podía relacionarse con naturalidad con todo el mundo y, como no había ningún otro árabe, podía comportarse como los demás. Gastaba bromas, se reía, en dos palabras: era feliz. No tenía que reprimirse como cuando estaba en compañía de árabes, sobre todo de los estados del Golfo o de Arabia Saudí.

Ya el primer día le había llamado especialmente la atención uno de sus compañeros. Se llamaba Edward, tenía los ojos azules, el pelo negro y largo hasta las orejas, y acento irlandés.

Un día, Edward les propuso a todos ir a tomar algo al piano bar de Kensington High Street después del trabajo. A Sadim le pareció una buena idea, porque Tahir también quería ir y porque el sitio no quedaba lejos de su casa. Sadim anunció que saldría cuando se fuera Tahir; el chico se había convertido en una especie de hermano mayor para ella, y en su presencia se sentía tranquila y protegida.

En el bar, lo primero que llamó la atención de Sadim fue el piano. Se acordó del piano blanco que había en casa de su tía Badrija. Su primo Tarik recibía clases y le enseñaba todo lo que aprendía. Entonces ella tenía doce años y él quince.

De repente le entraron ganas de sentarse al piano. Aunque no había practicado desde hacía doce años, intentó tocar algo. Pidió disculpas con antelación por si le salía mal. Poco a poco, fue tocando las teclas hasta que dio con la melodía. Era una canción de Omar Khairat, su compositor favorito.

El amigo de Tahir, que se llamaba Firas, se quedó parado delante del bar cuando oyó la canción árabe. Bajó la escalera poco a poco y miró a través del cristal de la puerta. Al piano estaba sentada una chica de notable belleza que no había visto nunca antes. No entró en el local hasta que la chica se levantó para recibir los aplausos de los espectadores. Se dirigió a la mesa de Tahir, donde también estaba ella. Después de saludar al grupo, le dijo a su amigo que debían darse prisa o se perderían el comienzo de la película.

Tahir le preguntó a Sadim si le apetecía ir al cine con ellos. Ella dijo que prefería volver a casa. Le dio las gracias por la invitación y deseó a ambos que lo pasaran bien. Salieron juntos del bar y en la puerta se separaron. Los dos chicos se fueron hacia la izquierda, en dirección al cine Odeon, y Sadim se fue hacia la derecha.

Una semana más tarde, Tahir la invitó a su fiesta de cumpleaños en el pub Collection de South Kensington; cumplía treinta años. Y fue allí donde Firas vio a Sadim por segunda vez. Como Tahir no los había presentado en el piano bar, decidió presentarse él mismo. Firas se acercó a ella y le dijo:

—Así que eres una flor árabe, ¿no?

Con unos ojos como platos, Sadim le preguntó:

—¿Es que tú eres árabe?

—Sí, de Arabia Saudí… Firas al-Sharqawi.

—Sadim al-Harimli. Lo siento, pensaba que eras pakistaní, como Tahir.

La sinceridad de Sadim lo hizo reír.

—Y tú podrías ser española, pero una española que habla inglés perfectamente.

—Yo también soy de Arabia Saudí.

—Que Dios mantenga vivo nuestro pueblo.

«¿Qué querrá decir con eso?—se preguntó Sadim—. ¿Tal vez alguien amenaza con asesinar a nuestro pueblo? Parece que toda Arabia Saudí está en Londres y a mí me toca coincidir con uno que, además, se alegra de ello. ¡Si es que tengo la negra!»

—Encantada –dijo, sin embargo.

—Cuando el otro día en el bar te oí tocar el piano, ya

vi que eras árabe. Le pregunté a Tahir quién eras y me dijo
que eras de Arabia Saudí.

—¿Ah, sí? No me di cuenta de que me escucharas.

—Porque me quedé fuera. Era la primera vez que oía
música árabe en el piano bar y, la verdad, tocaste de fábula.

—Gracias por tu amabilidad. —Sadim cogió su bolso de
la silla vecina y añadió—: Lo siento, pero tengo que irme.

—¿Ya?

—Sí, tengo una cita.

—Al menos espera hasta que llegue Tahir. Me parece
que aún está abajo, en el bar.

—No puedo. Salúdalo y pídele disculpas de mi parte.

—De acuerdo. Hasta pronto. Espero no haberte moles-
tado. Me alegro de haberte conocido.

«¿Molestarme? ¡Ya lo creo! —pensó Sadim—. Cuando
oigo cuatro palabras tuyas, toda la amargura revive dentro de mí como un volcán. ¿Qué esperabas? ¡Al fin y al
cabo, eres saudí!»

—Yo también, *bye*.

—*Bye bye*.

De vuelta a casa, Sadim maldecía su mala suerte: ¡conocer precisamente a un saudí! Repasó en su cabeza todos
los detalles del encuentro en el piano bar la semana anterior. ¿Se había comportado siguiendo las normas o había
algo que un joven saudí considerara escandaloso para
una hija de su país? ¿Había dicho algo demasiado atrevi-
do, poco apropiado? ¿Iba bien vestida?

«¡Que se vaya a hacer puñetas! —pensó—. ¿Qué hace
aquí? ¡Para una vez que puedo vivir tranquila y hacer
lo que quiero! ¡Los saudíes me persiguen! Dios todopo-
deroso, haz que no cuente nada malo sobre mí y que mañana todo Riad lo sepa. Que la ira de Dios recaiga sobre

ti, Tahir, y tu amigo. ¿Qué ha dicho? "Así que eres una flor árabe, ¿no?" ¡Qué frase tan anticuada!»

Cuando Sadim llegó el lunes al banco, lo primero que hizo fue ir a ver a Tahir. Quería saber por qué no le había dicho de dónde era su amigo. Tahir negó que lo hubiera hecho a propósito y le aseguró que se había olvidado de comentarle que Firas procedía del mismo país que ella. Pero Firas era un hombre de confianza, no era necesario que se pusiera a la defensiva.

—Lo conozco desde que estudié en Westminster. Firas hizo el doctorado en ciencias políticas y yo el proyecto de final de carrera de informática. Compartimos un apartamento en la residencia de estudiantes de Marylebone Hall. Nos encantaba vivir cerca de Regent's Park porque allí estaba la Gran Mezquita e íbamos a rezar todos los viernes. Cuando terminé los estudios, me fui a vivir al piso de Maida Vale y Firas se trasladó a St. John's Wood. Durante todos estos años Firas ha sido un verdadero amigo.

Tahir no habló nunca más de Firas, y Sadim nunca más preguntó por él. Pero interiormente se preguntaba si Tahir le habría contado que estaba enfadada por el encuentro. Habría sido muy desagradable. De hecho, todo el mundo sabía que las chicas de Arabia Saudí prefieren establecer relaciones con hombres que no sean saudíes. Firas no sería ni el primero ni el último en darse cuenta de que una chica de su país prefería a su amigo pakistaní antes que a él.

Sadim estaba relativamente emancipada y no le interesaba nada saber lo que los demás pensaban de ella, pero esta vez deseaba volver a encontrarse con Firas y arreglar la posible imagen que éste se hubiera creado de ella. Le molestaba que pudiera tener una mala opinión de ella. Tampoco sabía qué tipo de persona era, pero no dejaba de ser un saudí que con sus comentarios podía llegar a crear un gran revuelo que llegara hasta Riad.

Había cogido la costumbre de pasear los sábados por la mañana por Oxford Street. Miraba los escaparates y después entraba en la librería Borders. Comía algo en Starbucks y luego recorría las cinco plantas y pasaba horas hojeando revistas y escuchando música.

Y fue precisamente allí donde lo vio. Ya era la tercera vez que el destino hacía que se encontraran.

«¡Esto es una señal! –pensó. Y le vino a la cabeza una de las expresiones favoritas de Umm Nuwair–: A la tercera va la vencida.»

En su mesa había un montón de papeles esparcidos y delante de él tenía un ordenador portátil. Estaba leyendo el periódico. Con la mano derecha sostenía una taza de café.

«¿Voy a saludarlo? ¿Y si finge que no me conoce? Seguro que le resulta divertido hacer ver que no sabe quién soy. En fin, no tengo nada que perder.»

Se acercó a la mesa, se volvió hacia él y le dijo «hola». Él alzó la cabeza y la saludó muy amablemente:

–¿Cómo estás, Sadim? Me alegro de verte.

Respiró aliviada, y todos sus temores desaparecieron al instante. Los dos se quedaron de pie y se contaron lo que aún tenían previsto hacer en la librería. Después de un par de minutos, él la ayudó a llevar a su mesa el café y el croissant de queso.

Hablaron animadamente, casi sin pausas. Sin saber cómo, durante la conversación, Sadim se olvidó de que ante sí tenía al mismo hombre saudí a quien quería cortarle la lengua antes de que empezara a difundir chismes sobre ella.

Sadim le preguntó qué opinaba de la universidad y en

qué campo trabajaba. Él se interesó por sus estudios y por sus prácticas de verano. Ella quiso saber qué eran todos aquellos papeles. Él se rió y le dijo que aquella mañana aún tenía que leer doscientas páginas, pero que no por ello renunciaría al placer de leer con toda tranquilidad el periódico. Le gustaba sentir el olor de las páginas a medida que las iba ojeando. Sadim se rió cuando vio que él, como un niño, intentaba esconder los periódicos debajo de la mesa. No, aseguró él, tampoco había tantos, hoy sólo había comprado el *Al-Hayat*, el *Scharq al-Ausat* y el *Times*.

A Sadim le sorprendieron sus conocimientos artísticos y musicales, a pesar de haber estudiado ciencias políticas. Decía cosas inteligentes sobre los paisajes de Rembrandt y los cuadros abstractos de Kandinsky. También mostró su entusiasmo por la música de Mozart, por el aria «La reina de la noche» de *La flauta mágica*, que Mozart había compuesto en una sola noche, y le hizo prometer que escucharía la versión de la soprano Louisa Kennedy. Entonces pasaron a hablar de los turistas de los estados del Golfo que invadían Londres durante esa estación del año. Sadim se lo pasaba muy bien suministrándole comentarios mordaces. Firas tenía un genio especial para la ironía y las burlas. En poco rato llenaron con risas ruidosas el silencio de la cafetería.

Había química entre ellos. Sadim se asustó cuando vio que fuera llovía (no hacía mucho, brillaba el sol). Firas le preguntó si tenía coche y cuando ella dijo que no se ofreció a llevarla a casa. Ella rechazó la oferta educadamente: aún quería pasear un poco más y después ya cogería un taxi o volvería en el autobús. Firas no insistió más, pero le pidió que se quedara un momento más porque quería ir a buscar algo al coche.

Volvió con un paraguas y un impermeable y le ofreció

ambas cosas. Ella intentó convencerlo de que con una ya le bastaba, pero él insistió en que se llevara las dos. Finalmente Sadim aceptó el ofrecimiento y le dio las gracias. Interiormente deseaba que le pidiera el número de teléfono. Dentro de dos días volvía a Riad para retomar sus estudios y le sabría mal no volver a verlo. Pero eso no ocurrió. Él le dio la mano y las gracias por la agradable compañía durante el desayuno. Ella se levantó y volvió a casa. Cada paso la alejaba más y más del final feliz de una historia que ni siquiera había tenido la oportunidad de comenzar.

## 18

El noble Profeta –las bendiciones y la paz de Dios recaigan en él–
se casó con mujeres árabes y con mujeres no árabes; con mujeres
de su tribu y otras que no lo eran; con musulmanas y con no musulmanas; con cristianas y judías que se convirtieron al islam antes
de que él consumara los matrimonios; con mujeres que habían estado casadas anteriormente y con vírgenes.

AMR KHALED (1)


Para: seerehwenfadha7et@yahoogroups.com
De: «seerehwenfadha7et»
Fecha: 11 de junio de 2006
Asunto: Una sociedad llena de contradicciones

Me ha llamado la atención que mis e-mails cada vez son mejor recibidos por parte de otras mujeres. Ahora bien, la mayoría de las respuestas que me animan aún provienen de los
hombres.

Me puedo imaginar perfectamente la escena: una de esas

---

(1) Activista egipcio y predicador musulmán, muy popular en los países árabes.
Es uno de los evangelistas televisivos y autores más influyentes del mundo árabe.

chicas, después de la oración del viernes, se conecta a Internet y se mira con lupa mi e-mail por si encuentra algún indicio de parecido con ella. Si no detecta ninguno, suspira aliviada y llama a sus amigas para asegurarse de que ellas también están bien. Se felicitan mutuamente por haberse librado una semana más de un escándalo. Pero si encuentra algún parecido, aunque sea remoto, con una situación vivida hace años, o la calle por donde anda uno de mis personajes tiene un aire a una calle que queda cerca de donde vive su tío, entonces se organiza una buena.

Recibo muchos e-mails llenos de amenazas. «Juramos a Dios que diremos tantas infamias de ti como tú de nosotros.» O: «¡Sabemos exactamente quién eres! Eres la prima del tío de mi cuñada y estás enfadada porque tu primo se ha prometido conmigo y no contigo.» O este otro: «Eres la hija fisgona de nuestros amigos vecinos de Manfuja y nos tienes envidia porque nosotros nos hemos trasladado a Ulja y vosotros aún vivís en aquel sitio espeluznante (2).»

Faisal sólo le contó la verdad a medias: su madre estaba en contra de que se casara con Michelle.

Faisal sólo le resumió la conversación y dejó que ella averiguara las razones de la negativa de la madre. Michelle no podía creer lo que estaba oyendo. ¿Ése era el Faisal que la había deslumbrado con su mentalidad abierta? La dejaba plantada sólo porque su madre quería que se casara con una chica de su círculo? ¿Una chica con pocas luces, como cualquier otra? ¿Y Faisal se daba por satisfecho? Entonces, ¿resultaba que él no era distinto de los jóvenes cretinos que ella no podía soportar?

---

(2)   Manfuja es un barrio muy viejo del sur de Riad, y Ulja es una zona muy concurrida donde los precios de los inmuebles son muy elevados.

Michelle estaba en estado de *shock*. Faisal ni siquiera intentaba justificar su comportamiento, porque estaba convencido de que, dijera lo que dijese, no podría cambiar nada. Se sentía en la posición débil y reaccionaba de forma apática. Lo único que le dijo fue que pensara en las consecuencias si él tenía que enfrentarse a su familia. Si se mantenía firme en su intención de casarse, no sólo él, sino también ella se hallarían expuestos a las maquinaciones familiares. Y oponerse tampoco serviría de nada, ya que el resultado ya estaba fijado. Pero eso no significaba que no la quisiera. A su familia no le interesaba el amor, lo único que contaba para ellos eran los valores y las tradiciones. ¿Cómo podía convencerlos?

Michelle lo miró en silencio. Lo observó y de repente su cara le pareció extraña. Él le cogió las manos, las humedeció con lágrimas y, después, se levantó y se marchó. Lo último que le dijo fue que podía sentirse orgullosa de no pertenecer a un clan tan complicado. Su vida era más fácil y agradable; podía decidir por sí misma y no dependía de todo un clan. Su intelecto no tenía que luchar contra prescripciones dictatoriales, y en su libertad y su independencia no podían interferir formas de pensar venenosas. Podía permitirse elegir su camino y no caer en trampas.

Faisal abandonó a su gran amor. Él le abrió los ojos después de destapar la verdad que había escondido durante tanto tiempo detrás de una cortina de harapos. Huyó y se desentendió de todo tipo de responsabilidades. La abandonó porque no quería ver reflejada en los ojos de Michelle su imagen asquerosa. ¡Pobre Faisal! No la abandonó por orgullo; lo hizo porque, a pesar de todo, quería conservar un buen recuerdo del amor de Michelle por él.

Con el deseo profundo de no entregarse a la tristeza, ella intentó librarse de todos los recuerdos dolorosos con la ayuda de Dios, que tanto conoce el sufrimiento de los seres humanos. Sabía que necesitaría mucha fuerza de voluntad, pero su orgullo no le dejaba otra opción. No quería hurgar en las heridas del pasado.

Esperaba que con el tiempo se curaría y que las pequeñas alegrías de cada día le devolverían las ganas de vivir. Cuando vio que eso no sucedía, decidió visitar a un psiquiatra egipcio que le había recomendado Umm Nuwair porque la ayudó mucho después del divorcio.

En la consulta no había ninguna *chaise longue* donde tumbarse y relajar el corazón y la mente. El médico se comportaba de forma muy distante, y en cuanto a la pregunta que la tendría ocupada al menos toda una vida, él tampoco conocía la respuesta. Su pregunta era: «¿Qué más podría haber dicho o hecho para retenerlo?»

Después de cuatro visitas, se dio cuenta de que las charlas simplistas de aquel médico no la ayudaban. Para describir la traición de Faisal había evocado la imagen del lobo que engaña a la oveja antes de comérsela. Sin embargo, ella no era una oveja y Faisal tampoco era un lobo. ¿Eran ésos los nuevos métodos de la psiquiatría árabe? ¿Podía en realidad un médico egipcio entender la dimensión social de su conflicto? Al fin y al cabo, el problema estaba relacionado con su personalidad como mujer saudí, con la gran distancia que creaban los orígenes sociales y las nacionalidades. De hecho, las circunstancias sociales de Arabia Saudí eran únicas, por eso su pueblo era distinto de los demás.

Aunque Faisal la había herido en lo más profundo, estaba convencida de que la había querido mucho y que aún la quería como ella a él, pero era demasiado débil para enfrentarse a su entorno. Pertenecía a una sociedad llena de contradicciones, que no permitía la autoafirmación de las personas. Michelle tenía claro que debía decidirse: o aceptaba esa sociedad tal y como era y se amoldaba o abandonaba el país para vivir en libertad en otro lugar.

Cuando le preguntó a su padre, hacía un año, si podía estudiar en el extranjero, éste le dijo que no. Sin embargo, ahora estaba de acuerdo. Tal vez había cambiado de opinión porque la veía más delgada y pálida. El ambiente en casa se había vuelto opresivo. Michelle se pasaba el día sentada y con actitud melancólica, y su hermano Mashal estaba en Suiza para pasar las vacaciones de verano en un internado. Sus padres estuvieron de acuerdo en dejarla ir a estudiar a San Francisco, donde vivía su tío. El mismo día empezó a escribir a las universidades porque quería inscribirse a tiempo, antes de que empezara el año académico.

Llena de impaciencia, esperaba que llegara el momento de hacer las maletas e irse. Ya nada la ataba a ese país en el que —no podía describirlo de otro modo— se trataba a las personas como a un rebaño de ovejas. Nunca más permitiría que nadie le dijera lo que se podía hacer y lo que no. ¿Qué sentido tenía una vida así? Ninguno. Quería decidir sola qué hacer con su vida.

## 19

Señor nuestro, no dejes que nuestros corazones se equivoquen más después de que nos hayas guiado. Otórganos tu gracia, ya que tú eres el único que la concede.

Sura «La casa de Imran», versículo 8

Para: seerehwenfadha7et@yahoogroups.com
De: «seerehwenfadha7et»
Fecha: 18 de junio de 2006
Asunto: Entre las estrellas… sobre las nubes

La bandeja de entrada de mi correo arde de tantos mensajes explosivos como he recibido. Algunos me avisan de que me he acercado demasiado a la línea roja. Otros me dicen que ya la he cruzado y que me castigarán por meter las narices en la vida de los demás y —lo que es peor— por convertirme en un modelo para los que estén tentados de impugnar las tradiciones de nuestra sociedad con audacia, insolencia y seguridad en sí mismos. ¡Eh, no matéis al mensajero!

En el pasillo del aeropuerto, Sadim lloraba. Era como si antes de entrar en Riad quisiera deshacerse de todas las lágrimas acumuladas en su interior. Deseaba iniciar una nueva vida, la de antes de Walid. Volver a la universidad y esforzarse por pertenecer al grupo de las mejores. Tenía ganas de volver a ver a sus amigas y a Umm Nuwair.

Se sentó en su asiento de primera clase, cogió el reproductor y cerró los ojos. Quería escuchar la música de Abdulmajid Abdullah, uno de sus cantantes saudíes favoritos:

*Mi lugar está entre las estrellas, sobre las nubes;*
*con los colores de la alegría, me libro de toda tristeza.*

La música que había elegido para el vuelo de regreso era totalmente distinta de la que había escuchado en la ida, de camino a Londres. Quería dejar atrás toda la tristeza y saludar con los brazos abiertos a su nueva vida. Había decidido enterrar su sufrimiento en la capital inglesa y volver a ser la chica alegre que había sido antes de separarse de Walid.

Cuando se apagó la señal que indicaba que debían mantener los cinturones abrochados, fue al baño a ponerse la *abaya*. No tenía ganas de hacer cola antes del aterrizaje, porque era el momento que la mayoría elegían para cambiarse de ropa. Las mujeres se metían dentro de la *abaya* y se ponían el pañuelo y el velo. Los hombres se sacaban el cinturón que llevaban bajo la voluminosa barriga. La indumentaria blanca que se ponían era ideal para esconder el resultado del desenfreno alimenticio. Las calvas brillantes desaparecían bajo los pañuelos de cuadros rojos.

Cuando volvió a su sitio, le pareció que un hombre le sonreía. Entornó un poco los ojos para verlo mejor, pero sin las lentes de contacto no veía bien. No conseguía ponérselas sola. Cuando quería llevarlas iba a un

óptico. Por eso ahora se hallaba en una situación tan incómoda. Cuando llegó a su sitio, dio un par de pasos más
hacia adelante. De repente le habría gustado gritar, pero
en el último momento decidió no hacerlo y se limitó a
decir:

—¡Firas!

Él se levantó y la saludó alegremente. El destino había
dejado libre el asiento de al lado y, en seguida, él le pidió
que se sentara.

—¿Cómo estás, Sadim? ¡Qué casualidad!

—¡Ya lo creo! No esperaba volver a verte.

—Estaba apuntado en la lista de espera, así que no sabía si podría volar esta noche. Ha sido una buena idea que
hayas ido a cambiarte, o no te habría visto.

—Qué raro que tú no te hayas cambiado.

—No me gusta cambiarme de ropa en los aviones. Me
sentiría como una persona dividida, como cuando el doctor
Jekyll se transforma en mister Hyde.

Ella rió.

—Me has conocido a pesar de la *abaya*. Dentro de este
saco no tengo figura.

—Incluso así tienes una figura bien bonita.

«¿Lo dice en serio? —pensó Sadim—. O tiene un gusto
pésimo, o le parezco tan horrorosa que prefiere que lo es-
conda todo debajo de la *abaya*.»

—Me alegro de que nos hayamos encontrado. Por cierto,
aún tengo el paraguas y el impermeable.

—Puedes quedártelos, ya no los necesito.

—¿Tal vez te constipaste por mi culpa?

—No, gracias a Dios. Cuando uno vive en Londres se
acostumbra a llevar siempre un paraguas y un impermeable en el coche. El tiempo cambia radicalmente de un momento a otro. Además, aquel día subí inmediatamente al

coche para ir directo a casa. Tenía miedo de que tú te pusieras enferma si volvías caminando a tu apartamento.

—Oh, no, no me pasó nada. Es que, en comparación con los demás, iba bien protegida.

—Esperemos que a los demás tampoco les pasara nada.

—De todos modos, déjame agradecértelo una vez más. ¿Qué planes tienes ahora? ¿Te quedarás en Riad o volverás a Londres?

—Todavía no lo sé. Mientras la cosa se aclare, estaré entre Riad, Yidda y al-Khubar. Riad es la capital oficial, Yidda la no oficial y al-Khubar la capital de mi familia.

—¿Eres de al-Khubar?

—Sí. Originariamente mi familia proviene de Nejd, pero hace tiempo que vive en la provincia del este.

—¿Y no te cansas de ir constantemente arriba y abajo? Eres demasiado mayor para andar viajando como un estudiante.

Él rió.

—Estoy acostumbrado. El único inconveniente es que cada semana debes tener el billete asegurado. Y en todas partes hay que tener algo de ropa. Pero lo más importante es el cepillo de dientes; en cada casa tiene que haber uno. Ya ves, no tendría ningún problema si me casara con más de una mujer, tengo una práctica...

—¡Vaya, eres un auténtico trotamundos! Ahora que caigo, ¿qué día es tu cumpleaños?

—¿Por qué lo preguntas? ¿Me quieres regalar algo? Yo, encantado.

Sadim sonrió.

—¿Por qué tendría que regalarte nada? ¿Además, no eres un poco mayorcito ya? Deja los regalos para nosotros, los jóvenes.

—Perdona, pero tengo treinta y cinco años, no soy viejo.

—Vale, pues dime, ¿qué signo del zodíaco eres?

—¿Sabes del tema?

—Claro que sí. Tengo una amiga que es experta en astrología y me ha enseñado muchas cosas. Por eso siempre pregunto el signo del zodíaco.

—Soy capricornio, pero no creo en esas cosas. Como dices, ya soy muy mayor.

A Sadim le llamó la atención que Firas estuviera tan pendiente de que las azafatas no le sirvieran por error una bebida alcohólica o carne de cerdo. También lo rechazaba para él. Esa atención le gustó. Sabía que ésa era una característica de los virgo. Pero Firas era capricornio y, a pesar de ello, prestaba atención a cualquier detalle.

—Que Dios te obsequie con una buena estancia —dijo Sadim—. Tu madre debe de estar muy contenta de volver a verte.

—Será difícil, porque está en París con sus hermanas. Mientras estudiaba, la pobre me llamaba a diario y me bombardeaba con preguntas: «¿Estás bien, hijo? ¿Estás contento? ¿No quieres volver? ¿No quieres casarte?»

—Pues tiene razón. ¿No te quieres casar? —preguntó Sadim de forma espontánea, con los ojos fijos en el vacío que había entre los dos dientes delanteros de Firas.

—¡Uf! Éste ya es el segundo ataque en menos de un minuto. No tendrías que preguntar cosas así. ¿De verdad me ves tan viejo?

—No, ¡qué va! Me has entendido mal. Me refiero a que es raro conocer a un hombre saudí de más de treinta años que no esté casado. En cuanto les sale la barba, ya suplican a su madre desde la mañana hasta la noche para que convenza al padre y los deje casarse.

—En este terreno soy un poco complicado. Tengo una idea muy clara de cómo debería ser la mujer con quien me

case. Se lo he dicho a mi familia y les he pedido que espe-
ren con paciencia. Hasta ahora no he encontrado ninguna
mujer que se ajuste a mis gustos. Pero estoy muy satisfecho
y no tengo la impresión de que me falte nada.

—¿Puedo saber cómo tiene que ser esa mujer?

—Parece una orden. Pero antes de que se me olvide,
quería pedirte una cosa.

Ella le miró los dientes blancos y calculó si el hueco
era lo suficientemente grande como para que cupiera una
uña en él.

—¿Qué me quieres pedir?

—Hoy, antes de acostarme, ¿puedo volver a oír tu voz?

## 20

Y yo, en cambio, he confiado mis asuntos a Dios, Alá. ¡Dios observa todos los asuntos de Sus servidores y adoradores!

Sura «Gáfir», versículo 44

Para: seerehwenfadha7et@yahoogroups.com
De: «seerehwenfadha7et»
Fecha: 25 de junio de 2004
Asunto: Reunión de toda la pandilla

Una lectora que afirma que ha seguido mis e-mails desde el principio estaba emocionadísima por el final de mi último correo y me ha enviado el siguiente mensaje: «¡Vivaaaaaa! ¡Por fin! ¡Nos has hecho sufrir! ¡Estábamos a punto de perder la paciencia esperando a que Firas diera el primer paso! ¡Felicidades, Sadim!»

¡Qué instructivo es este intercambio de opiniones! Me obliga a seguir escribiendo mis historias escandalosas, seriamente comprometidas con la reforma de las mentalidades. Los mensajes como éste son mil veces más simpáticos que los que recibo a diario acusándome de ser demasiado liberal y decadente.

Algunos dicen que hablo de los defectos de los demás, pero que pretendo ser perfecta haciendo trampas: me he suprimido de los sucesos que cuento. No, no pretendo ser ningún modelo de perfección, porque no considero que las acciones de mis amigas sean abominables o pecaminosas.

Yo soy cada una de mis amigas, y mi historia es su historia. Si hasta ahora no he revelado mi identidad por razones personales, algún día lo haré, cuando estas razones hayan desaparecido. Y os contaré mi historia con pelos y señales, como la queréis oír, con sinceridad y transparencia. Ahora volvamos a nuestra querida Kamra.

Kamra pensaba constantemente en su futuro incierto. Como Sadim, había soñado durante semanas y semanas que Rashid volvería. Al menos tenía la esperanza de que daría señales de vida y se disculparía por haberla tratado tan injustamente. Pero no ocurrió nada de eso. Por ello, empezó a pensar cómo continuaría su vida. ¿Tenía que quedarse en casa de su padre, aparcada en el trastero como un mueble viejo? ¿Tenía que volver a la universidad y terminar sus estudios? ¿Se lo permitirían después de faltar un año entero? Tal vez tendría que hacer un curso en un instituto privado o inscribirse en una asociación de mujeres, así tendría algo que hacer.

—Mamá, me apetece limón y algo salado.

—Tanto ácido no es sano, hija. Después te dolerá el estómago.

—Tendrías que alegrarte de que me apetezca el limón. ¿Qué habrías hecho si hubiera dicho mango?

—¡Dios mío, no seas tan fresca! Te daré limón, pero después no te quejes.

Los hermanos menores de Kamra, Nayif y Nawaf, estaban contentos de que ella volviera a estar en casa. Les habría encantado poder estar en casa todo el día jugando con ella a la consola. Pero Kamra no estaba de humor para esas actividades; no sólo sufría por Rashid, sino también por su hijo, que, aunque todavía no había nacido, ya dominaba su vida. Su humor cambiaba constantemente, estaba irritable y perdía los nervios con facilidad.

«Que Dios te haga sufrir dondequiera que estés y hagas lo que hagas, Rashid —pensaba ella—. Y que a Kari aún le vayan peor las cosas. ¡Que Dios haga a tus hermanas y a tus hijas lo que tú me has hecho a mí! Oh, Dios mío, mi corazón está frío, pero el suyo quema. ¡No me hagas caer a mí en la desgracia, sino a él!»

En cuanto llegó a Riad, Sadim llamó a sus amigas y entre todas decidieron ir a visitar a Umm Nuwair al día siguiente. Después de mucho tiempo sin verse, Michelle, Kamra y Sadim se encontraron en casa de Umm Nuwair; Lamis iría más tarde. Umm Nuwair sirvió el té que había preparado al estilo hindú kuwaití, con leche, cardamomo y mucho azúcar. Reprochó a las chicas que la visitaran tan poco. Sadim fue la única que pensó en traerle algo del viaje. Le regaló un pañuelo de cachemir que le gustó mucho. Cuando Sadim oyó que Nuri había vuelto de Estados Unidos, donde su madre le había inscrito a una escuela especial, empezó a pronunciar todo tipo de bendiciones.

A Umm Nuwair le ayudó mucho que los profesores y los psicólogos de la escuela se hubieran instruido sobre la predisposición de Nuri. De ningún modo estaba enfermo, su caso era propio de la pubertad, la psicología de los jóvenes podía cambiar por muchas circunstancias, sobre todo cuando había conflictos familiares. En Norteamérica, a los homosexuales y a los travestis no se los consideraba enfermos, pero aquí, donde vivían ella y su hijo, era peor que un cáncer: era un golpe del destino. Se desmayó cuando le dijeron que la predisposición de su hijo podía comportar un cambio de sexo. Debía tener paciencia y es-

perar a que él aclarase su identidad sexual, es decir, si se
sentía hombre o mujer. Si se decantaba por esto último,
podía recibir ayuda, además de psicológica, mediante una
operación y un tratamiento hormonal.

Nuri estuvo dos años en el internado americano. Ahora
que había vuelto, Umm Nuwair había revivido. Estaba sorprendida de cómo había crecido y lo miraba con admiración. No le preocupaba nada que su padre lo ignorara y que
sus parientes, vecinas y colegas del trabajo se rieran de él.

Michelle sólo hablaba de cuán atrasada, reaccionaria y
dogmática era esa sociedad. Estaba contentísima porque
dentro de dos días empezaría una nueva vida en un mundo saludable. Aquí había tanta putrefacción que una se
ponía enferma en seguida. Sadim, por su parte, maldecía a
Walid al final de cada frase y Kamra se quejaba amargamente de su madre, que siempre le daba instrucciones
y le había prohibido salir de casa como antes. A menudo le
recordaba que estaba divorciada y que todos esperaban
que hiciera algún disparate para poder difundir chismes
contra ella. Estaba casi segura de que su madre confiaba
en ella, pero no se podía descartar que alguien que tenía
tanto miedo de los comentarios ajenos acabara hundién-
dose. Todos los días tenía que oír la misma cantinela:

—¿No te acuerdas de que estás divorciada?

La consecuencia de todo esto era que su libertad se
veía limitada. ¿No tenía bastante ya con su separación
como para, encima, tener que aguantar los comentarios
de la gente? Hacía ya tres semanas que había vuelto de
Estados Unidos y ése era el primer día que podía salir
de casa. Probablemente, pronto su madre ya no sería tan
generosa y no le permitiría salir.

Por fin apareció Lamis, radiante como siempre. En
una mano llevaba un bol con lasaña y en la otra un bol

con pesto. Tenían que probarlo como fuera, gritó, tenía un sabor fantástico. Como las otras tres no reaccionaban y sólo la miraban furiosas, Umm Nuwair se levantó y la llevó a la cocina.

—Sabes, querida, que cada una de ellas tiene que digerir su desgracia. No puedes llegar y hablar entusiasmada de macarrones con salsa. ¿No paras nunca, verdad?

—¿Y qué quieres que haga? ¿Suicidarme? Que Dios las ayude, pero esta situación es insostenible. Están ahí sentadas con cara de enfadadas. Dar vueltas y más vueltas al pasado sólo sirve para sufrir más.

—Ay, Lamis. Pido a Dios que no tengas nunca tan mala suerte como ellas. Me parten el corazón; cada historia es peor que la anterior. Que Dios castigue a los hombres por todo el sufrimiento que causan.

Lamis estaba decidida a animar a sus amigas. Se sacó del bolsillo la edición más moderna del libro de Maggie Farah sobre los signos del zodíaco, que había traído consigo del Líbano. Al ver el libro, las chicas se animaron y empezó una sesión de preguntas y respuestas.

—¡Lamis, *please*, cuéntame qué dice de los capricornio! —gritó Sadim.

—Un momento, por favor. Dice: «El hombre capricornio es sensible por naturaleza, pero su capacidad de despertar los sentimientos de su pareja es escasa. Es una persona razonable que no se altera con facilidad, pero cuando se enfada pierde totalmente el control y no puede dominarse. Sigue reglas estrictas y se aferra a tradiciones y costumbres. Las aventuras y el riesgo no le interesan. Obedece estrictamente a lo que le dicta la conciencia y casi nunca se deja guiar por los impulsos. Es una persona prudente y consciente que construye su vida sobre pilares sólidos. Está muy atado a su familia. Es una persona muy segura de sí misma, pero también puede ser absolutamente encantador. En cuanto a sus debilidades, cabe mencionar las siguientes: arrogancia, egoísmo y pensar excesivamente en su carrera profesional.

Michelle quería saber qué porcentaje de éxito podía tener una pareja de mujer leo y hombre cáncer.

—Ochenta por ciento —respondió rápidamente.

—¿La mujer virgo con quién se entiende mejor, con un hombre aries o con un capricornio? —preguntó Sadim.

—Con el capricornio, naturalmente. En cualquier caso, aquí dice que la mujer virgo armoniza bien con hombres capricornio y tauro. O sea, virgo y aries tienen un sesenta por ciento de posibilidades, pero virgo y capricornio al menos un noventa y cinco por ciento. Bravo, Sadim, no deberías perder más el tiempo. El aries se ha ido, ahora viene el capricornio. Esto me gusta. Dime, ¿quién es ese capricornio?

Kamra intervino:

—Escuchad, chicas, os voy a dar un buen consejo. Dejad de soñar despiertas. Olvidaos de todo esto y confiad en Dios. No esperéis nada de los hombres, o recibiréis precisamente lo que no queréis. Podéis estar seguras.

—Pero si un hombre es precisamente lo contrario de lo que deseo, ¿qué extraña razón puede obligarme a quedármelo? —preguntó Lamis.

—El destino, supongo —respondió Kamra.

—Venga, Kamra, hablemos claro —dijo Michelle—. Si no te hubiera gustado, no te habrías casado con él. No podemos pensar que el destino lo dirige todo y que no tenemos poder sobre él. Constantemente asumimos el rol de perdedoras que no tienen nada que decir. En realidad, es el súmmum de la pasividad. ¿Por qué nos cuesta tanto reconocer las consecuencias de aquello de lo que sólo nosotras mismas somos responsables? Tanto si está bien, como si está mal.

Como siempre, cuando Michelle encontraba palabras obvias y claras, el ambiente se volvía tenso. Umm Nuwair, como solía hacer en estas situaciones, intervino para calmar a las chicas con comentarios divertidos y bromas. Era la última noche que Michelle pasaba con ellas y, por este motivo, se esforzaron en no tener en cuenta su sarcasmo. Sólo Kamra estaba enfadada, secretamente y en silencio, por los comentarios punzantes que Michelle siempre le dedicaba cuando ambas estaban con todo el grupo.

## 21

Siempre haces algo que los demás condenan. Lo que tú consideras correcto para otros es incorrecto.

Eileen Caddy

Para: seerehwenfadha7et@yahoogroups.com
De: «seerehwenfadha7et»
Fecha: 2 de julio de 2004
Asunto: Fátima, la chiita

Dedico este e-mail a dos lectores chiitas, Jaafar y Hussein. Me han escrito informándome de que incluso la comunidad chiita sigue con devoción mi historia todas las semanas. Saberlo me hace pensar que debe de ser muy duro ser diferente en un país unicultural, uniétnico y unirreligioso como Arabia Saudí. A veces compadezco a aquellos de entre nosotros que, de algún modo, son… diferentes.

Desde que Lamis se trasladó a la Facultad de Medicina de Malaz, su relación con Michelle se fue enfriando. Las dos se esforzaban por superar la distancia, pero ya no estaban tan unidas como en los últimos cinco años. La entrada de una chica llamada Fátima en sus vidas puso a prueba su amistad.

El grupo de las cuatro amigas la llamaba Fátima, la chiita (1). Lamis estaba convencida de que a sus amigas les daba igual si Fátima era chiita, sunita, sufí, cristiana o judía; lo que les preocupaba era que era distinta de ellas, la primera chiita que conocían, una extraña en su ambiente, una intrusa en su círculo estrictamente sunita. Al fin y al cabo, en nuestra sociedad, si vas con alguien, se trata de algo que va más allá de la amistad, es una cuestión esencial, un profundo compromiso parecido al noviazgo o el matrimonio.

Lamis aún se acordaba de una buena amiga de la infancia: Fadwa al-Hasudi. No sentía una predilección especial por ella, porque prefería a chicas más alegres y extrovertidas. Una mañana, Fadwa la sorprendió cuando le dijo:

—Lamis, ¿quieres ser mi mejor amiga?

La pregunta cogió por sorpresa a Lamis. Le vino tan de nuevo que tuvo la sensación de hallarse en medio de una boda en Las Vegas. No tuvo más remedio que decirle que sí. No se habría imaginado nunca que precisamente esa Fadwa acabaría convirtiéndose en una chica envidiosa y celosa con afán de perseguidora.

Total, que Lamis estuvo «yendo» algunos años con Fadwa. Entonces conoció a Michelle y, como ésta era totalmente nueva en la escuela y no conocía a nadie, Lamis

---

(1)   Después de la muerte del Profeta Mahoma —la paz recaiga en él—, los musulmanes se dividieron en la elección de quién debía dirigirlos. Se eligió al califa Abu Bakar, amigo leal del Profeta Mahoma, pero algunos rechazaron esta elección y pidieron que el sucesor fuera Alí Ibn Thalib, primo y yerno del Profeta. Los musulmanes chiitas son seguidores del último y, por ello, algunos sunitas los denominan «rechazadores».

se ocupó de ella. A Fadwa no le gustó nada tener que compartir a Lamis y empezó a difundir rumores sobre ella. Naturalmente, esos rumores llegaron a Lamis: «Fadwa dice que hablas con hombres», «Fadwa dice que tu hermana Tamadir es mucho más lista que tú y que la odias porque es superior». Pero lo que más irritaba a Lamis era que Fadwa tenía dos caras y que se hacía la inocente. Lamis reaccionó con un distanciamiento frío. Y así continuó hasta que las dos terminaron la escuela superior y se separaron en los estudios posteriores.

La relación de Lamis con Fátima era totalmente distinta. Por primera vez Lamis se sentía muy atraída por una chica. De Fátima le gustaba la confianza en sí misma y la alegría. Y Fátima se sentía maravillada por la inteligencia y la determinación de Lamis. Sin decidirlo ninguna de las dos, a diferencia de lo que sucedió en el caso de Fadwa, con el tiempo se hicieron cada vez más amigas, a pesar de que había cierto miedo al contacto.

A Lamis, por ejemplo, le daba miedo comer ciertas cosas que le ofrecía su compañera chiita. Kamra y Sadim la habían avisado, porque los chiitas contaminan la comida de los sunitas, sí, no dudarían en poner veneno, ya que son compensados por esa buena causa: la muerte de un sunita. Lamis aceptaba de su amiga bocadillos, pasteles y galletas, pero cuando Fátima no la veía, los tiraba al contenedor. Incluso los caramelos envueltos o los chicles iban a parar al mismo sitio. El miedo a que las chicas chiitas los hubieran envenenado antes era demasiado grande. Esto cambiaría cuando empezara a conocer mejor a Fátima.

Tardó un poco en llegar el momento en que Lamis haría de tripas corazón y preguntaría a su amiga dos cosas que la preocupaban. Un día, durante el Ramadán, Fátima la invitó a comer *fotur* (2) en su casa. El sol se había puesto y ya había terminado la llamada a la oración que indicaba el fin del ayuno, pero Fátima aún estaba terminando los preparativos. Se ocupaba del zumo Vimto (3) y de la ensalada y aún tardaron un cuarto de hora en empezar a comer. Cuando Fátima se dio cuenta de la mirada interrogativa de Lamis, le explicó que su familia prefería esperar un poco más después de la oración porque querían estar del todo seguros de que ya se podía comer. Lamis preguntó entonces con valentía qué significaba la caligrafía de la pared. Las letras zigzagueantes, dijo Fátima, hacían referencia a algunos ritos que todos los años celebraban los chiitas a mediados del mes árabe del Sha'ban, el mes anterior al Ramadán.

Fátima le mostró fotografías de la boda de su hermana mayor. A Lamis algunas imágenes le parecieron muy curiosas, como la que mostraba los pies de la pareja sobre una gran palangana plateada. En el suelo había monedas y las abuelas de los novios les vertían agua sobre los pies. Lamis superó su timidez y preguntó a Fátima qué significaba aquella imagen. Era una vieja tradición, le aclaró Fátima, como pintar con henna o descubrir el velo de la novia. A los novios se les hacía un masaje en los pies con el agua que antes se había consagrado con versos del Corán y determinadas oraciones. Las monedas representaban el deseo que bendecía a la pareja.

Fátima respondía a las preguntas curiosas de Lamis con naturalidad; a veces incluso se reía cuando ella la observaba desconcertada. Cuando la conversación empezó

(2)   Comida con que se concluye el ayuno del Ramadán.
(3)   Bebida popular durante el Ramadán, a base de zumo de uva, frambuesas y pasas de Corinto.

a ir demasiado lejos, las dos notaron que el ambiente se empezaba a cargar y que se podían ofender mutuamente. Dejaron de hablar y fueron al salón a ver la famosa serie «Todo pasa por al lado», que transmiten durante el Ramadán después de la hora del *fotur* y que ven tanto sunitas como chiitas.

Tamadir fue la primera en criticar duramente la relación de Lamis con aquella «rechazadora», e intentaba una y otra vez dejar claro a Lamis que todas sus amigas hacían comentarios despectivos sobre esa relación.

—Por el amor de Dios, Lamis, las chicas me cuentan cosas terribles de ella, como que su familia está en Qatif (4), que vive sola y hace lo que le da la gana. Sale de casa cuando quiere y vuelve cuando le apetece. Va a ver a quien quiere y recibe visitas a cualquier hora.

—¿De dónde has sacado todo eso? Cuando fui a visitarla, vi con mis propios ojos cómo los porteros sólo dejaban entrar a hombres con invitación. Y tampoco sale sola de casa, siempre la acompaña su hermano.

—Me da igual si es verdad o mentira. Más vale que no nos metamos. Si ahora todos hablan mal de ella, mañana te criticarán a ti y dirán que eres una mala chica igual que ella. ¿Qué te pasa, Lamis? Primero fue Fadwa la psicópata, después Sara la princesa y ahora Fátima la chiita. Y la mejor amiga que has tenido en toda tu vida es esa norteamericana rebelde que pasa de lo que piense la gente.

¡Ah, Sara! Le vino a la cabeza Sara, la chica de la familia real saudí que el año anterior se había matriculado en su colegio. Le gustó mucho. Su timidez y sus buenas maneras la fascinaron, sobre todo porque siempre había pensado que una princesa debía de ser arrogante y prepotente.

---

(4)   Ciudad de la costa oriental de Arabia Saudí con una gran población chiita.

A Lamis no le preocupaba nada que el resto de las chicas se
calentaran la cabeza intentando averiguar por qué Sara
se llevaba tan bien con ella. Lamis, por ejemplo, la llamaba
todas las mañanas por una razón bien sencilla: Sara tenía
miedo de que sus sirvientas, y en palacio había muchas, se
olvidaran de despertarla. A veces Lamis le hacía los deberes, ¡sólo a veces!, no siempre, como pensaban las otras chicas. Sabía que Sara no disponía de tiempo suficiente, porque tenía que encargarse de otras obligaciones. Tenía que
asistir a actos oficiales, no podía faltar a las fiestas familiares y tenía otras responsabilidades sociales. Cuando era
época de exámenes, Lamis invitaba a Sara a su casa, porque
allí le resultaba más fácil concentrarse. Cuando Tamadir le
contó lo que decían las otras chicas de su amistad con Sara,
Lamis no se asustó, sino que se sintió más unida a Sara.

En Fátima había encontrado por primera vez a alguien que se le parecía bastante. Y la sensación era tan
grande, que incluso cuando se miraba en el espejo tenía la
impresión de ser igual que ella. Ahora tampoco le impor-
taban los comentarios de los demás; lo único que la preocupaba un poco era que Michelle sufriera con su nueva
amistad. Le evitó la amistad con Sara porque, una vez fi-
nalizada la escuela, inició sus estudios en Estados Unidos
y nunca más supieron de ella. En aquella época, Michelle
se sentía fuerte porque veía cómo Lamis se preocupaba
por ella y cómo deseaba avivar la vieja amistad. ¿Estaría
dispuesta Michelle a mostrarse indulgente por segunda
vez? Pensó que lo mejor sería minimizar su relación con
Fátima ante Michelle y el resto de sus compañeras, pero
esta estrategia, por desgracia, no funcionó. Tamadir, que estaba muy disgustada por la tozudez de su hermana, consideró que su obligación era informar de todo a las chicas,
sobre todo a Michelle.

Michelle no se tomó nada bien esa amistad. Lamis siempre les había dicho que la carrera de medicina exigía mucho tiempo y que, por ese motivo, no era fácil verse. Sin embargo, en realidad siempre tenía tiempo para estar con su nueva amiga.

Lamis se justificaba con Sadim, que era la más tolerante.

—Entiéndeme, pequeña Sadim, yo quiero a Michelle. Toda la vida hemos sido amigas y aún lo somos. Pero eso no le da derecho a prohibirme ver a otras chicas. Fátima tiene algunas cosas que Michelle no tiene. Tu mejor amiga también es Kamra, aunque pienses que le faltan cosas. Si las encontraras en otra chica, también iniciarías una nueva amistad.

—Querida Lamis, tu error es que después de tantos años dejas de lado a Michelle sólo porque de repente has descubierto que otra chica tiene lo que a ella le falta. ¡Pero si hasta ahora la has aceptado como es y nunca has comentado que le faltara nada! Opino que tenemos que estar juntas tanto a las duras como a las maduras. Imagínate que estuvieras casada y descubrieras que tu marido no es como habías pensado. ¿Buscarías en otro hombre lo que le falta?

—Quizá sí. Y, si eso no le gusta, que busque él lo que le falta y me ahorre el esfuerzo a mí.

—¡Dios mío, mira que eres dura! Dejémoslo. Escucha, tengo una duda que me corroe. Sobre los chiitas.

—¿Cuál es?

—¿Los hombres chiitas llevan calzoncillos sunitas debajo de los *thobes* (5)?

—¡Dios mío, estás loca!

_____

(5)  ¡Claro que sí! Todos los que llevan *thobes* deben llevar debajo calzoncillos blancos y largos —llamados calzoncillos sunitas— para evitar que la ropa gruesa de los *thobes* les roce la piel. El nombre de «calzoncillos sunitas» es una curiosa coincidencia.

## 22

No es fácil hallar la felicidad en nuestro interior. Pero es imposible hallarla en otro lugar.

AGNES RIPPLER

Para: seerehwenfadha7et@yahoogroups.com
De: «seerehwenfadha7et»
Fecha: 9 de julio de 2004
Asunto: Michelle conoce a Matty

Estoy repantigada en el sillón, como cada fin de semana que escribo estos e-mails. Y sí, llevo el pelo suelto y los labios pintados de rojo…

El avión aterrizó hacia las diez de la mañana en el aeropuerto de San Francisco. Por primera vez, Michelle llegó sola, hasta ahora siempre había viajado con sus padres y Mishu.

Hacía un día muy raro, el ambiente era bastante húmedo. Personas de distintas culturas y colores de piel andaban en diferentes direcciones. Nadie se fijó en ella. Allí la gente sólo se preocupaba de sí misma. Sacó el visado de estudiante saudí para la Universidad de California, en San Francisco. La funcionaria de la aduana le sonrió. Era la chica árabe más bonita que había visto nunca, le dijo.

Después de resolver todas las formalidades, buscó alguna cara conocida entre las personas que iban a recoger a los que llegaban. Al fondo esperaba su primo Matthew, que la saludaba alegremente. Se le echó encima más contenta que unas castañuelas.

—*Hi, Matty!*

—*Hi, sweetie!* ¡Cuánto tiempo sin verte!

Matty la abrazó mientras le preguntaba por sus padres y su hermano.

A Michelle le pareció raro que sólo hubiera ido a recogerla Matty.

—¿Dónde están los demás? ¿Tu padre y Jimmy y Mary?

—Mis padres trabajan, y Jimmy y Mary están en la escuela.

—¿Y tú? ¿No tienes clase?

—Me he tomado la mañana libre. Tenía que ir a buscar a mi prima preferida. Podemos pasar el día juntos. Cuando el resto de la familia esté en casa, te dejaré allí y me iré a la universidad. Tengo una clase por la noche. Si quieres puedes venir conmigo. Te enseñaré la universidad y tu habitación en la residencia de estudiantes. ¿Seguro que quieres vivir allí y no en casa, con nosotros?

—Creo que será lo mejor. Quiero ser independiente de una vez por todas.

—Como quieras. En principio lo tengo todo controlado. Compartirás habitación con una de mis estudiantes, una chica muy simpática. Estoy seguro de que te llevarás muy bien con ella. Tiene tu misma edad y es igual de espabilada que tú, aunque no tan guapa.

—Matty, ¿quieres dejar de tratarme como a una niña pequeña? Ya soy mayorcita y sé cuidar de mí misma.

—Eso ya lo veremos. Prefiero ir sobre seguro antes que arriesgarme.

Él le propuso pasear por el Fisherman's Wharf. A pesar del hedor a pescado, Michelle disfrutó mucho viendo los escaparates, los cantantes, los bailarines y los pintores que había por todas partes. Cuando tuvieron hambre, compraron una sopa de almejas servida en una especie de bol hecho con pan.

Después de que Matty la ayudó a rellenar los papeles de la residencia de estudiantes, la acompañó a ver la guía de clases para aquel semestre. Michelle decidió seguir los consejos de Matty e inscribirse en la asignatura de ciencias de la comunicación. Eso significaba que también asistiría a una clase impartida por él, la de sistemas de signos de comunicación.

Michelle se entregó con gran afán a los estudios y participó en todos los actos que ofrecía la universidad. Estaba tan ocupada que no tenía tiempo de pensar en el pasado. Y eso era precisamente lo que quería: no pensar nunca más en Faisal.

## 23

Sólo el que se arriesga a tener aventuras descubre la dimensión de sus fuerzas.

T. S. Elliot

Para: seerehwenfadha7et@yahoogroups.com
De: «seerehwenfadha7et»
Fecha: 16 de julio de 2004
Asunto: Una experiencia inolvidable

Los versículos del Corán y las citas religiosas que incluyo en mis e-mails me inspiran y me iluminan. Igual que los poemas y las canciones de amor. Se trata de dos cosas opuestas y, por ello, ¿son una contradicción? Yo creo que no. ¿No soy una auténtica musulmana porque no me dedico a leer exclusivamente libros religiosos y porque no cierro los oídos a la música y no considero una porquería las cosas románticas? Soy religiosa, una musulmana saudí equilibrada, y os puedo asegurar que hay mucha gente como yo. La única diferencia es que no escondo lo que algunos denominarían «contradicciones interiores» ni hago ver que soy perfecta como otros. Todos tenemos nuestros aspectos *espirituales*, así como nuestros aspectos *no tan espirituales*.

Los fines de semana Fátima iba a visitar a su familia, que vivía en Qatif. Un día le preguntó a Lamis si le apetecía acompañarla a la estación. Lamis le dijo que sí y así fue cómo conoció a Alí, el hermano de Fátima. Era cuatro años mayor que ellas y también estudiaba medicina. Normalmente, siempre volvía a casa en coche, pero esta vez, según él, estaba cstropeado.

A Lamis le pareció extraña la relación de Fátima con su hermano. Alí vivía con sus amigos en un piso de alquiler para estudiantes extranjeros. Fátima también vivía con dos compañeras en un piso de alquiler, pero en otro edificio. Alí no se dejaba ver por casa de Fátima, pero a ella no le molestaba. Ambos preferían disfrutar de la libertad con sus amistades. Él siempre volvía a casa en coche con sus amigos y ella con sus amigas en tren.

Lo que más le gustó a Lamis de Alí fue su altura. La mayoría de los chicos jóvenes con los que se relacionaba eran más bajos o iguales que ella, algo normal teniendo en cuenta que medía un metro setenta y seis. Alí medía un metro noventa y cinco. Su piel morena tenía un tono rojizo, y sus cejas pobladas lo hacían muy atractivo.

Una semana después del encuentro, coincidieron casualmente en el hospital donde ella quería comprar el material que necesitaba para la formación práctica. Con el tiempo, cada vez se vieron más a menudo en el hospital. Alí se mostró dispuesto a explicarle los temas más difíciles del libro de texto. Muchas chicas de los primeros cursos habían conocido a chicos simpáticos −colegas− con el pretexto de que necesitaban un tutor que les explicara las cosas más difíciles y Lamis utilizó la misma estrategia con Alí. Primero se encontraban dentro del recinto del hospital y, más adelante, fuera, en un café cercano.

Así siguieron un par de meses sin que sus amigas supieran nada. Sobra decir que Fátima estaba al corriente de todo, no porque Lamis se lo hubiera dicho, sino por su hermano. Delante de Lamis hacía ver que no sabía nada cuando, en realidad, había sido ella quien había organizado el encuentro en la estación. Precisamente Alí había visto la foto de Lamis en casa de Fátima y había decidido conocerla fuera como fuese. Era una foto tomada en clase de anatomía. Lamis, Fátima y otras estudiantes estaban al lado de un cadáver que querían diseccionar. En sus caras se apreciaba la impresión que les causaba aquella sala; la simple mezcla del olor a formol, cadáver y desinfectante era insoportable.

Alí estaba en el último año de carrera. Cuando terminara, quería trabajar en un hospital de la provincia del este para practicar su especialidad. Lamis y Fátima estaban en el segundo año.

Un día, Lamis y Alí se citaron en un café de la calle Thalathin. Cuando se acababan de sentar, los rodeó un pelotón de hombres de Al-Hai'ah (1). Cogieron a Lamis y a Alí, los metieron en dos coches distintos y los llevaron a la comisaría más cercana. A Lamis la encerraron en una sala con barrotes en las ventanas y entonces empezó el interrogatorio. A cada pregunta, Lamis se asustaba. Los hombres querían saber qué tipo de relación tenía con Alí. Utilizaban palabras ofensivas. Con la certeza de no haber hecho nada malo y con la conciencia bien tranquila, Lamis procuraba no perder los nervios. Sin embargo, transcurridas unas horas, rompió a llorar. En la sala de al lado interrogaban a Alí. Cuando uno de los hombres afirmó

---

(1) Al-Hai'ah es la denominación abreviada de la Comisión por la Promoción de la Virtud y la Prevención del Vicio, es decir, de la policía religiosa.

que Lamis lo había confesado todo y que, por ello, no tenía sentido negarlo más, Alí se dio por vencido.

Un policía llamó al padre de Lamis y le contó que su hija y un hombre habían sido detenidos en un café. Podría llevársela a casa si firmaba una declaración que afirmara que su hija no se comportaría nunca de forma inmoral.

Cuando llegó, el padre de Lamis estaba muy pálido. Firmó todos los papeles que le pusieron delante y salió de la comisaría con ella. De camino a casa, se esforzó por reprimir su cólera y consolar a su hija, que no paraba de llorar. Le prometió que no les diría nada a su madre y a su hermana, pero ella tenía que prometer que no vería nunca más a aquel chico fuera de la universidad. Sí, era verdad que la dejaba salir con sus primos y con los hijos de sus amigos y de los amigos de su madre en Yidda. ¡Pero en Riad las cosas tenían que ser distintas!

Lamis le preguntó qué le había murmurado el policía mientras firmaba los papeles. Su padre le contó que durante el interrogatorio se había descubierto que el chico pertenecía a la «secta rechazadora». Era un chiita de Qatif y por ese motivo recibiría un castigo más severo que ella.

Ese día marcó la ruptura de la relación de Lamis con Fátima y también con Alí. Cuando se cruzaban por casualidad, Fátima le clavaba una mirada asesina antes de continuar su camino. Seguramente echaba la culpa de lo que había pasado a Lamis. ¡Pobre Alí! Era muy simpático y Lamis se habría enamorado de él... si no hubiera sido chiita.

## 24

Las mujeres aman instintivamente la dureza. Nosotros, los hombres, hemos contribuido a su emancipación, pero hay que tener clara una cosa: las mujeres nos quieren servir a nosotros, sus señores.

OSCAR WILDE

Para: seerehwenfadha7et@yahoogroups.com
De: «seerehwenfadha7et»
Fecha: 23 de julio de 2004
Asunto: Firas: ¡el hombre casi perfecto!

Estoy harta de que después de cada e-mail os dediquéis a hacer conjeturas sobre mi identidad. Después de todo lo que he escrito, ¿eso es lo único que os importa? ¿Si soy Kamra, Michelle, Sadim o Lamis? ¿Aún no habéis entendido que da lo mismo?

—¡Nunca habría imaginado que comprar para un bebé pudiese ser tan divertido! —decía Sadim, satisfecha, cuando ella y Kamra volvían en taxi a casa—. Ay, Kamra, si accedieras a hacerte una ecografía, nos dirían si es un niño o una niña y sabríamos lo que tenemos que comprar.

Puesto que Nafla y Hussa, las hermanas mayores de Kamra, estaban ocupadas con sus maridos y sus hijos y la hermana menor tenía exámenes, Sadim se ofreció a acompañarla a comprar algunas cosas para el bebé. Y en el caso de que la madre de Kamra volviera a padecer reúma, Sadim se ofreció a ir con ella a la revisión ginecológica.

—¿Cuál es el problema? —dijo Kamra sin perder la calma—. Ahora compramos la canastilla y el resto después del parto.

—Dios mío, ¡cómo te puede dar igual! Si yo estuviera en tu lugar, me gustaría saberlo. La ginecóloga te ofrece la posibilidad y la rechazas.

—No entiendes nada, Sadim —le dijo Kamra, enfadada—. La ilusión por este bebé es limitada. Su nacimiento cambiará mi vida. ¿Quién se casa con una mujer que tiene un hijo? ¡Nadie quiere cargar con ese peso! Tendré que pasar el resto de mi vida con este niño, mientras su padre se desentiende de él. Rashid es libre, puede disfrutar de la vida. Puede amar a quien quiera, puede casarse con quien se le antoje y cuando le dé la gana. Puede hacer realidad cualquier anhelo y yo, en cambio, estoy condenada de por vida. ¡No quiero este hijo, Sadim! ¡No lo quiero!

Kamra se echó a llorar desconsoladamente.

Su amiga no sabía cómo consolarla, no se le ocurría qué decir o qué hacer. ¡Si por lo menos Kamra hubiera retomado los estudios! Pero prefirió prescindir de ellos. Antes estaba tan delgada que todos la llamaban Langosta, y ahora parecía un tonel. Se movía poco, se pasaba el día sentada en el sofá de forma apática. Más de una vez se había lamentado de su situación. Se aburría profundamente, estaba prácticamente encerrada. Incluso su hermana menor, Shahla, se movía con más libertad que ella, porque no era una «mujer divorciada». Su prima Mudi, que en realidad vivía en Kasim, pero que durante los estudios se alojaba en casa de los padres de Kamra, no paraba de meterse con ella. Criticaba que no se arreglara las cejas, a veces le parecía horrible que la *abaya* de Kamra no le tapara todo el cuerpo o, en otras palabras, que no fuera lo suficientemente larga para cubrirla de pies a cabeza. Sus dos hermanos mayores, Mohammed y Ahmed, continuamente salían a conocer chicas; así, sólo le quedaban sus hermanos Nayif y Nawaf, pero sólo tenían diez y doce años.

¿Cómo podía Sadim animar a Kamra? No hay nada peor que tener que participar del sufrimiento de otro cuando a uno mismo le brillan los ojos de felicidad. ¿Podrían parecer al menos un poco más tristes? Para que eso ocurriera tendría que olvidarse al menos por unos instantes de Firas, y ¿cómo iba a conseguirlo?

Por fin Dios había escuchado sus oraciones y le había regalado felicidad. Le había pedido constantemente que llevara a Walid de nuevo hacia ella, pero cuando conoció a Firas sus peticiones empezaron a expresar un deseo distinto: ya no se trataba de recuperar a Walid, sino de tener a Firas a su lado. De hecho, era alguien muy especial, ningún hombre se le parecía. Noche y día daba las gracias a Dios por haberlo conocido. ¿Había algo que objetar? ¿Tenía algún defecto o debilidad? Seguramente sí, ya que la perfección pertenece exclusivamente a Dios. Pero hasta ahora no le había descubierto ninguno. Era el prototipo de una personalidad fuerte, alguien que toma las decisiones por su cuenta y que no se deja convencer por los demás. Uno que guía y no se deja guiar. Uno que domina y no se deja dominar.

Después de regresar de Londres, el doctor Firas al-Sharqawi adquirió en muy poco tiempo una gran reputación. Gracias a su inteligencia, sus profundos conocimientos

y sus habilidades diplomáticas, consiguió entrar en los
mejores círculos. No pasaron muchos días hasta que fue
nombrado consejero del gobierno del rey. A partir de entonces, apareció a menudo fotografiado en periódicos y
revistas. Cada vez que un periódico hablaba de él, Sadim
compraba dos ejemplares: uno para ella y otro para Firas;
él disponía de poco tiempo para estos menesteres. En su
familia no había nadie que leyera el periódico. Sus hermanas no se interesaban por la política, su madre ni siquiera
sabía leer, y su padre, el Cabeza Gris, como él lo llamaba,
era un hombre de edad avanzada con graves problemas
de salud.

Este entorno familiar aumentaba más aún la admiración que Sadim sentía por él. Era un hombre luchador que
podía conseguirlo todo a partir de la nada y que con su
fuerza lograría llegar a ser un alto cargo. Siempre que un
periódico hablaba de Firas, ella le leía orgullosa y en voz
alta la noticia. Recortaba cada texto y cada fotografía y los
pegaba en un gran bloc de notas que después escondía.
Quería regalárselo el día de su boda.

Sin embargo, no tenía prisa. Ni nosotras, sus amigas,
teníamos la impresión de que estuviera preparando la
boda. Todo el mundo estaba convencido de que tarde o
temprano se produciría el gran acontecimiento. Firas no
le hablaba directamente a Sadim de la boda, pero, a menudo, hacía alusiones inequívocas. Durante un peregrinaje
Umrah (1) a La Meca —había acompañado a varias perso-
nalidades—, fue más claro, y ella fue la causa. La llamó
desde el lugar sagrado y le preguntó si tenía algún deseo
que pudiera incluir en su oración.

---

(1)   Corto peregrinaje a La Meca que, a diferencia del peregrinaje Hajj, se puede hacer en cualquier época del año.

—Reza por mí a Dios que me regale a quien vive dentro de mi corazón. Tú ya sabes quién es —dijo Sadim.

Un par de días más tarde él le dijo que se había sentido muy conmovido con su confesión. Puesto que ella había tenido la valentía de hablar abiertamente, él también lo haría ahora. Desde aquel día deseaba unirse a Sadim. Se sentía muy atraído por ella y tenía ganas de formar parte de su vida. Ella había sido la primera mujer que había conseguido estar presente de forma constante en su vida y que era capaz de hacerle cambiar los planes establecidos. Cambiaba citas, dejaba trabajos a medias o renunciaba a horas de sueño para poder hablar con ella por teléfono.

También le confesó que se sentía celoso. A Sadim le parecía raro que un hombre como él, tan tranquilo, tan sensato y tan seguro de los pasos que daba hablara de celos. Pero más sorprendente le parecía que Firas fuera tan creyente, a pesar de haber vivido más de diez años en el extranjero. No daba muestras de influencia occidental ni hacía, como muchos otros estudiantes que volvían, comentarios despectivos contra su propio país.

Sadim no se sentía incómoda cuando él intentaba influir en ella. Al contrario, se esforzaba por adoptar su forma de pensar. Le gustaba que no le hablara directamente de su creencia o que la quisiera educar. Si la llamaba justo antes de acostarse, le recordaba la oración de la mañana. O hacía un pequeño comentario sobre el velo de la cara, como por ejemplo, que los hombres jóvenes molestaban a las chicas que iban descubiertas por el centro comercial. Un consejo seguía a otro y Sadim se esforzaba mucho por no aflojar en su esfuerzo y por lograr un cierto grado de perfección. Lo único que quedaba pendiente era unirse a Firas.

Con él nunca había tenido la sensación de que tuviera que esforzarse para no perderlo. Al contrario, era él quien siempre intentaba estar a su lado y la llamaba. Si tenía que viajar, le explicaba perfectamente adónde iba y por qué y, si no podía llamarla, le daba diferentes números de teléfono en los que podría dejar algún mensaje. Como para muchos amantes de este país, también para Sadim y Firas el teléfono era casi la única posibilidad de dejar el camino libre a su amor. Por eso aquí, en comparación con otros países, la red telefónica es tan grande. De lo contrario, no podría soportar tantas declaraciones amorosas susurradas, tantos juramentos, suspiros, gemidos apasionados y —no lo olvidemos— besos que los amantes *no pueden* darse en el mundo real o *no quieren* dar a consecuencia de las restricciones religiosas de las costumbres, que algunos de ellos respetan y valoran de verdad.

Sólo una cosa amargaba la felicidad de Sadim: su anterior relación con Walid.

Después de conocer a Firas, éste le preguntó por su pasado. Sadim le habló de Walid y de su único paso en falso, que hasta ahora había escondido a todos. Esforzándose por ser sincera, le contó lo que había sucedido aquella noche con todo detalle. Cuando terminó de hablar, él se mostró comprensivo con su situación pero, a la vez, le pidió que no hablara nunca más de aquella historia. Preocupada, Sadim se preguntó si lo que le acababa de relatar sería insoportable para Firas. Su mayor deseo era que él leyera todas las noches, página a página, el libro de su corazón, porque así comprendería que, aparte de él, no había nadie más. Naturalmente, le habría gustado contarle más cosas, pero cuando Firas decidía algo, así tenía que ser. El único tema del que no podía hablar con la persona a la que más quería era (y sigue siendo) el asunto Walid.

—¿Y tú, Firas? También habrás tenido tus experiencias...

Aquello no tenía que convertirse en un interrogatorio y ella tampoco quería investigar si su corazón estaba tan dolido como el suyo. Su amor por él era demasiado grande para dejarse influir por el pasado, el presente o el futuro. No, lo había preguntado por pura curiosidad, porque quería saber si también él, como cualquier otra persona, había sufrido alguna vez.

—¡Si me quieres, no vuelvas a hacerme esa pregunta nunca más!

¿Quién podía quererlo más que ella? Evitaría preguntarlo en el futuro. ¡Maldita curiosidad!

## 25

Jahja Ben Bakir transmitió de al-Laith mediante Junis mediante Ibn Schahab, que dijo: Abu Salma me ha informado sobre Abu Harira, que Dios sea condescendiente con él, que el Dios enviado, bendito sea, dijo:«Dios ha hablado: el tiempo persigue a los hijos de los hombres, yo soy el tiempo. En mis manos están el día y la noche.»

SAHIH AL-BUCHARI, 1816

Para: seerehwenfadha7et@yahoogroups.com
De: «seerehwenfadha7et»
Fecha: 30 de julio de 2004
Asunto: ¡Es un niño!

¡Vaya! ¡Ahora resulta que soy yo la que hace llamamientos en favor del vicio y el comportamiento disoluto! ¿Cómo lo sabéis? *Soy yo* quien fomenta la corrupción moral y espera ver cómo la fornicación y la abominación se extienden por nuestra modélica sociedad! Además, ¡soy yo quien se propone explotar los sentimientos puros, inmaculados y nobles y desviarlos de sus intenciones más honorables! ¿¿Yo??

Que Dios sea misericordioso con todos y que los cure de la terrible enfermedad que hace que tilden todo lo que digo de moralmente depravado e indecente. El único recurso que tengo es rezar a Dios por estos desgraciados, que Dios les mejore la vista para que puedan ver, por lo menos, unas cuantas cosas que pasan a su alrededor y los guíe por los caminos del diálogo respetuoso, sin atacar a los otros como infieles, sin humillarlos y sin arrastrarlos por el barro.

Nueve veces se alternaron al lado de la cama la madre de Kamra, sus tres hermanas y Sadim. Lo tenía muy difícil, explicó la madre, porque ése era el primer parto.

La madre se sentó a su lado las últimas siete horas para tranquilizarla un poco y darle ánimos. A cada nueva contracción, Kamra gritaba: «¡Dios te castigue, Rashid!», o «¡Dios mío, que sufra él mucho más que yo!». También: «¡No quiero tener a su hijo! ¡Que se quede dentro!» y, al final, «¡Madre, llámalo! Dile que venga. Que no tendría que habérmelo hecho, ¡yo no le he hecho nada! Dios mío, qué cansada estoy... no puedo más, ¡no lo soportaré más!»

Empezó a sollozar con la voz cada vez más apagada, a medida que el dolor iba aumentando de intensidad.

—Quiero morir, descansar. No quiero tener un hijo, ¿por qué me toca precisamente a mí? ¿Por qué, madre, por qué?

Después de treinta y seis horas, por fin se oyó el grito con el que el recién nacido se anunciaba al mundo. Shahla y Sadim, que esperaban en el pasillo, se levantaron invadidas por la alegría. Cuando un par de minutos más tarde la enfermera india salió de la habitación de Kamra, las chicas se abalanzaron sobre ella para preguntarle si era niño o niña. Era un niño.

Kamra se negó a coger al bebé; la cosita menuda llena de sangre con la cabeza rectangular y la piel arrugada le daba miedo. Su madre rió, y cuando la enfermera terminó de limpiar al pequeño lo cogió en brazos y, encomendándose a Dios, dijo:

—Es tan lindo como la luna, hija, tan bonito como su madre.

Sadim contemplaba llena de ternura al niño, que tenía los ojos cerrados. Con cuidado, acercó el dedo índice a su suave manita.

—¿Ya sabéis cómo se va a llamar?

—Salih.

—¿Por qué Salih?

—Porque así se llama el padre de Rashid.

Rashid aún estaba en Estados Unidos, pero su madre visitó a Kamra en el hospital y luego, cuando pudo irse a casa, la visitaba con frecuencia. También el padre de Rashid fue a ver al niño; estaba muy contento de que llevara su nombre. Interiormente, Kamra sabía que esas visitas, los regalos y el dinero eran todo lo que recibirían ella y el niño por parte de Rashid.

Cuando llegó el verano, la madre de Kamra decidió pasar cuatro semanas en el Líbano con su hija y sus hijos menores. El niño podía quedarse en casa de su hermana Nafla.

En el Líbano, Kamra se sometió a un «taller de belleza». Comenzó con una operación de nariz y después le hicieron un *peeling* facial. La terapia iba acompañada de una dieta estricta y unos ejercicios específicos. Finalmente, uno de los mejores peluqueros se ocupó de su cabello: le aplicó un tinte y le hizo un corte muy bonito.

Kamra volvió a Riad más guapa que cuando se fue. Cuando le preguntaban por su nariz vendada, decía que la habían operado después de rompérsela en un accidente. Le habían hecho cirugía reconstructiva, no estética, porque la cirugía estética va contra las leyes del islam. El médico, de paso, le había ofrecido mejorarla, pero ella lo había rechazado. Como el resto de la gente, Kamra consideraba pecado las operaciones de cirugía estética.

## 26

¡Dios es Señor de lo oculto, tanto en los cielos como en la tierra!
¡Todo depende de Él y a Él vuelve; Él decide todas las cosas! ¡Servid a Dios! ¡Adoradlo! ¡Confiad en Él! ¡Tu Señor no se priva de vigilar lo que estás haciendo!

Sura «Hud», versículo 123

Para: seerehwenfadha7et@yahoogroups.com
De: «seerehwenfadha7et»
Fecha: 6 de agosto de 2004
Asunto: Chatear, un mundo nuevo

Todos, en todas partes, parece que hablen de MÍ, y me gusta escuchar lo que dicen. A menudo participo en las discusiones y doy mi opinión, como todos los demás. En casa, imprimo los e-mails que os envío todas las semanas y los leo en voz alta. ¿Os podéis creer que en casa nadie sabe que soy yo quien los envía? Dicho de otro modo, hago exactamente lo mismo que cualquier otra chica a la misma hora. En esos momentos, me invade una sensación de placer inmenso. ¡Es como cuando en un momento de aburrimiento cambias el dial de la radio y de repente te sorprendes al dar con tu canción favorita y poder escucharla incluso desde las primeras notas!

Cuando el padre de Lamis empezó a trabajar con la red de Internet de Bahrein, Lamis averiguó en qué consistía. Entonces tenía quince años. Dos años después se estableció la red saudí arábiga con la que se adentró en este mundo nuevo y excitante. Como estaba a punto de finalizar el curso superior y el resultado era importante para su futuro, se obligó a pasar poco tiempo delante del ordenador. Pero una vez finalizados los estudios, destinaba al menos cuatro horas al día a Internet. Y el noventa por ciento del tiempo lo dedicaba a navegar por diferentes foros: Yahoo, ICQ, mIRC y AOL.

Lamis en seguida se hizo popular entre sus contertulianos gracias a su estilo divertido y alocado. Siempre cambiaba de apodo, pero a muchos no les costaba demasiado adivinar que detrás del apodo «Chinche» se escondía la misma persona que a veces se hacía llamar «Demonio», «La preferida de papá» o «Perla negra».

Le resultaba muy gracioso comprobar que los chicos con los que hablaba no se creían que era una chica.

—Eh, bigotudo, deja de hacerte pasar por una chica.

—¿Por qué tendría que hacerlo?

—Ostras, tío, las chicas son aburridas, pero tú sí que molas.

—¿Así, según tú, tengo que ser una lata para que te creas que soy una chica?

—No, no hace falta. Pero tengo una idea. Si de verdad eres una chica, déjame oír tu voz.

—¡Ja, ja, ja! Te crees muy listo. Tienes que buscarte una excusa mejor.

—Basta con que digas una vez «hola». Si no quieres que sea por teléfono, puedes utilizar el micrófono. Entonces me creeré que eres una chica y no un chico.

—¡No hace falta que me creas, querido!

—¡Baaaah! Con esa palabra mi corazón ha hecho una frase muy bonita. Vale, te creo, eres una chica. La palabra *querido* me baja por la garganta como la miel.

—¡Ja, ja, ja! Más me vale seguir siendo un «bigotudo», es mejor que oír miel y todas esas chorradas.

—No, no, no. Puedo dar fe de que eres la bigotuda más bella. No hay que pensar más en si eres un chico o una chica. ¡Estoy totalmente confundido!

—Eso es bueno.

—Vale. Te preguntaré algo que me permitirá saber si de verdad eres una chica.

—Venga, pesado.

—¿Tus rodillas son más bien blancas o negras?

—¡Ja, ja, ja! ¡Genial! Pues yo también tengo una pregunta. Quizá eres una chica y no un chico.

—Adelante, pregunta.

—¿Las uñas de tus pies son más bien blancas o negras?

—¡Ja, ja, ja... qué fuerte! ¿Por qué lo preguntas? ¿Tal vez es ése el rasgo que nos caracteriza?

—¿Y qué era eso de las rodillas blancas o negras? Fijaos en el pesado este. Antes de meterte con nuestras rodillas, mírate las uñas de los pies.

Lamis obtuvo gran cantidad de números de teléfono de chicos que no tenían suficiente con leer sus textos. Había muchos que le contaban cuánto la admiraban y bastantes le aseguraban que la querían de verdad. Sin embargo, Lamis no se movía ni un milímetro de su firme convicción de que el chat sólo servía para reír y divertirse. Era una buena herramienta para conocer chicos y bromear con ellos en una sociedad que no proporcionaba ningún otro medio para hacerlo, pero nada más. Lamis no se tomaba en serio el chat.

Convenció a Kamra de que utilizara Internet. Le dijo que se sentara con ella mientras chateaba con sus amigos. Con el tiempo, Kamra se volvió adicta y se pasaba días y noches enteros hablando siempre con chicos nuevos. Ya desde el principio, Lamis le advirtió de los casos con los que se podía encontrar. Cuando los chicos se dieran cuenta de que trataban con alguien que no tenía mucha experiencia con Internet, utilizarían un amplio repertorio de trucos para saber más de ella. Como Lamis tenía guardadas algunas conversaciones, le pudo mostrar a Kamra cómo funcionaba aquello.

—Fíjate, todos utilizan el mismo estilo, pero hay pequeñas diferencias. Uno de Riad es distinto de uno de la provincia del este o a otro de la provincia del oeste. Ahora te contaré unas cuantas cosas sobre los chicos de Riad, ya que son tu principal interés. En primer lugar, uno de Riad te preguntará cómo te llamas. Naturalmente, no debes decirle tu nombre. O te inventas uno que te guste o le dices *sorry* y que no puedes decírselo. Yo, por ejemplo, siempre me invento nombres nuevos, pero entonces tienes que ir con cuidado y saber qué nombre has utilizado con qué chicos. Te aconsejo que hagas como yo: me apunto todos los nombres en una libreta y así no me equivoco. O eso, o eliges un solo nombre, aunque personalmente me parece bastante aburrido.

»Después de la historia con el nombre no tardará mucho en decirte cuánto te admira y que nunca ha conocido a nadie como tú. Luego te preguntará si te puede llamar. Insistirá e insistirá y, aunque no quieras, acabará dándote su teléfono. Entonces querrá que le envíes una foto. Ni se te ocurra. En algún momento él te enviará una foto sin que se la hayas pedido y, a partir de ahí, se presentan dos posibilidades: o en la imagen ves a un chico sentado en un

despacho elegante, con una pluma Montblanc en los dedos y una bandera saudí colgada de la pared, o ves a un
beduino agachado en el suelo, la mitad inferior de la cara
tapada por un pañuelo y con el codo apoyado sobre la rodilla flexionada. Sólo le faltaría un halcón en el hombro
para que le den un papel en la serie "Caminos a través del
desierto".

»Te contará que hace dos años estuvo enamorado. La
chica también lo quiso, pero entonces reapareció un novio que le gustaba mucho a la familia de ella y la chica no
pudo negarse. Como él era demasiado joven para formar
una familia, se vio obligado a retirarse para que ella fuera
feliz. Pero antes le dijo a ella que no se preocupara por él,
que tenía que afrontar el futuro con alegría y ser feliz con
ayuda de Dios.

»Después de la fase de las grandes confesiones viene el
momento romántico. Te enviará mensajes en línea: una
canción sentimental, un poema o información sobre un
fantástico programa de ópera en Internet. En algún momento llegará por fin el día en que te confesará su amor:
"Hace tiempo que buscaba una chica como tú. Me gustaría ser tu prometido, pero antes tenemos que conocernos
mejor y hablar por teléfono." En realidad, quiere quedar
contigo, pero eso no te lo dirá para no asustarte.

»A continuación se iniciará la etapa de las recriminaciones: "¿Por qué eres tan reservada? ¿Por qué no contes-
tas en seguida a mis mensajes? ¿Quizá hablas con algún
otro chico? No quiero que hables con nadie más. Si en
algún momento no me localizas, debes desconectarte de
la red." Ya ves, quiere que bailes al son que él toca. Vale más
que te alejes porque, de lo contrario, saltará sobre ti como
Tarzán.

»Lo más importante, Kamra, es que no te creas lo que

te dicen y que no confíes en nadie. Debes tener en cuenta que esto es sólo un juego y que los chicos saudíes son una panda de mentirosos que lo único que quieren es reírse de nosotras.

El estilo de Kamra no era tan ingenioso ni refinado como el de Lamis. En cuanto Kamra se percataba de que Lamis llamaba más la atención, se sentía abandonada. Los chicos simplemente habían averiguado que Lamis era más aguda y divertida. Por eso, Kamra empezó a construirse un nuevo círculo de amistades. Conoció a personas de diferentes edades que vivían en sitios distintos. Y, como en el caso de Lamis, sus compañeros de conversación sólo eran hombres.

Una de las muchas noches en que estaba sentada aburrida delante del ordenador, conoció a Sultán. Tenía veinticinco años y trabajaba como vendedor en una *boutique* de hombres. Le pareció correcto y poco complicado. Sus textos y, sobre todo, su sentido del humor le parecían interesantes. Pero lo que más la impresionaba eran los poemas que le había enviado y que había escrito especialmente para ella.

Al cabo de dos días limitó sus contactos a Sultán, quien le aseguró que tampoco escribía a nadie más. Sultán la llamaba siempre por el nombre que ella había elegido para darse a conocer en Internet: la Orgullosa. Le contaba muchas cosas sobre sí mismo y a ella le parecía sincero y de buen carácter. A pesar de ello, no podía arriesgarse a contarle cosas sobre ella. El único detalle personal que le contó fue una pequeña mentira: que estudiaba en la universidad.

También Lamis conoció en esa época a un chico joven por Internet. Se llamaba Ahmed y, no sólo estudiaba medicina en la misma universidad, sino que también estaba

en el tercer año de carrera. Esto les resultó muy útil. Él le
fotocopió sus apuntes y ella le envió un resumen de los
temas que había que preparar para el examen. Como los
profesores trataban de forma más indulgente a las chicas,
ellas conseguían las cosas con mayor facilidad. Lo contrario sucedía con las profesoras: favorecían a los estudiantes masculinos. Por ello, los más avispados organizaban
un intercambio de información privilegiada con el otro
género.

A medida que se acercaban los exámenes, Lamis y Ahmed no podían pasar horas y horas delante del ordenador.
Además, había que informarse con rapidez de las preguntas que podían caer en los exámenes y de las manías de los
profesores. Por ello, a pesar de las estrictas normas de
Lamis en cuanto al comportamiento en la red, la relación
entre los dos dio un salto cualitativo trascendental y...
prohibido: pasó de la pantalla del ordenador al teléfono
móvil.

## 27

Si no eres capaz de querer, no te enamores.

MAHMUD AL-MALIDJI (1)

Para: seerehwenfadha7et@yahoogroups.com
De: «seerehwenfadha7et»
Fecha: 13 de agosto de 2004
Asunto: El Sultán de Internet

No pasa ni una semana sin que lea algún artículo sobre mí en un periódico, una revista o un foro de Internet. El otro día, mientras hacía cola en el supermercado, me llamó la atención la portada de una revista popular. Con letra negrita, decía: «¿Qué opinan los famosos de la cuestión más candente en nuestro país?» No dudé ni un segundo de que la cuestión más candente era yo. Compré la revista con toda la sangre fría del mundo y, una vez dentro del coche, la hojeé rápidamente. Era alucinante: cuatro páginas llenas a rebosar de fotos de escritores, periodistas, po-

(1) Actor egipcio. La frase procede de una película árabe «clásica» en blanco y negro.

líticos, actores, cantantes y deportistas. Todos daban su opinión sobre los e-mails de origen desconocido que eran el tema de conversación en las calles de toda Arabia Saudí desde hacía meses.

¡Me picaba tanto la curiosidad saber qué decía la *crème de la crème* de la literatura! Pero no entendí nada. Uno decía que yo era una escritora con talento que pertenecía a la corriente expresionista del surrealismo metafísico surgido dentro de la escuela impresionista, o algo por el estilo. El lince añadió que yo era la primera persona capaz de representar todo eso. ¡Si ese farsante supiera la verdad! No tengo la menor idea de lo que significan esas palabras ni sé cómo tendrían que combinarse para que tuvieran algún sentido. Tanto si lo merezco como si no, es una gran alegría ser la destinataria de este panegírico. (Ya veis que de vez en cuando sé ponerme a la altura de su vocabulario.) ¿Qué opino del surrealismo metafísico surgido dentro de la escuela impresionista? ¡Pues que es algo muy ENREVESADO!

—Oye, Sadim, ¿crees que Rashid tiene ganas de ver a su hijo y que algún día vendrá? El padre de Rashid le ha regalado su nombre a su nieto, Salih se llama igual que él. ¿Y qué hace Rashid? ¿Por qué no está aquí?

—No le des más vueltas. ¿Qué puedes esperar de él, después de todo lo que te ha hecho? Si no quiere saber nada de nosotros, tenemos que decirle que se vaya a tomar viento fresco, aunque cueste de aceptar, Kamra.

Kamra colgó el auricular y fue a buscar el álbum de fotos de la boda. Rashid tenía cara de enfadado, mientras que a ella los ojos le brillaban de felicidad. Cogió la foto de ella rodeada por las hermanas de Rashid: Laila, casada y madre de dos hijos, Ghada, que tenía su misma edad, e Imán, de quince años. Observó la foto pensativa y de repente tuvo una idea. Encendió el ordenador y escaneó la imagen. Al cabo de pocos segundos apareció en la pantalla. Bastaban unos pocos pasos para recortarlas a todas, menos a Ghada.

Cuando por la noche se encontró con Sultán en el chat, le dijo que ahora sí estaba dispuesta a mandarle una foto. Al fin y al cabo, él le había mandado muchas. La foto se la habían tomado en la boda de una amiga. Un escalofrío la recorrió después de enviarla. A continuación Sultán le contestó gratamente sorprendido. ¡Nunca habría imaginado que fuera tan atractiva! Después de una mentira, viene otra: la segunda fue decirle que su verdadero nombre era Ghada Salih al-Tanbal.


Hussa llamó a su hermana mayor, Nafla, para criticar a su marido.

—Imagínate, ahora tengo que aguantar las recriminaciones de Khalid sobre Kamra. No para de decirme lo que ha hecho esa «vil persona», como él la llama, y cómo tendría que comportarse. Y todo porque nuestros hermanos le han dicho que tiene conexión a Internet en casa.

—Debería darle vergüenza decir esas cosas. ¿Has hablado de ello con mamá?

—Sí, ¿y sabes qué me ha dicho? Que mi marido no tendría que meterse con Kamra. Que la pobre no tiene nada más y que ya es bastante grave tener que quedarse en casa día y noche. Siempre es mejor estar sentada ante el ordenador que pasear hasta tarde por las calles de Riad.

—Mamá aún se pregunta cómo ha podido ser que Kamra se haya divorciado.

—Pues me da la sensación de que yo seré la próxima. Dios mío, si mi marido oye algo malo sobre ella, nos echará de casa a mí y a los niños.

–¡Que se vaya a hacer puñetas! Al fin y al cabo, siempre te quedará la casa de nuestros padres.

–¡Qué gran idea! Cuando veo la vida que lleva Kamra, pienso que aún me va bien. Ya conoces el dicho: las desgracias nunca vienen solas. Demos gracias a Dios de que las cosas, de momento, nos van bastante bien.


Desde que Kamra envió a Sultán la foto de Ghada, la hermana de Rashid, éste no paraba de ponerse en contacto con ella. A todas horas le pedía poder llamarla por teléfono, pero ella lo rechazaba tajantemente, aduciendo que no era «de ésas». Cuanto más perseverante se mostraba en su posición, más la alababa él por su estricta moralidad.

En realidad, Kamra había sopesado mucho si podía hablar por teléfono con él o no. Pero finalmente tomó la determinación de no hacerlo. Había dos razones: la primera era que su teléfono móvil estaba a nombre de su padre y Sultán podía averiguar rápidamente que le había mentido y no le había dicho su verdadero nombre. La segunda razón era que no le gustaba nada hablar por teléfono con desconocidos. Aunque le parecía que Sultán era una persona correcta, algo dentro de ella le decía que una conversación telefónica de este tipo era reprobable.

Después de muchas noches de insomnio, lágrimas de arrepentimiento porque había hecho algo imperdonable –vengarse de Rashid mediante la foto de Ghada– y de que su madre le contara que Hussa se había peleado con su marido porque ella era adicta a Internet, decidió no conectarse más y despedirse para siempre de Sultán. Era un buen hombre y no se merecía participar en un juego sucio como aquél, sobre todo después de escribirle que le gustaría casarse con ella. Entonces, sin ninguna explicación, Kamra desapareció de la red. Eso no evitó que Sultán le enviara durante meses e-mails que proclamaban que la quería y que la echaba de menos. Pero a pesar de todas sus imploraciones, Kamra no contestó ninguno. Ni uno solo.

## 28

Si se ha enfriado el amor en el corazón de una mujer, ni todos los pañuelos del mundo podrán calentarlo.

HORATIO NELSON

Para: seerehwenfadha7et@yahoogroups.com
De: «seerehwenfadha7et»
Fecha: 20 de agosto de 2004
Asunto: ¿Matty se ha enamorado de ella? ¿Y ella de él?

Un lector, se llama Ibrahim, me ha aconsejado que cree un sitio web (si no, me lo creará él) y publique todos los e-mails, empezando por el primero y siguiendo por todos los que he escrito. Ibrahim dice que eso evitará que los roben o se pierdan; además, dice que con publicidad podré aumentar el número de visitantes y hacer dinero si en mi página pongo enlaces a otros sitios web. Ibrahim me lo ha explicado todo con gran lujo de detalles.

Te agradezco de todo corazón, apreciado amigo, la amable oferta y la generosa cooperación. Sin embargo, de diseño web sé tanto como de cocina tailandesa y no puedo pedirte que acarrees una carga tan pesada, Ibrahim. Total, que continuaré en mi estilo, por más anticuado que sea, de enviar e-mails cada semana mientras espero una oferta más tentadora. Quizá una columna semanal en un periódico o un programa de radio o televisión para mí sola, o cualquier otra cosa que puedan idear vuestros agudos intelectos. ¡Inundadme de propuestas, lectores!

A Michelle su nueva vida le parecía apasionante. Matty la ayudaba mucho a adaptarse. Le explicaba con paciencia las asignaturas más complicadas, se ocupaba de los problemas de la residencia de estudiantes y siempre estaba disponible cuando ella lo necesitaba. Aunque le gustaba mucho disfrutar de su vida libre y tomar decisiones por sí misma, cada día pasaba más tiempo en casa de su tío que en su habitación de la residencia de estudiantes.

Después de un par de meses en San Francisco, ya había superado las dificultades de principiante y se había acostumbrado a la vida cotidiana de estudiante. Ahora le hacía ilusión participar en todas las actividades que la universidad ofrecía. También en este caso Matty la ayudaba mucho, porque era el que mejor las conocía.

Un fin de semana, Michelle fue de excursión a un camping del Parque Natural Yosemite. Matty fue en calidad de presidente de la Unión de Amigos de la Naturaleza. Michelle nunca había visto un paisaje tan maravilloso, una naturaleza tan bella, y lo mejor de todo era que lo hacía en compañía de Matty. La primera mañana la despertó muy temprano porque quería ir a las rocas para ver amanecer. Llegaron a tiempo y vieron cómo los primeros rayos de luz iluminaban las corrientes de agua de la cascada. Era una imagen impresionante y competían por hacer la mejor foto. Matty sentía envidia de Michelle porque había fotografiado a dos ardillas con las cabezas tan juntas que parecía que estuvieran besándose. Él, por su parte, había conseguido inmortalizar a un ciervo con la cabeza situada justo delante del sol, con lo que parecía que tuviera los cuernos de oro.

Matty recibió una invitación para pasar un fin de semana largo en casa de uno de sus mejores amigos, William Mondafi, que vivía en Napa Valley. Cuando le propuso a Michelle si quería acompañarlo, ella aceptó encantada. El abuelo de William tenía una de las explotaciones vinícolas más famosas. En casa de William, o Billy, como todos lo llamaban, Michelle bebió los mejores vinos, como Chardonnay y Cabernet Sauvignon. Pero también comió por primera vez confitura y macarrones caseros.

Siempre había algo que hacer los fines de semana. Durante las vacaciones largas, como las de Semana Santa, si Michelle no volaba a casa, Matty la llevaba con el coche a Las Vegas o Los Ángeles. Su padre formaba parte de uno de los círculos mejor situados y, por ello, Matty no dependía de su sueldo. Michelle, a su vez, recibía todas las semanas una suma considerable de su padre. Ninguno de los dos tenía problemas económicos y podían permitirse todo tipo de viajes.

En Las Vegas, Matty invitó a Michelle a una representación del famoso espectáculo *Lord of the Dance*. También la sorprendió con dos entradas para el magnífico espectáculo *O* del Cirque du Soleil. En Los Ángeles fue ella la guía, pues ya había estado allí anteriormente. El primer día fueron a Rodeo Drive, cerca de Sunset Boulevard, porque allí, a pesar de que a Matty no le gustara, se podía conducir el coche a gran velocidad. Por la noche fueron al Gipsy Café, donde se podía fumar con narguiles. Al día siguiente pasearon por la playa de Santa Mónica y por la noche cenaron en el restaurante Byblos, muy frecuentado por los saudíes, que se citaban en él con sus novias iraníes. Los saudíes examinaban a Michelle con descon-

fianza porque parecía una chica de Arabia Saudí en compañía de un estadounidense. Sólo cuando empezó a hablar
con su mejor acento americano se tranquilizaron y sus
ojos, acostumbrados a acechar a chicas del Golfo, dejaron
de mirarla.

Entre semana a veces iban al barrio chino, donde había muchas tiendas pequeñas y restaurantes tradicionales.
Cada vez que iban bebían un pegajoso cóctel de frutas con
tapioca.

Durante la primavera, a Matty le gustaba mucho ir a la
playa de Sausalito, cerca del Golden Gate, para ver el atardecer. Mientras el sol se sumergía lentamente en el mar, él
tocaba con la guitarra sus canciones de amor preferidas. En
invierno la invitaba a menudo a tomar chocolate caliente
en Ghirardelli, porque desde allí se divisaba la isla de Al-
catraz. Mientras saboreaban el chocolate, miraban el faro
luminoso que había sido testigo de un capítulo oscuro de
la historia americana.

Lo que más le gustaba a Michelle de Matty era que,
aunque a menudo tenían opiniones distintas, siempre res-
petaba su punto de vista. A veces intentaba convencerlo
de forma obstinada de que ella llevaba razón, pero Matty
siempre le explicaba pacientemente que era posible tener
puntos de vista diferentes. No tiene sentido querer cambiar del todo al otro sólo para conseguir que comparta
nuestra opinión. En casa, Michelle se había acostumbrado a salir de las discusiones en cuanto éstas degeneraban
en una pelea. También evitaba dar su opinión de forma
abierta y sincera, y sólo lo hacía con sus amigas. Estaba
convencida de que en su país la opinión pública no expre-
saba lo que realmente pensaba la gente. La mayoría evitaban hablar sin tapujos sobre un problema hasta que una

determinada autoridad tomaba cartas en el asunto. Sólo valía un punto de vista: el del más fuerte.

¿Matty la quería? ¿Y ella a él? Saltaba a la vista que sus intereses cada vez eran más similares. A veces a Michelle le parecía que lo quería. Experimentaba esa sensación sobre todo después de vivir una noche romántica en la playa o cuando, gracias a su ayuda, aprobaba un examen difícil. Pero Faisal seguía estando en algún rincón oscuro de su corazón. Él era su secreto y no podía hablar de él con Matty. Como no sabía nada de Arabia Saudí, no podría haber entendido las restricciones que obstaculizaron su relación con Faisal y que convirtieron su amor por él en una trágica pérdida.

Matty, que vivía en un país libre, creía que el amor podía hacer milagros. Ella también lo pensaba cuando volvió de América. Pero entonces tuvo que aprender que en su país el amor sólo era un tema con el que bromear durante un tiempo, antes de que la diversión fuera prohibida por los estamentos superiores.

## 29

Cuando la mujer se enamora, su amor se convierte en religión y venera a su amado como a un santo.

TAGORE

Para: seerehwenfadha7et@yahoogroups.com
De: «seerehwenfadha7et»
Fecha: 27 de agosto de 2004
Asunto: Firas es distinto

Nasser Tréboles me ha enviado una carta. Me invita a escribir en la revista *Diamond*. El propietario es el hijo de Omar Picas y el director es Sharifa Corazones (1).

Ahora que he descubierto que la pedigüeña puede conseguir lo que quiere cuando fija las condiciones, esperaré hasta que me ofrezcan presentar mi propio programa de televisión, como Oprah Winfrey o Barbara Walters.

¡Tened en cuenta que, cuanto mejores sean las ofertas que me hagáis, más feliz me haréis y más largos serán los e-mails que os enviaré cada semana! ¿A qué esperáis, entonces?

---

(1) Apellidos falsos para proteger la identidad de las personas valientes que me han ofrecido trabajo como escritora.

Umm Nuwair colocó sobre la mesa un plato con pas-
telillos de sésamo y una tetera. Sadim sirvió el té y después
se metió en la boca un trozo de pastelillo para que se
deshiciera con la bebida.

—¿Sabes qué, tía? —dijo—. Ahora, después de conocer
a Firas, sé que Walid no vale nada.

—Espero que no llegue el día en que descubras que Firas
tampoco es mucho mejor.

—Dios me libre. No deseo otra cosa en la vida que a
Firas. Él es todo cuanto quiero.

—Lo mismo dijiste de Walid. Cuando llegue el momento te lo recordaré.

—¡Por el amor de Dios, tía, hablo de Firas, no de Walid!

—No veo la diferencia. Como dicen los egipcios, un za-
pato es igual que el otro.

—No entiendo por qué no te gusta Firas. ¡Es genial!

—Todos son unos hipócritas. ¿Has olvidado cómo te
indignaste cuando te dije que Walid no me gustaba?

—No, no lo he olvidado. Pero fui demasiado estúpida
e ingenua. Cuando alguien como el canalla de Walid te dice
que controlará todas tus llamadas de teléfono, antes de prometerse, y luego se pasa seis meses mirando la lista de llamadas entrantes y salientes, entonces es que realmente una
es demasiado imbécil, y doy gracias a Dios porque superé la
prueba. Y, lo que es peor, ¡me sentía orgullosa de mí misma!

—Eres demasiado buena. Entonces ya te dije que aquel
chico estaba mal de la cabeza. Pero no me creíste. Nos
volviste locas con tu «yo lo quiero», «yo lo quiero». Te advertí desde el principio de que la cosa empeoraría y que no
era necesario pasar esas ridículas pruebas. Como si en vez
de casarte te estuvieras examinando en la escuela. Él pone
las condiciones para la prueba y, si no le gusta el resultado,
te aplasta de un pisotón. ¡Mándalo a tomar viento!

—Pero Firas es distinto, tía. De verdad. Ni me ha hecho ninguna prueba ni preguntas estúpidas. Firas es sensato, no ve cosas raras por todas partes como Walid.

—Ay, pequeña Sadim, ¡no está bien que le digas a Firas que lo es todo en tu vida y que harías cualquier cosa por él!

—¿Qué quieres que haga? Me he acostumbrado a él. Lo es todo para mí. Es la primera voz que oigo por la mañana y la última antes de dormirme. Todo el día está en mis pensamientos, esté donde esté él o yo misma. Imagínate que hasta me pregunta antes que mi padre cómo me van los exámenes. Sabe más de mis trabajos trimestrales que yo. Y cuando tengo algún problema en seguida se preocupa por mí y me ayuda a resolverlo. Cuando necesito algo, encarga a alguien que me lo compre, aunque sea a medianoche. Imagínate que un día fue a la farmacia a las cuatro de la mañana porque mi chófer ya se había acostado. Tenía la regla y necesitaba compresas urgentemente. Me compró un paquete, lo dejó delante de la puerta y se fue. Me trata tan bien que es normal que lo sea todo para mí, ¿no? Además, no puedo imaginar la vida sin él.

—Que Dios te proteja y te evite todo tipo de males. No sé por qué, pero no me acaba de convencer.

—¿Pero por qué?

—Dices que te quiere, ¿entonces por qué no pide tu mano?

—Sí, a mí también me parece raro.

—¿No me dijiste que, desde que descubrió que habías estado prometida con Walid, había cambiado?

—Bueno, no cambió del todo. Pero desde entonces se ha vuelto un poco distinto. Aún es muy afectuoso y se preocupa por mí, pero me da la sensación de que me oculta algo. Quizá está celoso, o no le gusta reconocer que no es el primer hombre en mi vida. Yo, en cambio, sí soy la primera mujer en la suya.

—¿Cómo lo sabes? ¿Te lo ha dicho él?

—No, es una sensación que tengo. Mi corazón me dice que soy la única persona que ama. Aunque haya conocido a otras chicas (al fin y al cabo, ha vivido en el extranjero y es mayor que yo), estoy convencida de que no ha querido nunca a nadie tanto como a mí, que no ha estado nunca tan cerca de alguien como lo está de mí. Quien a su edad se entrega tanto a una mujer sabe que sólo quiere a ésa y no a otra, que es la correcta. Un hombre de su edad piensa de manera distinta que un chico de veintitantos. Cuando ese tipo de hombres quieren a alguien, desean mantener la relación y casarse. No juegan, ni intentan conocer a otras mujeres. La prueba de ello es que Firas, desde que volvimos de Londres, sólo me ha visto una vez, cuando fue a la provincia del este.

—No sé de dónde sacas la valentía de dejarlo al lado del coche de tu padre. Te has vuelto loca. ¿Qué habrías hecho si él se hubiera dado cuenta?

—Eso no tiene nada que ver con ser valiente o no. Fue una casualidad. Mi padre y yo queríamos ir a un entierro a la provincia del este y Firas quería pasar el fin de semana con su familia. Como había perdido el avión, tuvo que coger el coche. Ese día mi padre había vuelto más temprano del trabajo y pudimos salir antes. Y Firas, que en realidad tenía que irse al mediodía, salió por la tarde porque tenía muchas cosas que hacer. Por casualidad los dos llevábamos el móvil e íbamos intercambiando mensajes sobre cuántos kilómetros nos faltaban para llegar. Yo quería decirle que valía más que no utilizara el teléfono mientras conducía, cuando de repente me preguntó qué coche tenía mi padre. Yo le dije: «Un Lexus azul, ¿por qué?»

«Porque dentro de unos cinco segundos me verás», respondió. Ay, tía, no puedo expresar con palabras cómo me sentí en ese momento. Nunca en la vida habría imaginado que podía querer tanto a alguien. Con Walid el problema era que tenía que estar dispuesta a dar a todas horas para que él estuviera contento. Con Firas es distinto, con él no tengo que ceder constantemente para que se sienta satisfecho, no tengo la sensación de tener que sacrificarme, sino que yo sola elijo dárselo todo. Absolutamente todo. A veces pienso unas cosas… y después me avergüenzo.

—¿Por ejemplo?

—Pues que soy su mujer y que lo recibo en casa cuando llega de trabajar. Le ofrezco sentarse en el sofá para descansar. Voy a buscar agua caliente, me siento delante de él en el suelo y entonces le lavo los pies, los beso y me los acerco a las mejillas. Esa imagen me estimula mucho. En la vida me habría imaginado que haría algo así por un hombre. No sé cómo Firas ha conseguido que arroje por la ventana todos mis principios y que lo idolatre así.

Umm Nuwair tomó aire antes de emitir un profundo suspiro.

—Ay, pequeña Sadim, que Dios haga que se cumplan tus deseos y que te proteja de toda maldad.

## 30

Si Alá ha hecho que te toque algo malo, no hay nadie más aparte de Él que pueda protegerte de esa desgracia. Y si Él quiere para ti algo bueno, nadie podrá oponerse a Su voluntad, ni a Su predilección. Él conoce esa voluntad que Él quiere, a Sus fieles y servidores, adoradores.

Sura «Iunus», versículo 107

Para: seerehwenfadha7et@yahoogroups.com
De: «seerehwenfadha7et»
Fecha: 3 de septiembre de 2004
Asunto: Kamra no cambia

Recibo muchas, muchísimas cartas que critican a Umm Nuwair y a las familias de mis amigas por dejar que sus hijas se reúnan en casa de una mujer divorciada que vive sola. Un momento. ¿Es el divorcio una falta grave que sólo cometen las mujeres? ¿Por qué nuestra sociedad no asedia a los hombres divorciados de la misma forma que aplasta a las mujeres divorciadas? Ya sé que los lectores estáis siempre dispuestos a descartar y quitar importancia a las ingenuas preguntas que os hago, pero, como podéis ver, son preguntas lógicas que se merecen una profunda reflexión. Hay que defender a Umm Nuwair, a Kamra y al resto de las mujeres divorciadas. No es justo que nuestra sociedad menosprecie a las mujeres como ellas. Sólo condesciende en tirarles algunos huesos de vez en cuando y esperar que con eso les baste para ser felices. Mientras, los hombres divorciados hacen su vida tranquilamente sin recibir críticas ni reproches.

Nada cambió en la vida de Kamra después del nacimiento de su hijo. Del niño se ocupaba una canguro filipina que la madre de Kamra había contratado. Sabía que su hija era demasiado vaga para ocuparse del pequeño y ella tampoco se sentía capaz. Así, Kamra volvió a su vida anterior, la de antes de la boda. Desde que dejó de chatear no se divertía con nada. Aún pensaba en Sultán y a veces sentía el deseo de hablar con él. Pero tenía claro que eso no llevaría a nada. Sus circunstancias en la vida eran tan diferentes que era imposible que se conocieran.

Por la noche la invadían pensamientos tristes. Invocaba la imagen de sus tres amigas y comparaba su vida con la de ellas. Sadim disfrutaba del amor que sentía por un político famoso y con éxito. Le contaba cómo se entendían y que sólo era cuestión de tiempo que se prometieran. A Kamra le parecía bien que él fuera mayor que Sadim. Siempre es mejor un hombre de verdad que un jovencito que no sabe lo que quiere.

Después estaba Lamis, que ahora se hallaba en el tercer año de carrera. No faltaba mucho para que se convirtiera en una auténtica doctora. Se casaría más adelante, pero eso era algo normal en el mundo de la medicina. Los médicos podían retrasar sus bodas, la sociedad estaba acostumbrada a ello. Incluso estaba mal visto que una estudiante de Medicina se casara antes de finalizar sus estudios. Si una chica no tenía ganas de casarse joven, sólo debía estudiar Medicina. Todos lo aprobaban y nadie se atrevía a referirse a ella como a una «solterona». En cambio, si estudiaba cualquier otra cosa, como Literatura, o no estudiaba nada, con veinte años ya se la consideraba como tal. Pero Lamis tenía una gran madre: era culta, comprensiva y hablaba abiertamente de todo con ella y con Tamadir. Para las dos, su madre era la confidente con quien podían hablar de cualquier cosa sin tapujos. Dios mío, qué diferencia con la madre de Kamra. Siempre que ella o sus hermanas necesitaban algo, la respuesta inmediata era «no». Lo impedía todo y protestaba por cualquier cosa. Una vez que Shahla se compró unos pijamas atrevidos porque —según le dijo a su madre— todas sus amigas tenían, la madre los tiró a la basura y gritó:

—¡Sólo nos faltaba esto! ¡Quieres vestirte como una fresca y ni siquiera estás casada!

A la mañana siguiente fueron al bazar Tiba wa Uwais y le compró una docena de camisones anticuados. Se los dio y le dijo:

—Toma, esto es todo lo que necesitas. Los otros pijamas ya los tendrás cuando te cases.

Incluso a Michelle le iban mejor las cosas, aunque Faisal la hubiera abandonado. Sus padres le habían permitido ir a estudiar a Estados Unidos. Kamra, en cambio, ni siquiera podía salir sola de casa. Cuando quería visitar a Sadim, uno de sus hermanos tenía que acompañarla e ir a buscarla, aunque tenían chófer.

—¡Ay, Michelle, qué suerte tienes! Nadie te dice lo que debes hacer. Puedes hacer lo que quieras con tu vida. Nadie te pregunta adónde vas ni dónde has estado. Eres libre y no tienes que preocuparte de lo que digan los demás.

Cuando estaba con sus tres amigas, Kamra notaba que una gran distancia la separaba de ellas, ahora que las tres estudiaban en la universidad. Lamis prefería quedar con sus compañeras de clase antes que con sus amigas de siempre. Kamra no podía entender cómo una chica como Lamis quería hacer cursos de autodefensa y de yoga. Era muy extraño.

Michelle a veces le daba miedo, sobre todo cuando hablaba de libertad, de los derechos de las mujeres, de las ataduras de la religión, de las convenciones impuestas por la sociedad y de la relación entre los dos géneros. A todas horas le daba consejos: que se mostrara más fuerte, que luchara por sus derechos y que no hiciera concesiones cuando se trataba de su autorrealización.

Sadim era la que consideraba más cercana. Parecía que después de su estancia en Londres había madurado. Probablemente sus prácticas de verano allí la habían ayudado a sentirse más segura de sí misma. Además, había leído mucho, pero lo principal era que un hombre tan bien situado como Firas la quisiera.

Kamra sabía que ella era la única que se había quedado estancada después de terminar la escuela superior. Tenía los mismos intereses, pensaba de la misma forma y continuaba aferrada a los mismos principios. Lo único que había cambiado era que deseaba tener un marido que la liberara de la soledad y de todos los problemas que la abrumaban. ¡Si pudiera ser tan firme como Michelle, tan culta como Sadim y tan valiente como Lamis! Le gustaría tener una personalidad fuerte que pudiera medirse en conversaciones con otras personas. Pero no podía seguir su ritmo, ella había nacido débil y, por más que quisiera, estaba convencida de que siempre estaría en la segunda fila.

Antes de acostarse quería ver a Salih. Entró de puntillas en su habitación, donde también dormía la canguro.

Cuando estuvo en su cama, el niño volvió la cabeza y la miró con los ojos bien abiertos y brillantes. Estiró los bracitos para que lo cogiera. Cuando lo abrazó se dio cuenta de que tenía el pañal húmedo. Lo llevó al baño y, cuando le quitó el pañal mojado, descubrió que tenía el culito lleno de puntos rojos. No sabía qué hacer. ¿Despertar a su madre? ¿O a su hermana Shahla? Pero ella tampoco podría ayudarla, sabía tan poco como ella de enfermedades infantiles. Lo mejor sería despertar a la canguro, al fin y al cabo, la culpa era suya. ¡Qué cara! Durmiendo tan tranquila y el niño con el pañal lleno de pis.

Salih jugaba alegremente con su pato de goma amarillo. No parecía que se encontrara mal. En cualquier caso, estaba mejor que ella. A Kamra le afectaba menos la erupción cutánea que la sensación de que todo el mundo se había confabulado cn su contra. Rashid, su madre, Hussa y su marido, sus amigas, todos la miraban con prepotencia y la consideraban boba y medio retrasada. Incluso la canguro filipina no la tenía por una buena madre y, por ello, se atrevía a descuidar al pequeño. ¡Qué vida tan desgraciada la suya! Se lo exigía todo sin darle nada a cambio. Le había robado la felicidad y la juventud, ¿y qué había recibido en contrapartida? El miserable título de «divorciada» y un hijo que, aparte de ella, no tenía otro respaldo. ¿Y de qué le servía respaldarse en ella, si ella era la primera que no podía respaldarse en nadie?

El pato de goma cayó al suelo cuando Kamra cogió al pequeño en brazos. La joven rompió a llorar a causa de la tristeza y el arrepentimiento.

## 31

A una mujer le basta con un hombre para entender a todos los demás, pero al hombre no le basta ni con cien mujeres para entender a una sola.

GEORGE BERNARD SHAW

Para: seerehwenfadha7et@yahoogroups.com
De: «seerehwenfadha7et»
Fecha: 10 de septiembre de 2004
Asunto: El tema favorito: los hombres

Esta historia se ha convertido en mi vida. El viernes se ha vuelto más sagrado que nunca. La habitación donde tengo instalado el ordenador es mi guarida, el único lugar donde me siento segura. Ahora me limito a reír cuando me enfado con alguna tontería que dicen en clase la profesora o alguna alumna. Algunas personas me hierven la sangre, ¡pero me da igual! Es algo insignificante en comparación con lo que hago. Al fin y al cabo, las profesoras mandonas y las compañeras arrogantes todos los viernes quedan pegadas a las pantallas de sus ordenadores porque no se quieren perder ni una sílaba de lo que escribo. No me importa, pues, si de vez en cuando se enfadan. Estoy suficientemente satisfecha con la alegría y el orgullo que llenan mi corazón.

El último día de las vacaciones de verano las cuatro amigas se encontraron en casa de Kamra. Cada una llevó algo para Salih, un juguete o un dulce. Kamra le mostraba los objetos y el pequeño sacudía las piernecitas. Lamis acababa de llegar de Jidda y estaba tan morena que Kamra le dijo estremecida:

—¿Te has vuelto loca? ¿Todas quieren tener la piel blanca y tú, en cambio, te dedicas a tomar el sol?

—¿Qué pasa? ¡Quiero estar morena, es muy favorecedor!

—Dios mío, ¡decidle algo a esta loca!

—Bueno… a mí me gusta —dijo Michelle.

Kamra miró a Sadim porque tenía la esperanza de que la apoyaría.

—¡Vaya par de locas, Sadim! No quieren estar blancas. ¿Habéis oído alguna vez que una mujer quiera casar a su hijo con una negra?

—Déjalas —dijo Sadim—. Cada uno que haga lo que quiera. ¿Desde cuándo nos preocupa lo que les gusta a los demás?

—Pensaba que estarías de mi parte y ahora veo que me has dejado en la estacada —replicó Kamra, enfadada.

—Ni estoy de tu parte, ni te dejo en la estacada —contestó—. Lo que pasa es que estoy cansada de que siempre nos demos lecciones las unas a las otras. Cada uno es libre de hacer lo que quiera. ¿Sabes qué, Lamis? Por mí puedes estar tan morena como desees, y si te apetece echarte gasolina en el pelo y quemártelo, por mí no te cortes.

—Oye, Sadim, ¿qué te pasa? —preguntó Lamis—. ¿Te has enfadado con alguien?

—Seguramente con Firas, no puede ser otra cosa —pensó Kamra en voz alta.

—¿Qué te ha hecho ese papanatas?

—¿Lo viste en París?

A Sadim le costaba tranquilizarse. Al cabo de un rato, dijo:

—Sí, pero una sola vez. Vino expresamente a verme, sólo un día. Es una locura, pero no le dije que no. Os lo digo sinceramente, me habría muerto si no lo hubiera visto. Durante todo el año pasado no nos vimos ni una vez, y no sólo a causa de mis estudios y su trabajo, sino porque estamos de acuerdo en que es difícil y desagradable quedar en Riad. En el extranjero, uno puede citarse libremente en un sitio público, aquí no. Nos encontramos en un restaurante, pasamos un rato muy agradable.

—Por ahora todo va bien. ¿Cuándo se complicaron las cosas? —preguntó Kamra.

—Seguramente quería saber por qué aceptas salir con él —dijo Michelle—. Y después te trató con frialdad. Sé lo complicados que son aquí los hombres. Están locos. Por eso decidí irme.

—¡No, qué va! Firas no es así. A veces tengo la sensación de que sus palabras suenan escépticas cuando habla de relaciones anteriores. Pero conmigo no le pasa, me conoce demasiado bien.

—La naturaleza de una persona no cambia —afirmó Kamra.

—No se trata de eso. Lo que sucede es que últimamente hace unas alusiones muy raras. A veces me cuenta que su familia ha encontrado una mujer para él y a veces me dice que, si conozco a un candidato idóneo, no lo rechace. No sé cómo se atreve a decirme eso. Sabe perfectamente cuánto lo quiero. Al principio pensé que bromeaba y que sólo quería hacerme enfadar, pero me equivoqué. En París le dije que un amigo de mi padre quiere que me prometa con su hijo, lo que además es cierto. Pensé que se enfadaría mucho y que allí mismo se querría prometer conmigo. Pues no, se limitó a sonreír fríamente y me preguntó si el chico era una buena persona. Me dijo que mi padre debía informarse bien y que, si era un chico de fiar, que confiara en Dios.

—¿De verdad te dijo eso? —gritó Kamra, incrédula.

—¿Y qué le contestaste? —preguntó Lamis.

—Nada.

—¿Nada?

—Estaba allí sentada, observándolo, y me eché a llorar. Entonces me levanté y le dije que tenía que irme.

—¿Y qué hizo él?

—Me dijo que no le guardara rencor. Me pidió que me volviera a sentar. Si me iba, no volvería a hablar conmigo.

—Y te sentaste.

—Sí, esperé a que terminara de cenar. Entonces salimos juntos y llamó a un taxi para que me llevara al hotel.

—¿Y seguís juntos?

—Sí, juntos, pero las cosas no han mejorado. Me pone muy nerviosa y yo no sé qué tengo que hacer para que todo vuelva a ser como antes. ¿Por qué me hace esto? ¿Por qué, pasado un tiempo, los hombres se vuelven tan crueles conmigo? Hay algo que falla. En cuanto me siento feliz al lado de alguien, esa persona se aleja de mí.

—Creo que los hombres tienen unas particularidades especiales que hay que entender —opinó Lamis—. Quieren dominar a la mujer, pero no por capricho, sino porque creen que la mujer así lo quiere. Si una mujer se lo pone fácil, acaban alejándose de ella porque deja de ser un desafío. No lo confesará nunca, por supuesto, y tampoco aceptará que hace algo mal. Al contrario, la convencerá de que es ella la que tiene un problema. De vez en cuando insinúan que es mejor romper la relación. Nosotras somos demasiado estúpidas para darnos cuenta. Nos esforzamos, lo damos todo por esa relación, a pesar de que ya desde el principio sabemos que no funcionará. Al final nos hallamos ante un montón de basura y nos convertimos en el hazmerreír de la gente. No pensamos en nosotras mismas, no valoramos nuestra dignidad.

Michelle asentía con la cabeza e hizo el análisis de la situación:

—Todos sabemos cómo funciona esto. Si un hombre puede tener a una virgen, ¿por qué debería elegir a una divorciada? Él cree que, si se convierte en ministro o secretario de Estado, tendrá que casarse con una mujer atractiva, que proceda de una familia reconocida y que tenga dinero. Si elige a una divorciada, cree que todos lo criticarán. Sí, por desgracia, las cosas funcionan así. Ya puede ser muy culto o inteligente, que para él el amor es algo que sólo existe en las películas o en las novelas. A la hora de formar una familia no lo necesita para nada. Y en el caso de que un hombre esté convencido en su interior de que el amor es una emoción puramente humana y que no hay nada malo en elegir a tu compañera de por vida, siempre estará dominado por el miedo de no seguir el camino de su padre, su tío o su abuelo. Como han vivido o aún viven un matrimonio correcto con sus esposas, ése tiene que ser el camino correcto que deban seguir. Por ello, seguirá los pasos de su padre, su abuelo y todos los que lo precedieron, ya que, si finalmente elige una mujer y el matrimonio no funciona, le echarán toda la culpa a él. Nuestros hombres tienen demasiado miedo de asumir las consecuencias de sus decisiones. Quieren seguir a los demás y echarles la culpa.

Sus amigas la escuchaban fascinadas. Les sorprendía que Michelle hubiera pensado tan a fondo sobre el modo de actuar de los hombres. Ellas nunca habrían llegado a unas conclusiones tan atrevidas.

## 32

Señora maestra, señora maestra,
¡quiero ser el primero!
Ahora cállate,
sólo se habla cuando yo digo.
Cuando sea el momento de contar historias,
podrás hablar de todo.

Traducido del holandés

Para: seerehwenfadha7et@yahoogroups.com
De: «seerehwenfadha7et»
Fecha: 17 de septiembre de 2004
Asunto: El pájaro huye

A todos los que me dan la lata diciendo que no represento a las chicas de Arabia Saudí, les digo: ¿cuántas veces tendré que repetirlo? No escribo nada increíble, estrambótico o tan raro que sea ajeno a vosotros o que podáis decir «No es verdad». Las chicas de mi sociedad conocen muy bien lo que digo. Todas las semanas, cada una de ellas lee mi e-mail y exclama: «Ésa soy yo.» Y como escribo para hacer de portavoz de esas chicas, pido aquí a los que no tienen nada que ver con lo que digo que no se entrometan. Y si no pueden resistir la tentación de ofrecer un punto de vista distinto del mío, los invito a escribir sus propios e-mails. Pero no ME pidáis que sólo escriba lo que VOSOTROS aprobáis.

Michelle se vio obligada a descubrir que en su país la esquizofrenia era una epidemia que afectaba incluso a su padre. El hombre que se comportaba delante de la sociedad como una estatua de la libertad personificada estaba a punto de caer del pedestal. Una vez más, se hacía realidad el dicho «Quien vive con lobos en lobo se convierte».

Cuando Michelle le dijo que le gustaba Matty, su padre se enfureció de un modo que ella no esperaba. Incluso su madre, que sólo tenía ese hermano, el padre de Matty, quedó terriblemente disgustada.

A Michelle le costaba creerlo, pero la oposición de sus padres se basaba sin duda en impulsos religiosos. Su padre nunca había sido un creyente estricto y su madre, que después del nacimiento de Michelle se había convertido al islam, no pensaba nunca en cumplir las prescripciones religiosas. ¿Entonces por qué reaccionaban ahora de ese modo? ¿Por qué querían convencerla de que Matty no era el hombre adecuado para ella? Sus padres, por lo que parecía, se habían impregnado del ambiente de aquel jardín de contradicciones, y en los últimos años habían terminado por echar raíces.

¿Qué ocurriría si Matty la quería de verdad? ¿Tendría que renunciar a él por su familia? ¿Tenía que hacer a Matty lo que Faisal le había hecho a ella? En cualquier caso, su situación era más complicada. Según la ley islámica, no podía casarse con Matty porque no era musulmán. Su padre, como hombre musulmán, pudo casarse con su madre, que era cristiana, pero a las mujeres musulmanas no se les permite casarse con hombres no musulmanes. ¿Y si se casaba con Matty en una ceremonia civil en Norteamérica? Sabía que sus padres no estarían de acuerdo.

Por suerte, Matty no le había hablado nunca de amor. Quizá sólo la consideraba una buena amiga, o simplemente la trataba como a una hermana. Sin embargo, Michelle estaba convencida, tras los muchos años que había vivido en Arabia Saudí, de que cualquier hombre que mostrara interés por ella estaba enamorado.

Sus padres decidieron avanzar una decisión que en realidad habían pensado tomar cuando Michelle volviera de San Francisco: trasladarse a Dubai. Como excusa dijeron que les había entrado miedo a raíz de los atentados del 11 de septiembre, pero Michelle estaba convencida de que se trataba de una estrategia para alejarla rápidamente de Matty.

Los planes de trasladarse de ciudad ya hacía mucho que existían. Los padres de Michelle no se sentían cómodos con las leyes estrictas de la sociedad saudí, y les molestaba que la gente se metiera en la vida de los demás. Esta vez Michelle no tenía elección. Si se negaba a trasladarse con la familia, su padre aún desconfiaría más de ella. Por otro lado, estaba segura de que Matty la apoyaría y de que se alegraría de que ella fuera feliz. Formaba parte de su manera de ayudar a los demás, sobre todo a las personas más cercanas a él.

En ese momento el traslado era muy desfavorable para Michelle. Como sólo había cursado dos años de la carrera en San Francisco, tendría que continuar estudiando en la Universidad Americana de Dubai y acabar allí sus estudios. No quería perder más tiempo, porque ya había perdido un año al suspender los estudios en Riad y reanudarlos en San

Francisco. El pequeño Maschal iría a una escuela privada. Como muchos de sus amigos, su padre esperaba ganar más dinero en Dubai. Del mismo modo, su madre sólo veía ventajas en el traslado: por fin se movería con más libertad y se sentiría más apreciada que en Riad.

Este desplazamiento era muy difícil para Michelle. Durante la despedida no podría prometer a sus amigas que se reunirían durante las vacaciones de Año Nuevo. Seguramente conservarían la casa de Riad, aunque sólo podría ir allí de visita con toda la familia. Pero ni su padre ni su madre tendrían muchas ganas de visitar a los parientes de Riad.

Lamis preparó en su casa una gran fiesta de despedida para Michelle. Las amigas reunieron dinero y le regalaron un reloj de diamantes muy valioso. Cuando empezaron a hablar de los años que hacía que se conocían, todas rompieron a llorar. En adelante, Michelle viviría en la ciudad de la península Arábiga en la que las personas disfrutaban de mayor libertad, pero el precio que tenía que pagar a cambio era despedirse para siempre de sus amigas. Umm Nuwair intentaba animar a las chicas diciéndoles que, al fin y al cabo, tenían teléfono e Internet y que, si querían, podían hablar a diario. A pesar de ello, todas sabían que la relación con Michelle cambiaría, y mucho más que cuando se fue a San Francisco. Esta vez no tenía previsto volver y, por ello, todas sabían que la amistad se iría perdiendo por más que se esforzaran en mantenerla.

Lamis era la que estaba más triste. La marcha de Michelle coincidía con una época llena de dificultades. Tenía problemas con más de un profesor de la universidad, también se peleaba a diario con Tamadir porque se metía con ella constantemente y porque no podía ocultar la envidia que sentía cuando Lamis hacía algo mejor que ella. Además, había descubierto que Ahmed contaba a sus amigos lo que ambos hablaban por teléfono, así como las historias de sus compañeras de estudios, por lo que éstas se enfadaron tanto que rompieron su relación con Lamis.

Durante los últimos años, Lamis se había distanciado de Michelle. Cuando la comparaba con sus compañeras de la universidad, le parecía bastante rara. Pero ese día sintió que Michelle era probablemente la única que la entendía. Sus formas de ser eran muy parecidas y, por ello, sólo había confiado ciertas cosas a Michelle. Podía comprender que estuviera disgustada con ella, porque últimamente la había dejado de lado. Ahora lo lamentaba, ¿pero de qué servía ya desenterrar el pasado? Michelle se iría y no volvería nunca más, y Lamis perdería para siempre a su amiga más cercana. En ese momento se dio cuenta del valor de su amistad con Michelle.

## 33

El Profeta –las bendiciones y la paz de Dios recaigan en Él– ha dicho: su guardián debe buscar el acuerdo de una virgen al matrimonio, pero la viuda y la divorciada tienen más derecho a su propia persona que su guardián.

Sahih Musallam, versículo 3.477

Para: seerehwenfadha7et@yahoogroups.com
De: «seerehwenfadha7et»
Fecha: 24 de septiembre de 2004
Asunto: Abu Musaid y sus condiciones

Uno de los chicos que lee mis e-mails me ha ofrecido recopilarlos después de enviar el último, ordenarlos por capítulos y publicarlos en forma de libro. Así todo el mundo podrá leerlos.

*Ya salam* (1)! ¡Sería asombroso publicar mi propia novela! Un libro exhibido en los escaparates de las librerías y escondido en los dormitorios. Un libro que algunas personas pedirían a sus amigos que trajeran del extranjero (doy por hecho que aquí en Arabia Saudí estaría prohibido). ¿Y vería una preciosa foto-

(1) ¡Ostras!

grafía mía embelleciendo —¡o afeando!— la solapa, como otros escritores?

La propuesta me sorprendió y, a la vez, me asustó. Me sorprendió porque creo que en Arabia Saudí todo el mundo ha recibido mis e-mails. Al fin y al cabo, me he esforzado tanto, con las direcciones de suscriptores de Yahoo, Hotmail y otros proveedores de servicios, que los he enviado a todos los suscriptores de Internet que en sus perfiles de la red mencionan el Reino de Arabia Saudí. Y después de los primeros e-mails, miles de usuarios se suscribieron a mi grupo de Yahoo! Y me asustó porque publicar un libro significaría revelar mi nombre, después de esconderlo durante todos estos meses.

Y ahora viene la pregunta clave: mis amigas, ¿merecen ser sacrificadas? ¿Merece la pena aguantar todas las acusaciones que nos dispararán a mí y a mis amigas (y que habrá que añadir a todos los reproches que amablemente me habéis enviado) si se hace público mi nombre real?

Me muero por conocer vuestras opiniones y consejos. Escribidme.

La madre de Kamra la obligó a reunirse con Abu Musaid, un amigo de toda la vida de su tío que servía al ejército como teniente coronel. Tenía cuarenta y seis años y ya había estado casado una vez. Vivió ocho años con su mujer, pero ésta no consiguió quedarse nunca embarazada. A pesar de ello, todos lo llamaban Abu Musaid, que significa «padre de Musaid». El caso es que terminó separándose de su mujer. Ella se casó con otro hombre y en seguida quedó encinta. Entonces él también decidió casarse por segunda vez. Habló con sus amigos y uno de ellos, precisamente el tío de Kamra, Abu Fhad, le habló de ella. Estaba convencido de que, con ello, le hacía un favor a su sobrina.

Kamra no estaba sentada muy lejos del hombre y lo observaba con más atención que la que le había prestado tres años atrás a Rashid. Esta vez no estaba tan avergonzada ni tropezó al andar. El hombre era más joven de lo que había imaginado, le pareció que debía de estar a punto de cumplir los cuarenta. La barba no tenía ningún pelo gris, sólo debajo de la *ghutra* (2), en la zona de las sienes, se escapaba algún pelo plateado.

Hacía mucho tiempo que el tío conocía a Abu Musaid, por lo que el padre de Kamra tuvo un papel secundario en el encuentro. Como la madre de Kamra, a diferencia de lo que sucedió en el compromiso anterior, había aconsejado dejar a los «novios» un par de minutos solos para que pudieran conversar, se incorporó y miró a su cuñado invitándolo a levantarse con un gesto. Pero éste no se movió de su lugar y no hizo caso de la impetuosa gesticulación de su hermana, que se hallaba detrás de la puerta entornada de la habitación. Estaba muy concentrado observando a Kamra, por si ésta hacía algún movimiento en falso o descubría alguna mirada impertinente, ya que eso le permitiría criticar duramente a Kamra y a su madre si Abu Musaid se retiraba de escena.

Abu Musaid no prestó atención a Kamra, sino que estuvo hablando con su tío sobre los nuevos precios de las acciones. A Kamra le molestó tanto ese comportamiento que dos minutos después de entrar en la sala ya quería irse. Pero, de repente, Abu Musaid dijo algo sorprendente y entonces, naturalmente, se quedó sentada.

—Como todos sabéis, soy un soldado procedente del campo. No sé nada de fórmulas de cortesía y buenas maneras, así que iré al grano, apreciado Abu Fahd. He oído

(2)  Tocado que llevan los hombres en Arabia Saudí.

decir que tu sobrina tiene un hijo de su primer marido. Si me casara con ella, exijo que el niño viva en casa de su abuelo. Sinceramente, no estoy preparado para educar a un niño desconocido.

—Pero si el pequeño todavía es un bebé —intervino su padre.

—Bebé o no bebé, ésa es mi condición. No quiero tenerlo en mi casa.

El tío intentaba suavizar la situación.

—Ten un poco de paciencia, Abu Mussaid. Si Dios así lo quiere, todo irá bien.

La mirada de Kamra se dirigía de un hombre a otro. Parecía que ninguno de ellos tuviera en cuenta la opinión más importante: la suya. Estaba a su lado, pero todos hacían ver que era invisible. Se levantó, miró a su tío enfurecida y salió de la habitación.

En su cuarto la esperaba su madre, que lo había oído todo. Kamra empezó a gritar que su tío era terriblemente frío, que su padre la había dejado en la estacada y que el hombre que se hacía llamar «padre» era un engreído y un vanidoso. Su madre intentaba tranquilizarla como podía. Pero Kamra ya no podía calmarse. Estaba enfadada con ese hombre que no era capaz de educar a un niño y que, además, tenía la desfachatez de pedirle que abandonara a su hijo por él. ¡Si se casaba con él, tendría que hacer el sacrificio de no quedarse embarazada nunca más y, encima, le exigía que abandonara a su único hijo! Por si eso no fuera suficiente, ese hombre había tratado de forma arrogante a su padre. ¿Quién se creía que era, ese beduino grosero? Había oído muchas cosas sobre la vulgaridad de los soldados y los beduinos, pero no se habría imaginado nunca que existieran personas tan descaradas como él.

Cuando Abu Musaid se fue, el padre y el tío de Kamra

entraron muy enojados en su habitación porque Kamra había salido sin pedir permiso. Si antes no habían tenido en cuenta su opinión, ahora tampoco la querían escuchar.

—¡Tu hija no tiene sentido del ridículo, Umm Mohammed! ¡Es un diablo consentido! —gritó el tío—. Se casará con este hombre, no hay nada que objetar. Gracias a Dios, ya tiene un hijo y no le faltará de nada. Todos sabemos cómo le afecta estar aquí encerrada. Necesita un hombre que la vigile. Tenemos otras hijas por casar y no está bien que la gente hable de nosotros. Eres una buena mujer, Umm Mohammed, que Dios te dé una larga vida para que puedas educar a tus hijos y a tus nietos. El hijo de Kamra se quedará aquí contigo y su madre podrá verlo siempre que lo desee y cuando su marido se lo permita. ¿Qué te parece, Abu Mohammed?

—Por el amor de Dios, Abu Fahd, conoces bien a ese hombre y sabes lo que nos conviene.

El tío se fue después de expresar su opinión respecto a algo que no le afectaba en absoluto. El padre de Kamra también abandonó la casa para pasar la noche en compañía de sus amigos. Cuando Kamra se quedó a solas con su madre, gritó, enfurecida:

—¿Por qué necesito un hombre que me diga cómo tengo que comportarme? ¿Tu hermano me considera una mujer indecente? ¿Se avergüenza de mí? Soy adulta y tengo un hijo y, por ello, era oportuno dejarme hablar y expresar mi opinión. Vosotros sólo estáis pendientes de los demás. Con mi primer matrimonio ocurrió lo mismo, no me dejasteis decir nada. ¿Pero qué especie de padre es éste? ¿Por qué no se atreve a expresar su opinión delante de tu hermano? Sus hijas no son mi problema. ¡Que las case! ¿Acaso cree que tiene que deshacerse de mí para casar a sus hijas? ¡Malditos sean él y sus hijas!

—Deberías avergonzarte de tus palabras, al fin y al cabo, es tu tío y sólo quiere lo mejor para ti. Reza a Dios, porque lo que hace está bien. Pon tu vida en manos de Alá y confía en Él.

Antes de su primer matrimonio su madre no le aconsejó consultar con Dios. ¿Acaso las ventajas de Rashid habían sido tan evidentes que no hacía falta rezar? Después de que Mudi le hubo explicado cómo pronunciar la oración del consejo divino, hizo dos veces las reverencias rituales antes de tender su alfombra y pronunciar:

—A ti, Dios, te pido fuerza y consejo, porque tú eres el omnisciente y el poderoso. Ayúdame con tu paciencia infinita y condescendiente, pues tú eres capaz de todo y yo no, tú lo sabes todo y yo no. Tú conoces lo oculto, y si ves que es bueno para mi fe y para mi vida que me case con Abu Musaid, entonces házmelo saber. Y si ves que no es bueno para mi fe y para mi vida, entonces manténlo alejado de mí. Decide tú lo que es mejor para mí y permíteme disfrutarlo.

Preguntó a Mudi si Dios le enviaría un sueño para que pudiera averiguar qué tenía que hacer. Mudi le dijo que no contara con ello. Tenía que pronunciar repetidamente esa oración, y cuando sintiera el corazón aliviado, entonces sabría que Dios bendecía ese matrimonio. En cambio, si cada vez se sentía más deprimida, significaba que ese hombre no era bueno para ella. Kamra pronunció la oración tantas veces como pudo, pero no hallaba la solución.

Al cabo de diez días tuvo un sueño raro. Estaba tumbada en una cama desconocida. De debajo de la manta gruesa sólo le sobresalían la cabeza y los pies. Se miró desde arriba, como si la que estuviera echada fuera una amiga suya. Pero sabía perfectamente que era ella, aunque su aspecto fuera distinto. La chica que dormía tenía el pelo blanco y una barba larga y blanca y, curiosamente, la barba le pareció totalmente normal. Entonces vio cómo se despertaba y decía: «¡Levántate, levántate, es la hora de la oración!» Pero siguió tumbada hasta que se despertó en algún momento para volver a la realidad.

Cuando contó su sueño a Mudi, ésta envió a Kamra a consultar a un jeque experto en visiones y sueños. Kamra le contó que había tenido ese sueño después de estar muchos días rezando a Dios para que la aconsejara sobre un candidato al matrimonio. A su pregunta de si estaba casada, respondió:

—Lo estuve, pero me divorcié.

El jeque también le preguntó si tenía hijos.

—Sí, un niño —dijo Kamra.

Entonces el jeque dijo:

—La mujer que dormía eras tú y no una amiga, como tú crees. En primer lugar, hija, quiero aconsejarte que vuelvas a confiar en Dios, porque sólo entonces podrás ser salvada y protegida de toda desgracia. Que tu cabeza no estuviera tapada en la cama indica la debilidad de tu fe. Pero también me advierte que deseas volver con tu marido. Eso es imposible y mejor que sea así, porque tus cabellos blancos indican que es una persona inmoral que te ha traicionado. Por otro lado, la barba transmite un mensaje positivo: que tu hijo, con la ayuda de Dios, será un hombre apreciado y respetado. Que no te hayas despertado para rezar en el momento oportuno me dice que la cuestión por la que te has dirigido a Dios no se presenta nada bien. Por ello te aconsejo rechazar al hombre que quiere casarse contigo. Todo lo bueno procede de Dios, él es omnisciente.

Temblorosa, Kamra se dirigió directamente a informar a su madre. Ésta se lo contó todo a su hermano, que se lo tomó muy mal y esgrimió las peores amenazas. Pero a Kamra no le afectaron porque ya había dado la cuestión por zanjada. Nadie habló nunca más de ese matrimonio que Dios no había querido.

## 34

Oh, doloroso es el camino que conduce a través de espinas.

Ibrahim Nadji

Para: seerehwenfadha7et@yahoogroups.com
De: «seerehwenfadha7et»
Fecha: 1 de octubre de 2004
Asunto: El pésame

Me siguen lloviendo ofertas seductoras y todo tipo de proyectos, pero no sé distinguir entre los sinceros y los falsos. Un productor saudí me ha enviado la propuesta de transformar mis e-mails en una serie de televisión de treinta episodios que se emitiría durante el Ramadán. ¿Y por qué no? Si ya hemos hablado de publicarlos en forma de novela, ¿por qué no rodarlos para la televisión? Estoy de acuerdo con Abdullah Al-Ghadhami (1) cuando afirma que la literatura de la letra impresa es burguesa, mientras que la imagen es democrática. Prefiero la serie de televisión que la novela, porque quiero que las historias de mis amigas lleguen a todo el mundo. Sería un buen comienzo.

(1) Crítico literario muy famoso en Arabia Saudí.

Llegados a este punto, surge una pregunta esencial: ¿quién actuará en mi serie? ¿Podemos confiar los papeles protagonistas a actrices de los estados vecinos del Golfo y perder el magnífico acento saudí y su refinado tono coloquial, elemento imprescindible de la trama? ¿Tenemos que disfrazar a los chicos saudíes para que puedan interpretar los papeles femeninos (2) y, por culpa de esto, perder audiencia?

La casa del tío de Sadim estaba llena de invitados que habían acudido a dar el pésame. El padre de Sadim sufrió un ataque al corazón y poco después murió.

Al fondo de la sala de invitados, Kamra y Lamis consolaban a Sadim, aunque las dos lloraban más que ella. ¿Cómo continuaría la vida de Sadim sin madre y ahora sin padre? ¿Cómo iba a pasar las noches sola en aquella enorme casa? Sin duda, sus tíos la obligarían a vivir con uno de ellos, ¿pero soportaría Sadim vivir en una casa desconocida? Preguntas y más preguntas de las que ni Sadim ni sus amigas sabían las respuestas. Su madre había muerto cuando era tan pequeña que ni se acordaba de ella, y ahora, que era cuando más necesitaba a su padre, también lo había perdido a él. De Dios procedemos y a Dios volveremos, nadie puede evitar la decisión del Señor.

Umm Nuwair estaba al lado de Badrija, la tía de Sadim, y con ella y otras tías recibía el pésame de las invitadas femeninas. De vez en cuando miraba preocupada a Sadim, que rompía el corazón de cualquiera con su imagen.

Las mujeres que llenaban la habitación hasta los topes aún abrumaban más a Sadim. Ninguna de ellas parecía

---

(2)  Está mal visto que las mujeres saudíes trabajen como actrices.

realmente triste, algunas incluso se habían engalanado. No paraban de cotillear y de vez en cuando incluso se les escapaba alguna risita. ¿Qué hacían allí? Era evidente que no habían ido a hacerle compañía en ese momento tan difícil. ¿Debía quedarse allí sentada para recibir el pésame de personas que en realidad no la compadecían, mientras el hombre que entendía su dolor y sufría con ella tenía que estar lejos?

Sadim salió corriendo de la sala. Nadie podía detener su dolor. Salvo Firas, no existía nadie que la entendiera de verdad. Sólo él sabía cómo quería a su padre. Ahora que el padre había muerto, él era la única persona que la comprendía. ¡Oh, cómo lo necesitaba!

Le dejaba mensajes en el contestador del teléfono móvil constantemente, quería demostrarle que estaba a su lado y que compartía con ella el dolor por la pérdida de su querido padre. El padre de Sadim era también su padre y ella era su vida, le dijo. Pasase lo que pasara, no la abandonaría nunca.

La llamó tarde por la noche. Quería leerle una oración y pedirle que la repitiera.

—Dios, ahora tienes bajo tu protección a Abd al-Muhsin al-Harimli, déjalo descansar en paz…

Firas leyó la oración con voz profunda, como si los sollozos de Sadim fueran a romperle el corazón. A pesar de ello, no desistió en su propósito de mitigar el dolor de su amada. La trataba con afecto, como un padre a una hija. La cuidaba como si no existiera nada más aparte de ella. En esos momentos, Sadim se sentía tan cercana a él que ni siquiera echaba de menos poder abrazarlo.

Con mucho amor y amabilidad, Firas ayudó a la pequeña Sadim a superar el gran dolor inicial y la respaldó hasta que su ánimo volvió a levantarse.

## 35

Mientras seáis un hálito en el extenso mundo de Dios y una hoja en su bosque, os está permitido relajaros y vivir vuestra pasión.

GIBRAN KHALIL GIBRAN

Para: seerehwenfadha7et@yahoogroups.com
De: «seerehwenfadha7et»
Fecha: 8 de octubre de 2004
Asunto: ¡Uy, un acuario!

Después del e-mail anterior, esta semana quiero alejar la tristeza que os inunda invocando una bendición para vosotros con motivo del primer día del Ramadán, que ya se acerca. Dios nos ha concedido de nuevo este mes bendito, a nosotros y a todos los musulmanes, del mismo modo que nos ha concedido Su ayuda para que podamos ayunar de día durante todo un mes.

Os pido disculpas de antemano por no enviar mensajes durante el mes que viene. Os prometo que reanudaré la narración de las historias de mis amigas cuando haya concluido el mes de virtud. Confieso por adelantado que os echaré de menos. Después del Ramadán volveré con cartas muy importantes. Si Dios quiere, claro. Esperadme.

Cuando Lamis y Tamadir terminaron el cuarto año de carrera, trabajaron como practicantes durante las vacaciones de verano en un hospital de Yidda. Naturalmente, aún no podían tratar a pacientes, pero estaban presentes en las revisiones y a veces también en las operaciones que realizaban los empleados fijos o los médicos allí destinados. De este modo, fueron adquiriendo experiencia.

En las secciones de medicina humana normalmente sólo había practicantes masculinos, mientras que en estomatología también había chicas. A Tamadir le parecía muy desagradable que ella y su hermana fueran las únicas mujeres de la sección. Por ello, llegaba tarde intencionadamente por las mañanas y abandonaba el edificio antes de la hora oficial de salida por las tardes. Al contrario que ella, Lamis cumplía el horario de forma estricta, ya que no quería perderse nada.

Los médicos y el resto del personal se comportaban de forma muy amable con las dos hermanas, pero a Tamadir le resultaba muy penoso tener que compartir una sala con dos practicantes masculinos durante las pausas. Siempre se preocupaba de no sobrepasar los límites que se había impuesto a sí misma y eso aún la hacía sentirse más insegura. A Lamis, en cambio, no le costaba nada adaptarse a la nueva situación. Espontánea como era, en poco tiempo se llevó bien con todo el mundo.

Después de más o menos una semana, Tamadir no apareció más por el hospital y uno de los dos estudiantes abandonó las prácticas porque quería ir al extranjero. En resumen, sólo quedaron Lamis y el otro estudiante, que se llamaba Nizar. A Lamis la nueva situación le pareció bastante agradable, pues no tenía que estar pendiente de los otros dos. Por su parte, Nizar se acostumbró en seguida a hacer las pausas sólo con ella.

El acercamiento involuntario hizo que Lamis conociera mejor a Nizar. Su forma de tratarla distaba mucho de la de Ahmed o sus conocidos de Internet. La de Nizar era una espontaneidad difícil de rechazar. Al principio le pareció que no era de fiar porque se tomaba demasiadas confianzas. El día que, por ejemplo, se quedaron a solas por primera vez, él le propuso comer juntos en el bar del hospital. Lamis rechazó la oferta aduciendo que tenía pendiente la lectura de un artículo. Comería más tarde. Nizar fue al bar y al cabo de poco rato volvió con dos bandejas. Le ofreció una amablemente y le recordó que pronto deberían hacer acto de presencia en una operación. Después, él salió con su bandeja y comió en una sala desocupada del hospital.

Lamis se acostumbró pronto a la forma de ser extrovertida de Nizar, y la impresionaba mucho la amabilidad con que la trataba. Pasado algún tiempo, sus conversaciones empezaron a rebasar los límites de la medicina, los tratamientos, los últimos fármacos y las mejores técnicas quirúrgicas. Se contaban los sueños y cómo se imaginaban que sería su vida después de la universidad. Eso los llevó a hablar de la vida que llevaban ahora, la familia, los hermanos y las hermanas, así como los problemas grandes y pequeños del día a día. Todo ello demostraba que ya habían roto el hielo.

Una vez, mientras estaban sentados a una mesa del bar, Lamis simuló ser una vidente que adivinaba el signo del zodíaco de Nizar. Él la escuchaba satisfecho, le parecía divertido aquello de participar en un juego nuevo.

—Eres sagitario o acuario. Yo diría que acuario... ¡no, no, sagitario! ¡No, espera, acuario! Sí, sin duda debes de ser acuario.

—Vale, pues ahora dime cuáles son las características propias de cada uno. Para saber cuál de los dos tengo que elegir.

—No, eso no vale. De verdad, ¿qué signo eres?

—¡Adivina!

—Ya te lo he dicho, o acuario o sagitario. No pareces virgo, los hombres de ese signo son muy lunáticos y sentimentales. Te pueden sacar de quicio. Tampoco pareces tauro.

—Despacio, respetable señora.

—¿Quizá aries? Sí, podrías ser aries perfectamente.

—Sigue, ¿qué más? Si sabes tanto como dices, debes de tener alguna oferta más.

—Ya basta, ¡eres aries o sagitario!

—¿Ya está? ¿No hay más signos?

—Exacto.

—Vale.

—¿Qué significa *vale*?

—No quiero hacerte sufrir más. Soy acuario.

—¡Dios mío! ¡Si es el primero que he dicho, sólo querías tomarme el pelo!

—¿Yo? ¡Pero si has sido tú la que se ha pasado el rato cambiando de opinión!

—¡Tozudo!

—Gracias, muy amable.

—Que Dios sea benigno contigo. Anda, vamos, tenemos que hacer nuestra ronda.

—Vale, ¿pero cuándo me explicarás las características de los acuario?

—Ahora mismo, si quieres. Los acuario son groseros y cascarrabias, pero las chicas libra pueden civilizarlos.

—¡Qué suerte tienen!

—¿Quiénes? ¿Los hombres acuario?

—No, las chicas, las afortunadas como tú.

Al volver a casa lo primero que hizo Lamis fue mirar en sus libros el grado de compatibilidad entre una mujer libra y un hombre acuario. Un libro decía que un ochenta y cinco por ciento y otro sólo un cincuenta. Decidió creerse el primer libro, pero esta vez quería cambiar su táctica para conseguir lo que deseaba. Lograría hacer caer a Nizar en su red de forma inteligente. De ese modo, enseñaría a Kamra que con un poco de esfuerzo y paciencia es posible conquistar a cualquier hombre.

Esa noche sólo consiguió dormirse después de la oración de la madrugada. Había escrito con cuidado los principios estratégicos que tenían que guiar su comportamiento y que, en el caso de que su corazón con el tiempo ya no quisiera participar, la llevaran a razonar. Ya hacía tiempo que se había acostumbrado a escribir sus propósitos, ése era el mejor método para no perderlos de vista. Había sido idea de su madre, y a Lamis le parecía muy útil.

En la libreta había anotaciones generales de la vida cotidiana, pero también reglas para el buen comportamiento que había escrito inspirándose en experiencias propias o de sus amigas y parientes. También había anotado consejos que había oído alguna vez y que, bien guardados, esperaba poder utilizar algún día. Todas sus orientaciones comenzaban con «nunca»:

- Nunca me enamoraré de alguien si siento que no me quiere.
- Nunca iniciaré una relación si la persona en cuestión no pide oficialmente mi mano.
- Nunca revelaré mi interior, sino que, como los hombres, siempre me mantendré oscura y misteriosa, por-

que eso despierta su interés. Nunca dejaré que un hombre tenga la impresión de que sabe muchas cosas de mí y de mi vida, incluso cuando tenga la necesidad de confiarme a alguien.

- Nunca seré como Sadim, Kamra o Michelle.
- Nunca seré la primera en llamar a un hombre y responderé a pocas llamadas.
- Nunca le ordenaré, como hacen la mayoría de las mujeres, lo que tiene que hacer y lo que no.
- Nunca esperaré que cambie por amor a mí y tampoco intentaré cambiarlo. Si no me gusta como es, no tiene sentido mantener la relación.
- Nunca renunciaré a ninguno de mis derechos ni le perdonaré ningún paso en falso, porque, de lo contrario, se acostumbraría.
- Nunca le diré que lo quiero (si de verdad lo quiero) antes de que él me declare su amor.
- Nunca cambiaré por él.
- Nunca cerraré los ojos ante un signo de peligro.
- Nunca me entregaré a una ilusión. Si en el transcurso de tres meses él no me declara su amor y no me dice claramente cómo se imagina nuestra vida juntos, pondré fin a la relación.

## 36

No pongo como pretexto haber dicho toda la verdad, pero desearía que todo lo que he dicho lo fuera.

GHAZI AL-QUSAIBI, Una vida en la administración

Para: seerehwenfadha7et@yahoogroups.com
De: «seerehwenfadha7et»
Fecha: 12 de noviembre de 2004
Asunto: Michelle se libera de sus cadenas

Que Dios acepte vuestro ayuno, vuestras plegarias nocturnas y todas las buenas obras que hayáis realizado durante el mes sagrado del Ramadán. Os he echado de menos a todos, tanto a mis aliados como a mis enemigos, y me ha impresionado recibir tantos mensajes que preguntaban por mí. No han parado de llegar durante todo el mes de virtud. Ya estoy aquí, he vuelto a vosotros como la persona en ayuno vuelve a los alimentos después del Ramadán. Algunos pensabais que plegaría velas y no continuaría la historia después del Ramadán. Pues ya lo veis, amigos y enemigos: sigo adelante. La mecha de las confesiones es larga. Y cuanto más tiempo arde, más brillan mis escritos.

Michelle se acostumbró a su nueva vida antes de lo que esperaba. Estaba decidida a dejar atrás todas sus experiencias pasadas; no le habían aportado nada y valía más empezar de nuevo. Naturalmente, algo aún quemaba en su interior, no era tan fácil librarse de la rabia que sentía hacia el mundo. Pero había aprendido a vivir con ello y ante los demás mostraba un comportamiento bastante equilibrado. La ayudó mucho descubrir que Dubai era mucho más bonito de lo que había imaginado. Además, la gente los trataba muy bien, tanto a ella como a su familia.

En la universidad conoció a una chica de los Emiratos. Se llamaba Djamana, estudiaba Informática y tenía su misma edad. Era increíblemente hermosa y elegante y dominaba a la perfección la pronunciación del inglés americano. En poco tiempo las dos se hicieron grandes amigas. El padre de Michelle estaba muy contento, ya que el padre de Djamana era uno de los empresarios con más éxito de los Emiratos y poseía uno de los canales de televisión árabes más conocidos. Cada vez que Djamana visitaba a Michelle en casa, Mishu se sorprendía de la similitud que había entre las dos. Eran igual de altas, tenían la misma figura y llevaban el mismo peinado. Compartían el mismo gusto por la ropa, los zapatos, los bolsos y los accesorios. Además, se interesaban por las mismas cosas, lo que hizo que su relación fuera aún más estrecha. Como estaban en igualdad de condiciones en cuanto a belleza, inteligencia y estado financiero, no había ningún motivo para que una tuviera envidia de la otra.

Djamana ofreció a Michelle trabajar durante las vacaciones de verano en la cadena de televisión de su padre. Michelle aceptó encantada. Ayudarían a preparar una serie juvenil semanal. Con gran afán, buscaron por Internet todas las novedades culturales árabes e internacionales.

Todos los días hacían llegar un nuevo informe al redactor. Cuando éste se percató del interés con el que trabajaban las chicas, les ofreció dirigir el programa de cultura. Esta oferta les llegó el último mes de las vacaciones de verano y, como Djamana quiso volar con su familia a Marbella, la responsabilidad recayó en Michelle.

Estuvo toda la semana ocupada con eso. Y cuando terminaron las vacaciones y comenzó el nuevo semestre, continuó. El programa de cultura hablaba principalmente de artistas árabes y extranjeros. El redactor responsable le dio gran cantidad de direcciones y teléfonos de agentes de arte con los que ella comprobaba determinadas noticias o con quienes concertaba una entrevista personal o telefónica. Su forma de ser vital y abierta la ayudó a entrar en contacto con muchos famosos. Cuando uno de ellos iba a Dubai, quedaban para verse e incluso la invitaban a muchas fiestas.

Se le daba tan bien que finalmente terminó trabajando de redactora, a la vez que seguía dirigiendo su programa, que no presentaba ella, sino una joven locutora libanesa. Su padre no le había permitido salir en pantalla, porque ese programa también se emitía en Arabia Saudí y existía el peligro de que sus parientes la vieran.

Su trabajo en la televisión le abrió nuevos horizontes. Por primera vez se sintió liberada de todas sus ataduras. Aprendió a tratar con gente muy diferente y eso le hizo ganar confianza en sí misma. Se veía capaz de llevar a cabo todo lo que se propusiera. Sus interlocutores la admiraban, era amiga de muchos de ellos y eso la animaba a hacer bien su trabajo y a tener éxito. Djamana continuó siendo su mejor amiga y, cuando terminó los estudios, dos años antes que Michelle, prefirió un trabajo en la administración del canal, porque el trabajo de redactora no le acababa de gustar.

## 37

Sé que mi camino es difícil,
dejarte es difícil,
volver a ti es difícil.
No hay ninguna solución, pero déjame decirte
que me puedes torturar un día entero,
quizá incluso un mes,
pero no olvidaré todo el sufrimiento
y todas las noches de sueño que me robaste,
mi vida contigo, con todas las cosas buenas y malas.
Y tú, tú te encuentras con alguien que te quiere,
que está dispuesto a curar tus heridas,
que te devolverá la felicidad,
que hará que mc olvides,
que te hará salir de mi país de duelo.

BADR BEN ABD AL-MUHSIN (1)

(1)   Príncipe saudí y poeta famoso.

Para: seerehwenfadha7et@yahoogroups.com
De: «seerehwenfadha7et»
Fecha: 19 de noviembre de 2004
Asunto: ¿Un hombre como los demás?

El hermano Adil —me da la sensación de que es especialista en estadísticas— me ha enviado un mensaje y critica mis e-mails porque ni tienen la misma longitud ni son simétricos como los dobladillos de los vestidos que están de moda este año. Adil dice que, si quiero que los e-mails tengan una longitud constante, deben poseer una distribución natural. Según él, lo de la distribución natural significa que el noventa y cinco por ciento de los datos deben ceñirse a la media (teniendo en cuenta, sobra decirlo, la desviación típica), mientras que el porcentaje de datos fuera de la zona de distribución normal a ambos lados de la media no debe superar el 2,5 por ciento en cada dirección, de modo que el total de la desviación típica sea del cinco por ciento. ¡Matadme!

Finalmente llegó el momento que Sadim se había negado a aceptar durante tres años y medio. Pocos días después de terminar los estudios, Firas le envió el ordenador portátil que le había prometido durante las vacaciones semestrales. Poco tiempo después la llamó y con voz apagada y de forma muy lenta, como si las palabras fueran gotas que se escapan de un grifo mal cerrado, le dijo que se había prometido con una chica que estaba emparentada con uno de sus cuñados.

Sadim tiró el auricular al suelo, no podía ni quería oír nada más. Empezó a marearse y, de repente, le dio la sensación de que caía hacia abajo, bajo tierra, donde descansaban los muertos, con los que ahora quería compartir espacio.

¿Cómo podía ser que Firas se casara con otra mujer? Era incomprensible. ¿Después de todos aquellos años en que el amor los había unido? ¿Por qué una personalidad tan fuerte como la suya ahora no osaba mostrarse firme delante de su familia? ¿Por qué no mantenía su intención de casarse con Sadim, aunque ella ya hubiera tenido otra relación con otro hombre?

¡No, no podía ser que Firas fuera igual que Faisal! ¡Él, tan fuerte y tan inteligente! Él, que no tenía nada que ver con un hombre débil y sin dignidad como Faisal, que había terminado por dejar a su amada en la estacada. Sin embargo, todo indicaba que Sadim se había equivocado y que Firas pertenecía a la misma categoría de hombres. Aparentemente, todos los hombres estaban hechos del mismo modo, lo único que los distinguía era su físico.

En siete minutos la había llamado al móvil veintitrés veces, pero el nudo en la garganta de Sadim era demasiado grande para poder hablar con él. Por primera vez no se precipitó sobre el teléfono al oír el tono de llamada de Firas, la canción kuwaití «Encontré mi alma cuando te conocí». Empezó a enviarle mensajes de texto que pretendían aclarar la situación, pero cuando los leía aún se irritaba más.

¿Cómo había conseguido esconderle que se había prometido durante las dos semanas de los exámenes finales? La había llamado una docena de veces al día, para asegurarse de que estaba estudiando, y se había comportado como si no pasara nada. ¿Tal vez era ése el motivo de que ya no la hubiera llamado más desde la línea fija? ¿Tenía miedo de que su familia descubriera en las facturas las llamadas que le hacía a ella y no a su prometida? ¡Entonces la cosa ya hacía meses que duraba!

Firas le dijo en sus mensajes que no quería decirle

nada hasta que hubiera superado los exámenes con buenos resultados. Y precisamente eso era lo que había sucedido, ya que desde que había conocido a Firas sacaba las mejores notas. Ya desde el principio, él se había sentido responsable de sus estudios y ella cumplía feliz sus condiciones. Y aunque últimamente no se sentía bien a raíz de la muerte de su padre —murió diez semanas antes de los exámenes finales—, era de las mejores de su promoción. ¡Ay, si no hubiera aprobado los exámenes! Así no se habría sentido culpable de brillar en la universidad a pesar de la muerte de su padre y Firas no se habría prometido porque tendría que haber repetido el último curso.

¿Desaparecería ahora Firas para siempre de su vida, como su padre? ¿Quién cuidaría de ella, quién se preocuparía? Recordó que se hablaba del «año de luto» porque Abu Talib, el tío del Profeta, bendito sea, y su mujer Chadidja, Dios sea misericordioso con ella, murieron en el mismo año. Imploró a Dios que se quedara a su lado, ya que era ella la que vivía el «año de luto» y su pena era equivalente al dolor de toda la humanidad.

Durante tres días no comió nada y se sintió demasiado apática para abandonar su habitación. Sin embargo, una semana más tarde recibió una noticia que le hizo ver que había llegado el momento de tomar una decisión sin la ayuda de su gran consejero Firas. Sadim se sentía terriblemente herida y todos sus sentidos estaban como aletargados. Él quería seguir siendo su amado, le dijo, aunque tuviera que ocultarlo a su mujer y a su familia. Le aseguró que había tomado esa decisión porque las circunstancias no le dejaban otra alternativa. No les quedaba otra opción que aceptarlo con paciencia. Él la querría durante toda su vida y ninguna otra mujer le arrebataría el lugar que tenía en su corazón. Ahora le daba pena su prometida, porque se unía a un hombre que había encontrado el verdadero amor en otra mujer.

Después de perseguir durante tantos años el amor absoluto y perfecto, que finalmente había hallado en Firas, ahora la trataba así y se conformaba con lo habitual. Cobarde como era, desacreditaba a otra mujer y ni siquiera intentaba compararla con ella, con Sadim. Le había confesado que ella era la única que dominaba sus sentimientos. Siempre sería su mujer ideal y, por ello, tampoco tendría sentido buscar una mujer que se pareciera a ella. Le resultaba difícil imaginar que en el mundo existiera una criatura igual que ella.

En el momento en que Sadim oyó mencionar el compromiso, decidió alejarse de él sin pensar en las consecuencias. Por primera vez terminó una conversación sin despedirse, le faltaba fuerza para disimular. A pesar del sufrimiento, se negaba a hablar con él o a responder a sus mensajes, en los que le pedía que se reconciliaran.

Se refugió en un torrente de lágrimas que no se secaría en las próximas dos semanas. Ahora que había perdido a su amado, aún echaba más en falta a su padre.

Se había propuesto plantar cara a su sufrimiento sola y no dejarse consolar por Firas. Sin embargo, rompía a llorar cuando su tía Badrija servía al mediodía el pescado preferido de Firas, o empezaba a sollozar cuando tenía delante un plato de arroz dulce, que a él le encantaba. Cuando estaba sentada delante del televisor con su tía, se le hacía un nudo en la garganta y se echaba a llorar sin querer, primero en silencio, hasta que ya no podía controlarse y lloraba y sollozaba en voz alta.

Si no le hubiera quedado un poco de dignidad y disciplina, habría ido a ver a su amado y se habría echado en sus brazos para llorar desesperadamente y desahogarse.

¡Ay, si pudiera cargar con su sufrimiento e implorarle que la ayudara a deshacerse de él! La tía Badrija, que desde la muerte de su padre vivía con ella, insistió en llevársela a Khubar. Pero Sadim se negó de forma decidida. Khubar era la ciudad en la que Firas se sentía como en casa. No soportaría vivir bajo el mismo cielo que él. Le había hecho demasiado daño, la herida era muy profunda. ¿Cómo iba a vivir en su ciudad? Pero su tía Badrija le prometió que no la dejaría sola en su casa de Riad, que asociaba a tantos malos recuerdos. Sadim podía suplicar y enfadarse tanto como quisiera, que se la llevaría fuera como fuese.

Hacía pocos días que se habían separado y sólo la dominaba una idea: ver a Firas. No era el placer de verlo o la necesidad de ternura lo que la impulsaban a desear estar a su lado, sino la sensación de ahogo. Firas era el aire que durante tantos años le había permitido respirar. Era la única persona a quien podía confiar sus preocupaciones y sus penas, era el sacerdote a quien confesaba sus pecados. Siempre se lo había contado todo, incluso las cosas más ridículas, y cuando él se reía y bromeando la llamaba cotilla, los dos se reían. Cuánto divertía a Firas recordarle lo difícil que había sido arrancarle una sola palabra al principio.

## 38

El hombre posee una luz, es la conciencia. La mujer posee una estrella, es la esperanza. La luz señala el camino, la esperanza salva.

Victor Hugo

Para: seerehwenfadha7et@yahoogroups.com
De: «seerehwenfadha7et»
Fecha: 26 de noviembre de 2004
Asunto: La paciencia es la clave para casarse

Algunos estáis tristes porque Sadim y Firas se han separado. Otros os alegráis porque Firas ha elegido a una mujer honrada y decente en vez de a Sadim, que no habría sido una madre honrada y decente para sus hijos. Un mensaje contenía el tópico tan manido de que el amor después del matrimonio es el único amor que dura, mientras que el amor prematrimonial no es más que un juego frívolo. ¿De verdad os lo creéis?

Lamis no se habría imaginado nunca que su plan para capturar a Nizar requeriría tanta perseverancia y tantos nervios. Estaba convencida de que tres meses bastarían para hacerlo caer en sus redes, pero con el tiempo comprobó que tendría que tener mucha paciencia y actuar con inteligencia. Desafortunadamente, ese autocontrol entraba en contradicción con la necesidad creciente de estar a su lado.

Mantuvo la promesa de no llamarlo y con mucho esfuerzo consiguió no reaccionar ante sus llamadas. Con cada tono del móvil medía su capacidad de resistencia. Miraba atentamente el número en la pantalla hasta que el teléfono dejaba de sonar y su corazón dejaba de latir salvajemente.

Al principio se sentía muy satisfecha consigo misma. Aumentaba su vanidad el hecho de que él mostrara tanto interés por ella. Lamis ya le había avisado desde el principio de que no se inmiscuyera en su vida. Podían ser amigos, le había dicho, pero eso no le daba derecho a hacerle preguntas impertinentes. Él se disculpaba diciendo que sólo quería saber a qué hora podía llamarla para no molestarla. No podía entender por qué ella no contestaba a sus mensajes de texto. No le gustaba escribir mensajes, le decía ella, porque eran una pérdida de tiempo (si el móvil de Lamis hubiese caído en manos de Nizar, lo habría encontrado repleto de mensajes, enviados y recibidos, de amigas y parientes, ¡pero él no tenía por qué saberlo!).

Con el tiempo dejó de interesarse por Lamis y ella se asustó. La preocupaba que cada vez la llamara menos y que hablara con ella de forma distante. Parecía que ahora quería imitarla. Lamis pensó que tal vez sería mejor renunciar a sus principios, pero quizá se habría arrepentido más adelante. Más de una vez les había dicho a sus amigas que se comportaban de forma demasiado ingenua en sus relaciones con los hombres y que no los dejaban tranquilos. Intentaba tranquilizarse pensando que Nizar no per-

tenecía a la categoría de los empalagadores (probablemente ése era el motivo de que le resultara tan atractivo).
Era increíblemente autónomo, y justo por eso se sentiría
muy satisfecha si al fin conseguía conquistarlo.

Durante tres meses se mantuvo firme en sus principios.
Continuamente se decía a sí misma que Nizar la admiraba
mucho. Cualquier pequeña indicación de la atracción de
Nizar que recordara era importante para ella. El primer
mes después de su vuelta de Yidda fue fácil; habían vivido
tantas cosas juntos… Nizar sabía escuchar. Le gustaba el
modo en que ella contaba las cosas, incluso cuando contaba las cosas más banales. Se reía cuando ella contaba un
chiste malo o cuando relataba con todo lujo de detalles
cómo se preparaba por la mañana dos tazas de café. Aunque a veces Lamis lo trataba con altanería y a menudo tenía una opinión distinta de la de él, siempre era él el que
la llamaba y se disculpaba.

El segundo mes los recuerdos ya eran más borrosos y
tenía que esforzarse para recordar cosas que hasta el momento no había considerado tan importantes. Estaba, por
ejemplo, su último día en el hospital de Yidda. Los dos fueron a comer al bar y, cuando Lamis quiso sentarse, Nizar le
buscó una silla. Hasta entonces no lo había hecho nunca.
También era excepcional que se hubiera sentado a su lado
y no delante de ella. Parecía que quisiera estar cerca de Lamis en su último día. O cuando, de forma indirecta, le hacía
repetir ciertas palabras porque, según él, las pronunciaba
de forma extraña. La palabra *water*, por ejemplo: en vez de
una t pronunciaba una d, como los americanos. O la palabra *exactly*, que se había acostumbrado a pronunciar de
forma tan alargada que sonaba muy cómica (¡eg-zaak-ly!).

Al principio del tercer mes, pasaron dos semanas sin
que hablaran por teléfono. A ella le costaba mucho man-

tenerse fiel a sus principios. Sólo alguien sin corazón podía actuar de forma tan premeditada. Sin embargo, aún no se atrevía a retroceder. Al fin y al cabo habían avanzado mucho con su estrategia. Se decía a sí misma que Nizar acudiría a ella si el destino así lo quería.

Y sí, finalmente, el destino se puso de su lado. Su principio de abandonar a Nizar si no le declaraba su amor al cabo de tres meses había fallado. Tres semanas antes de la fecha había conseguido que pidiera su mano a la familia de forma oficial.

## 39

No despertéis a una mujer enamorada. Dejadla soñar, así no llorará cuando vuelva a la cruda realidad.

MARK TWAIN

Para: seerehwenfadha7et@yahoogroups.com
De: «seerehwenfadha7et»
Fecha: 3 de diciembre de 2004
Asunto: Extractos del álbum de recortes

Mi amigo Bandar, de Riad, está que trina. Se ha enfadado conmigo por mi intención, según él, de describir a los hombres que vienen de Yidda (en la costa occidental) como unos ángeles que no hacen nada mal y, por si eso no fuera suficiente, como educados, refinados e ingeniosos. En cambio, se queja Bandar, describo a los beduinos y los hombres del interior y del este del país como unos individuos vulgares y salvajes en la forma de tratar a las mujeres. También describo a las chicas de Riad como unas necias depresivas, mientras que las chicas de Yidda rezuman felicidad y la consiguen con sólo chascar los dedos. Mira, Bandar, esta historia no tiene nada que ver con la geografía. Yo cuento las cosas como sucedieron. Además, no se puede generalizar. En todas partes hay gente de todo tipo: la variedad es una característica natural de la humanidad y no lo podemos negar.

*Oh, tú, el que hace enfermar mi corazón,*
*tú, mi único amor,*
*tú, a quien regalé mi vida,*
*tanto el pasado como el futuro.*
*¿Cómo va a vivir el cuerpo,*
*si el corazón ha sido asesinado?*
*Sin ti no hay sentir, ni pensar.*
*Oh, Dios misericordioso, si no haces que vuelva,*
*no le regales suerte,*
*haz que como yo sienta la sed de los celos.*
*Haz que continúe amándome y que sueñe con verme,*
*para que mientras yo lo ame*
*no me olvide.*
*Dios, el Benefactor misericordioso,*
*castigará al pecador y me recompensará.*

Desde que Firas entró en su vida, Sadim se acostumbró a verter sus pensamientos en el papel. Su amor la animaba a escribir cartas líricas. De vez en cuando se las leía para que se sintiera orgulloso de ella. Pero ahora que Firas había prestado atención a otra mujer, sufría en el silencio de la noche. Durante tres años y medio había oído su voz antes de dormirse y ahora no podía hacer otra cosa que escribir sobre el dolor de su alma. Así fue cómo empezó a escribir versos:

*Para mi mejor amigo,*
*el más valioso que tengo.*
*Una estrella cayó,*
*la sostuve entre las manos.*

*Noches llenas de felicidad,*
*de amor y privación.*
*Cerca y lejos,*
*ternura y fuerza.*
*Si el destino quiere que nuestros caminos se separen,*
*nos encontraremos y nos cruzaremos de nuevo.*
*Amado amigo, seremos los héroes*
*de los que hablarán nuestros hijos.*
*Tú eres mi amigo y lo serás para siempre.*

El dolor interior y la oscilación entre la ira y el perdón convertían su vida en una auténtica pesadilla. No podía asimilar la situación de forma racional. Acababa de insultar a Firas y escupir sobre su foto y, un minuto más tarde, lo besaba tiernamente y le pedía perdón. Evocaba escenas de los últimos años y lloraba amargamente, pero en seguida recordaba lo que él ya le había dicho dos años atrás: que sus padres no aceptarían que se uniera a una mujer divorciada. Eso le hizo mucho daño, pero consideró que sería mejor no volver a hablar del tema nunca más (precisamente de eso le habían advertido Michelle y Lamis). Ahora lloraba de pena, ya que había malgastado su vida. Y maldecía a Walid porque él era el culpable de todo.

No sólo a Kamra, sino también a Lamis y a Umm Nuwair les había llamado la atención que Sadim últimamente descuidara las oraciones. Tampoco prestaba atención a que el pañuelo de la cabeza le tapara el pelo. La fe de Sadim estaba relacionada con Firas y, en su ira, sentía rencor hacia todo aquello que le recordaba a él, incluso la religión.

Su tía, que constantemente se movía entre Riad y Khubar, insistía en que Sadim fuera a vivir con ella. Puesto que Sadim rechazaba por completo la idea, su tía Badrija la hacía pensar en otras cosas. Con tacto le insinuaba que le gustaría verla casada con su hijo Tarik, y eso aún enfurecía más a Sadim.

¿Alguien podía tomarse en serio que se casara con ese joven, un año mayor que ella, que estaba en plena pubertad? ¡Estudiaba medicina dental, uf! ¿Qué haría con él? ¿Jugar a hacer ver que eran novios? Si la gente comprendiera lo especial que era Firas, nadie se atrevería a exigirle que se casara con un chico tan bobo. A la tía Badrija no le gustaba que hablaran de ella porque vivía sola en una casa desordenada. Era evidente que la tía Badrija se alegraría si Sadim accediera a casarse con su hijo, porque así estaría bajo su control. Quién sabe, tal vez con esa táctica conseguiría incluso heredar una parte de lo que le había dejado su padre.

¡No, nunca se casaría con Tarik ni con ningún otro! Se encerraría en casa de su padre y viviría como una monja. Y si las cosas empeoraban y la tía Badrija no la dejaba en paz, entonces tendría que trasladarse, pero lo haría con sus condiciones. No estaba dispuesta a dejarse manipular por nadie como si fuera una propiedad, que era precisamente lo que Firas había hecho con ella.

## 40

Nada es más difícil en la vida de una mujer que dudar entre un hombre que la quiere y un hombre a quien quiere.

GIBRAN KHALIL GIBRAN

Para: seerehwenfadha7et@yahoogroups.com
De: «seerehwenfadha7et»
Fecha: 10 de diciembre de 2004
Asunto: El chico guapo fuma en pipa

Cuando me pongo a pensar en cómo será mi vida cuando ponga punto y final a esta historia, me angustio. ¿Qué haré después de haberme acostumbrado a encontrar vuestros mensajes, los e-mails del buzón de entrada que llenan el vacío de mis días? ¿Quién me dirigirá todos los insultos del diccionario y quién me dará golpecitos en la espalda? ¿Quién se acordará de mí? ¿Seré capaz de ajustar mi vida al anonimato de las sombras después de acostumbrarme a los focos de la publicidad, a mi papel de chispa que enciende las discusiones que ahora estallan en todos los rincones de este país cuando se encuentran dos o más personas?

Sólo de pensar en mi vida futura se me revuelve el estómago. Es verdad que comencé con la sencilla intención de revelar unas cuantas realidades de la vida cotidiana que pasan inadvertidas a la mayoría de la gente. ¡Pero me he implicado tanto en esta historia! Me muero de impaciencia por ver vuestras respuestas como lectores. Me pongo frenética si no recibo tantos e-mails con comentarios como me gustaría y entro en éxtasis siempre que leo alguna noticia sobre mí en un periódico. De hecho, me parece que lo echaré tanto de menos que no me quedará otro remedio que ponerme a escribir de nuevo. En tal caso, ¿qué queréis que escriba? Estoy en actitud de espera, queridos lectores, preparada e impaciente: ¿cuál debería ser mi próximo libro?

Michelle no quería creer que Sadim pensara que el estado saudí era el único país islámico del mundo. Para Michelle, los Emiratos también eran islámicos, pero allí la gente disfrutaba de una mayor libertad religiosa y social. Sadim intentaba dejarle claro que un Estado musulmán no tenía que ser forzosamente un Estado islámico. Arabia Saudí es el único Estado en el que la ley islámica rige todos los aspectos de la vida. En cambio, el resto de Estados musulmanes de la *sharia* (1) tienen un papel im-

---

(1)   La *sharia*, denominada a veces «ley islámica» en los medios occidentales, es el cuerpo del derecho islámico. Constituye un código detallado de conducta, donde se incluyen también las normas relativas a los modos del culto, los criterios de la moral y de la vida, lo permitido y lo prohibido, y las reglas separadoras entre el bien y el mal.

La palabra *sharia* significa literalmente «el camino a la fuente». Denota una forma islámica de vivir que es más que un sistema de justicia criminal. La *sharia* es un código religioso para vivir, del mismo modo que la Biblia ofrece un sistema moral para el cristiano. Es adoptado por la mayoría de los musulmanes, en mayor o menor grado, como una cuestión de conciencia personal. Pero también puede ser instituida formalmente como ley para ciertos estados y, de ese modo, los tribunales pueden velar por su cumplimiento. Muchos países islámicos han adoptado elementos de la *sharia* en ámbitos como las herencias y los testamentos, la regulación de las actividades bancarias y los contratos. *(N. de la t.)*

portante en la legislación general, pero como la sociedad cambia y surgen nuevas necesidades, dejan que de algunas normas concretas se encarguen leyes creadas por los hombres.

Para Michelle se abría un abismo entre ella y sus amigas, y a veces tenía la sensación de que, con sus pensamientos, inclinaciones y metas, nunca había encajado en esa sociedad.

Para ella era importante continuar trabajando en los medios de comunicación, tener éxito y ser conocida. Soñaba con salir un día en alguna portada con Brad Pitt o Johnny Depp o que los periódicos, radios y canales de televisión se pelearan por publicar sus entrevistas a famosos. Que la invitaran a la entrega de los premios Oscar, Emmy o Grammy o que, por lo menos, pudiera formar parte de los festivales árabes, aunque tuviera que convencer a su padre, que hasta el momento se lo había prohibido. Bajo ningún concepto quería tener una vida como la de sus amigas: Kamra estaba encerrada en casa, Sadim dependía de un hombre y Lamis era prisionera de sus estudios.

Michelle decidió, después de su fracaso con Faisal y la vana relación con Matty, no atarse nunca más a ningún hombre, tampoco a uno tan culto y divertido como el joven director responsable de la presentación de su programa semanal. Se llamaba Himdan, tenía veintiocho años y había estudiado dirección en la Universidad Tufts de Boston. Aceptaba a regañadientes que ya desde el principio se había sentido atraída por él. Le gustaba su forma de ser; cuando aparecía en el plató de rodaje contagiaba su entusiasmo a todo el equipo. Siempre estaba de buen humor y, cuando saludaba a los compañeros con un alegre «¿Eh, cómo estáis?», la gente en seguida se relajaba.

A Djamana también le gustaba, se lo había confesado uno de los primeros días en que las dos lo observaban mientras fumaba en una pipa *midwakh* (2) durante una pausa. Pero Djamana estaba enamorada de un primo suyo con quien se casaría cuando terminara la carrera en Inglaterra. Por eso, animaba a Michelle a conocer mejor a Himdan. No fue necesario: él fue más rápido que ella.

Ya había notado que ella le gustaba, pero como estaba acostumbrada a que los hombres la admiraran, le pareció normal. Se entendían muy bien en el trabajo y no se enfadaban nunca. A Michelle le gustaba mucho su nariz y su barba de tres días, pero lo que más le gustaba era su risa, que se contagiaba. Como ella, prestaba mucha atención a ir bien vestido. Normalmente aparecía con unos vaqueros y una camiseta de marca, pero a veces también con *kandurah* (3) y *isamah* (4) blancos. A pesar de su inclinación hacia la elegancia, no conseguía llevar durante más de una hora seguida —a veces sólo media— la cabeza cubierta. Se quitaba el turbante y entonces quedaba al descubierto su larga cabellera. El cabello de Michelle era mucho más corto porque finalmente había conseguido cumplir su sueño de cortarse el pelo como Halle Berry. Faisal siempre se había mostrado en desacuerdo. Adoraba su larga melena ligeramente ondulada. Le gustaba enredar sus dedos en los suaves rizos.

Michelle y Himdan hablaban a menudo de trabajo y de nuevos proyectos, pero también de otros temas. Iban a ver juntos diferentes escenarios de rodaje, como restaurantes, cafés, mercados y festivales locales. Himdan era un buen

---

(2)  Pipa muy popular en los Emiratos Árabes para fumar tabaco.
(3)  Traje de los hombres de los Emiratos Árabes Unidos, parecido al *thobe* de Arabia Saudí.
(4)  Turbante.

pescador y un gran cazador. Más de una vez la había invitado a su yate, que ella admiraba mucho más que su coche. También la había invitado a ir de cacería, pero Michelle había rechazado ambas ofertas. Le bastaban sus explicaciones y las fotos de sus vivencias.

## 41

No es difícil enfadarse. Pero dirigir la ira contra la persona adecuada, tener presente el verdadero motivo, hallar el momento idóneo para el enfrentamiento y mantener la justa medida, eso sí que es difícil.

Aristóteles

Para: seerehwenfadha7et@yahoogroups.com
De: «seerehwenfadha7et»
Fecha: 17 de diciembre de 2004
Asunto: Una carta a F.

Mucha gente me ha escrito preguntándome cosas sobre el álbum de recortes azul cielo de Sadim que nombré hace un par de e-mails. Algunos me han preguntado cómo he conseguido ver lo que ha escrito Sadim (la insinuación implícita aquí es: si no eres Sadim). Se MUEREN de ganas de saber si ella y yo somos la misma persona. Otros sienten curiosidad por saber lo que Sadim ha escrito en el álbum de recortes.

A los curiosos os digo lo siguiente: leeré para vosotros, y con vosotros, unas cuantas elucubraciones más del álbum de recortes de Sadim. A los cotillas que os habéis empeñado en «descubrirme», os digo: dejadlo estar.

Sadim decidió, después de terminar los estudios y no encontrar ningún trabajo que le interesara, financiarse un pequeño proyecto con una parte de la herencia. Tenía la idea de organizar actos solemnes. No había semana que no estuviera invitada a una boda, una cena o una recepción. La primera semana de verano llegó a asistir a tres actos distintos en una misma noche. Muchas de sus coetáneas se aburrían y, por ello, se procuraban invitaciones para ir a una boda o a algo similar. Se vestían bien, se maquillaban, y entonces salían para bailar un par de horas con música en directo. El escenario podía recordar un *night-club* para mujeres.

Sadim quería empezar organizando pequeñas fiestas para parientes y amigas. Si le iba bien, aumentaría su círculo de acción y finalmente acabaría organizando bodas. En este campo solían trabajar mujeres libanesas, egipcias o norteafricanas. Pedían mucho dinero sin alcanzar los resultados exigidos. Sadim hacía años que lo observaba y de ahí le vino la idea de organizar este tipo de actos con todo lo que requerían. Era especialmente importante que hubiera una buena relación calidad-precio y, por ello, quería buscar socios en restaurantes, tiendas de muebles y decoración, imprentas y talleres de costura con los que firmar buenos contratos.

Propuso a Umm Nuwair dirigir el negocio en Riad, secundada por Kamra. Ella misma se ocuparía de una sucursal en la provincia del este, donde pronto viviría. Si a Lamis le apetecía participar, podía abrir otra sucursal en Yidda, si es que deseaba quedarse allí después de los estudios y la boda. Incluso Michelle podía formar parte del negocio si utilizaba sus contactos con cantantes. Podía hacerles grabar canciones que después se utilizarían en bodas y fiestas de final de curso.

A Umm Nuwair le pareció una buena idea. Disponía de mucho tiempo libre después de trabajar, y ésa era una buena forma de aprovecharlo. Kamra también estaba muy ilusionada con la propuesta. Ella y Sadim se reunieron con conocidos para informarlos sobre el proyecto. Harían publicidad y buscarían clientes potenciales. El primo de Sadim, Tarik, estaba dispuesto a ocuparse del papeleo, es decir, de solicitar la autorización para abrir el negocio y hacer la inscripción en el registro. Sadim lo nombró apoderado oficial, porque las mujeres tenían prohibido encargarse de cuestiones legales.

La noche antes de que Sadim se fuera, Kamra había conseguido tres tarjetas para asistir a la boda de una pariente de una amiga de su hermana Hussa. Fueron las cuatro: Hussa, Kamra, Sadim y Lamis. Hussa se sentó en la mesa con las amigas de la novia, mientras que las otras tres chicas se sentaron en el suelo de la pista de baile. Allí era donde solían situarse las chicas solteras, imanes para los ojos escrutadores de las matronas con hijos casaderos.

Un cantante se acercó al micrófono y empezó a canturrear: «Palomas llegaron volando, sin saludar, sin saludar, sin saludar…» Ya con los primeros compases las chicas se levantaron, dispuestas a bailar. «Las chicas llegaron volando, sin saludar, sin saludar, sin saludar, con dientes iguales que perlas, con el cabello travieso, adónde han ido, qué maravilloso que era antes…»

Sadim tenía los ojos cerrados, con el dedo índice y el pulgar seguía la música y de vez en cuando se balanceaba con los codos. Kamra miraba hacia arriba y agitaba los brazos y las piernas, sin acabar de encontrar el ritmo. Lamis cantaba y movía la cintura y el trasero. Kamra no podía memorizar ni una frase de la canción y Sadim consideraba eso de fusionarse con la música una exhibición exagerada que indicaba frivolidad.

Mientras esperaban la siguiente canción, Lamis descubrió por casualidad a una antigua amiga suya del colegio de la que sabía que hacía poco que se había casado. Fue hacia ella y la llevó a un rincón tranquilo para charlar. Quería saber cómo era eso de estar casada, cómo había ido la primera noche, si tomaba la píldora anticonceptiva. Le hizo una pregunta tras otra porque durante las vacaciones semestrales ella también se casaría.

Sadim hizo levantar a Kamra para bailar una canción de Talal Maddah (1) que le gustaba mucho.

*Te quiero cuando estás cerca,*
*te quiero cuando estás lejos.*
*Es tan dolorosa la separación*
*que te sigo hasta el otro mundo.*
*Te quiero cuando quieres a otro,*
*cuando me olvidas y te mantienes alejada de mí,*
*porque mi corazón sólo quiere una cosa:*
*verte feliz todos los días.*

El texto era tan triste y la música tan melancólica que trastornaron a Sadim. La imagen de Firas se le hizo tan presente que ya no se percató de nada más y de repente se sintió muy sola. Era como si bailara una danza macabra.

*Te quiero, tan sólo dos palabras,*
*pero significan*
*que mi ser y mi vida*
*están en tus manos.*

(1) Famoso cantante saudí.

*Si lo olvidas fácilmente,*
*te esperaré y te seguiré*
*hasta el otro mundo.*

Después de que las chicas se sirvieron platos del bufet, hablaron de Sadim, que se iba al día siguiente. Estaban tristes y no sabían cómo consolar su corazón. En medio del griterío sonó uno de los móviles que las chicas habían dejado sobre la mesa. Todas a la vez se precipitaron sobre sus teléfonos, en los que esperaban encontrar un mensaje alegre. Era Lamis la que había recibido un mensaje de Nizar, que decía: «¡Ojalá nuestra boda sea la siguiente, *habibti* (2)!»

Al llegar a casa y ver las cajas y las maletas en el suelo, a Sadim se le hizo un nudo en la garganta. Con los dedos tocó los cortes que había hecho de pequeña en los bordes de su mesa y contempló las fotos que había colgado en la puerta del armario. Cogió el álbum de recortes azul cielo y un bolígrafo y escribió:

Carta a F. Son las tres y cuarenta minutos en el Reino:

Dentro de pocos minutos, en Riad se llamará a la oración; seguramente ya estás de camino a la mezquita, ya que en la provincia del este vais un poco avanzados. ¿O quizá estás en Riad? No sé si los dos vivís aquí o allí.

¿Sigues rezando de madrugada con los otros hombres, o el sueño dulce a su lado te vuelve perezoso y no te levantas?

Echo de menos tu voz. ¡Ay, si pudieras despertarte ahora mismo! Sin ti el mundo es oscuro y vacío, y la noche nunca ha sido tan negra ni el silencio tan terrible.

---

(2)   Amor mío.

¡Oh, Dios, cómo te quiero!

¿Recuerdas todavía tu llamada cuando estabas camino de El Cairo? Yo no sufría por nuestra pelea, sino porque te habías ido a pesar de saber cómo me sentía.

Media hora después de despedirte desde el aeropuerto con un mensaje de texto, sonó mi móvil. Era un número de teléfono muy largo que desconocía. Nunca me habría imaginado que podías ser tú. Grité de alegría cuando oí tu voz. Toda la tristeza y el sufrimiento desaparecieron de repente.

«Firas, mi amor —grité—. ¿No te has ido, verdad?»

Tu cuerpo estaba en el avión, me dijiste, pero tu corazón estaba abajo, en la tierra, conmigo. Durante media hora me contaste cuánto me querías y yo me derretía de amor.

¡Ay, si estuvieras aquí!

¿Recuerdas nuestra palabra preferida: «Quitschiquatschi»? Me reí mucho la primera vez que la dijiste. Y me volví adicta a oírla.

Esta noche he bailado la canción «Te quiero cuando estás cerca...». Una vez te la canté por teléfono. He bailado y he imaginado que estabas delante de mí y que te alargaba la mano, pero que no conseguía llegar a ti.

> *¡Ay, suspiro de dolor*
> *que la melancolía me provoca!*
> *Lloro de noche,*
> *como si me hallara en veinte funerales.*
> *Y tú, tú estás a mi lado y dices*
> *«Quitschiquatschi».*
> *Que Dios no os perdone ni a ti ni a ella,*
> *que no os regale suerte, ni a ti ni a ella.*
> *Te quiero...*

*No…*
*¡Te odio!*
*¡Te odio!*
*¡Odio a mi amado!*

Mañana iré hacia ti, hacia tu ciudad.

Por fin viviré cerca de ti, en Khubar. Viviremos en la misma ciudad, tú y yo… y tu señora esposa.

¿Cómo conseguiré circular por la misma carretera por la que hace tres años conducías a mi lado? ¿Cómo puedo borrar ese recuerdo? ¿Cómo puedo evitar pensar que entonces me seguiste durante todo el viaje?

No podía imaginarme circular por esta carretera sin ti. No puedo imaginarme estar en ningún sitio. Peor aún, no sé cómo soportaré esta vida sin ti. Todo ha pasado por culpa suya, por culpa de Walid. ¡Que Dios te castigue, Walid, que se vengue de ti!

## 42

Del corazón de una mujer sensible surge la felicidad de la humanidad.

GIBRAN KHALIL GIBRAN

Para: seerehwenfadha7et@yahoogroups.com
De: «seerehwenfadha7et»
Fecha: 24 de diciembre de 2004
Asunto: Lamis se casa con su primer gran amor

Una lectora —no me reveló su nombre— me dice que no entiende cómo puedo ser tan ingenua como para exaltar así el
amor. Pregunta que cómo puedo estar orgullosa de mis amigas
despistadas que van a la caza de ese objetivo inalcanzable y que
probablemente continuarán así el resto de sus vidas. No hay
nada mejor, afirma esta lectora, que un novio que, como dicen,
«entra por la puerta principal». Las dos familias ya se conocen,
hay ataduras sólidas y, como todo se hace a través de canales
familiares, la novia tiene un certificado de buena chica y todos
están de acuerdo en todo. No hay margen para las tonterías ni
para los engaños, como pasa con eso del «matrimonio por
amor». Este método es beneficioso para la chica porque garan-

tiza que el chico no tendrá sospechas de su pasado, a diferencia de lo que ocurriría si hubieran tenido todo tipo de relaciones antes del matrimonio. ¿Cómo podría una chica sensata desaprovechar una oportunidad como ésa e ir detrás de algo que no está garantizado?

Respeto tu opinión, apreciada amiga, pero si perdemos la fe en el amor, todo en este mundo perderá su sabor. Las canciones perderán su dulzura, las flores la fragancia y la vida, la alegría y la diversión. Cuando el amor ha hecho acto de presencia en tu vida, sabes que el único placer verdadero y auténtico es el amor. El resto de las emociones provienen de esta fuente esencial de placer. Las canciones más significativas son las que tu amor tararea en tu presencia, los ramos de flores más bonitos son los que él te regala, y los únicos elogios que cuentan son los de tu amado. En pocas palabras, ¡la vida sólo la vemos en tecnicolor en el momento en que los dedos del amor la acarician!

¡Oh, Dios, nosotras —las chicas de Riad— tenemos prohibidas muchas cosas. No nos arrebates también la bendición del amor!

Lamis y Nizar estuvieron prometidos tres meses, y cuatro meses después de la firma del contrato se celebró la boda. Las fechas se correspondían con costumbres del Hiyaz (1). Era la primera fiesta que habían organizado Kamra, Sadim y Umm Nuwair, secundadas por Michelle, que había venido de Dubai para la ocasión. Como fecha se

---

(1)   Muchos nativos de Hiyaz prefieren acortar el período de noviazgo y alargar el intervalo entre la firma del contrato matrimonial y la ceremonia de la boda, denominado período del *milkah*. En el Nejd, en cambio, no les importa un noviazgo largo, pero no les gusta que el *milkah* sea largo cuando la pareja se considera casada oficialmente y tienen el derecho de verse y salir incluso antes de la boda.

había fijado el cinco de Shawwal (2), el mes posterior al Ramadán, cuando el negocio del matrimonio prospera.

La fase más dura de los preparativos coincidió precisamente con el mes del Ramadán. Umm Nuwair y Kamra tenían mucho trabajo, ya que eran las únicas que vivían en Riad, el escenario de la boda. Sadim se ocupaba de los pequeños extras, como pedir chocolate a Francia, y Michelle de grabar algunas canciones de cantantes que conocía. Tenía previsto hacer copias en CD para regalárselas a los invitados como recuerdo de la boda.

Para Kamra, el mes del Ramadán empezó con la oración nocturna en la mezquita Rey-Khalid. El pequeño Salih la acompañó para empezar a acostumbrarse al ambiente espiritual. Como había insistido en ponerse una *abaya* igual que ella, Kamra le había confeccionado una. A Umm Nuwair no le parecía bien. Avisó a Kamra de que no era bueno dejar vestir a Salih como quisiera. Pero Kamra le dijo que Salih se hallaba en una situación totalmente distinta de la de Nuri. Se había criado con muchos tíos y, por esa razón y aunque no tuviera padre, no era necesario preocuparse porque más adelante le faltara masculinidad. ¡Estaba tan gracioso! Aparte de la *abaya*, se cubría la cabeza con el *shimagh* tradicional, como todos los hombres.

Salih estaba a su lado, imitando seriamente todo lo que hacía su madre. Desde el llamamiento «Dios es grande», pasando por la citación de versos del Corán, hasta las

---

(2)   El *Shawwal* es el décimo mes del calendario musulmán. Tiene veintinueve días. El calendario islámico es lunar. Los meses empiezan con el primer cuarto creciente, dos días después de la luna nueva. El año en el calendario lunar es once o doce días más corto que en el solar. Por ello, las fechas del calendario musulmán no coinciden todos los años con las del calendario gregoriano, de uso universal. *(N. de la t.)*

reverencias y la postración ante Dios. Cuando se aburría se volvía hacia las mujeres e intentaba hacerlas reír. Se agachaba, se tiraba al suelo, se tumbaba de espaldas y les sonreía con la esperanza de que alguna de ellas también le regalara una sonrisa. Y aunque todas se esforzaban por no mirarlo, cuando estaban agachadas aprovechaba para darles un cachete en el trasero. Después se tiraba al suelo y se reía como un loco.

No pasó mucho tiempo hasta que las mujeres fueron a quejarse a Kamra. Le dijeron que llevara al niño a rezar con los hombres. Ella lo miró enfadada y lo riñó, pero le costaba mucho contener las ganas de reír. Salih, en cambio, sí que se reía sin vergüenza, porque sabía que su madre en realidad no estaba enfadada.

Hacia las nueve de la noche habían terminado las oraciones y, como era la hora en que abrían las tiendas, Kamra aprovechó para comprar un par de cosas para la boda. Pasó por el taller donde se cosían los manteles y las fundas de las sillas, también fue al restaurante que se encargaba de preparar el bufet. Se paseó por las tiendas que vendían regalos de boda, comprobó qué floristerías tenían las mejores flores y encargó las invitaciones al enlace en la imprenta. Lo que faltara lo compraría con Lamis en el mercado.

No acostumbraba a llegar a casa antes de las dos o las tres de la madrugada. Sólo durante los últimos diez días del Ramadán intentó llegar a casa antes de medianoche. Quería dormir un poco antes de ir a la mezquita con su madre y sus hermanas.

Al principio, la madre estaba en contra de que Kamra saliera sola de casa para ocuparse de las cosas necesarias para la boda. Incluso intentó convencer a sus dos hijos para que la acompañaran, pero se negaron. Cuando se dio cuenta de que Kamra se tomaba sus ocupaciones muy en serio, procuró ser más tolerante. Se daba por satisfecha si la acompañaban su hermana Shahla o Umm Nuwair. Incluso su padre acabó aceptando el nuevo trabajo de Kamra porque le hizo entrega del dinero que ganó con la preparación de una gran cena en casa de una profesora de Sadim.

Al llegar el gran día, Lamis estaba más hermosa que nunca. El pelo castaño le caía delicadamente sobre los hombros y el vestido de color blanco perla le quedaba fantástico. Llegaba hasta el suelo y dejaba al descubierto los hombros y la espalda. En la cabeza llevaba un velo de tul que le cubría el escote de la espalda. Una mano sujetaba un ramo de flores y la otra reposaba dentro de la mano de Nizar, que la ayudaba a sostener la cola del largo vestido. A cada paso susurraba deseos de bendición.

Después de la ceremonia de la boda hubo baile. Los parientes hicieron un círculo alrededor de los novios, que, llenos de alegría, iniciaron el baile. De las cuatro amigas, Lamis era la única que había hecho realidad su sueño: casarse con su gran amor.

—Que Dios también haga realidad nuestros deseos —decía Kamra sollozando—. ¡Qué bien bailan! Quien acaba con un hombre de Hiyaz tiene suerte. ¿Nuestros hombres saben moverse así? Cuando le dices a un hombre de Nejd que se vuelva un poco hacia ti y que no ponga esa cara de cordero degollado, el único impulso que tiene es el de matarte.

—¿Te acuerdas de cómo se enfadó Rashid cuando le pedimos un beso? —dijo Sadim—. Y en cambio Nizar no para de darle besos a Lamis: en el pelo, en las mejillas, en las manos. Te digo yo que eso sólo lo hace uno de Yidda.

—Si incluso está de acuerdo en que Lamis termine sus estudios en Riad mientras él vive en Yidda y que después se traslade. ¡Imagínate qué suerte tiene!

—¡Pero si eso es normal! —gritó Michelle, indignada—. ¿Por qué tendría que obligarla a terminar sus estudios en Yidda? Es su vida y tiene derecho a decidir libremente lo que quiere hacer, igual que él. Nuestro problema es que otorgamos más derechos a los hombres que los que en realidad se merecen. En vez de comprender que es normal que un hombre se comporte correctamente y que conozca sus obligaciones, nos sorprendemos cuando se comporta como debería.

—Las dos me cargáis un poco —les dijo Sadim—. Es mejor que miréis lo bien que bailan. ¡Y cómo la mira Nizar! ¡Cómo le brillan los ojos! Sí, así debe ser el amor.

—La pobre Tamadir seguramente está celosa porque Lamis se ha casado antes que ella —pensó Kamra en voz alta.

Sadim hizo un gesto de negación con la mano y repuso:

—¿Por qué debería estarlo? Pronto también encontrará a alguien. Los hombres de Hiyaz parecen cortados con el mismo patrón y todos tienen esa perilla de Menjou. Se diría que todos van al mismo barbero.

—Mira, dan mucha importancia a la imagen —dijo Michelle—. Van al baño turco o marroquí, se retuercen el bigote, se depilan, se hacen la manicura y la pedicura y, a veces, incluso se dejan pintar las uñas. No son como los hombres de Riad. Cuando vas a una boda aquí, sólo reconoces al novio porque lleva un vestido de un color distinto.

—A mí me da igual si el hombre va arreglado o no —dijo Sadim, riendo—. Por mí puede ir un poco descuidado. Así sé que no es uno de esos impertinentes que siempre está pendiente de sí mismo.

—¿Pero qué dices? —intervino Umm Nuwair—. Cuando estabas con Walid no pensabas lo mismo.

—Y lo he pagado caro.

Kamra cogió aire y dijo:

—A mí tanto me da cómo sea un hombre. Si aparece aseado o no, la cuestión es que aparezca. Ahora me conformo con cualquiera. Estoy harta de estar sola y encerrada en casa. Si sigo así, acabaré mal.

Cuando Lamis se disponía a lanzar el ramo, todas las chicas no casadas, fueran parientes, conocidas o amigas, se colocaron detrás de ella. Se morían por saber quién sería la próxima en casarse. También Tamadir se añadió al grupo, después de que su madre la convenció. Umm Nuwair animó a Sadim, a Michelle y a Kamra a participar.

Lamis se puso de espaldas y deseó que el ramo cayera en manos de una de sus amigas. Lo lanzó hacia arriba y en un momento todas empezaron a empujarse, a darse codazos y a pisarse. La pelea terminó cuando Kamra sostuvo entre las manos los restos que quedaron del ramo. Lo alzó y se echó a reír.

## 43

Volvió como si no hubiera pasado nada,
con ojos de niño inocente.
Me nombraba a la compañera de camino,
su único amor.
Vino con flores.
¿Cómo iba a rechazarlo,
si mi deseo
brillaba en sus labios?
Aún recuerdo
cómo con la sangre alterada
me refugiaba en sus brazos,
y apoyaba la cabeza en su pecho,
como el niño que se reencuentra con sus padres.

NIZAR QABBANI

Para: seerehwenfadha7et@yahoogroups.com
De: «seerehwenfadha7et»
Fecha: 31 de diciembre de 2004
Asunto: El día que volvió

¡Feliz Año Nuevo! Esta semana no me apetece escribir ninguna
introducción. Dejaré que los hechos hablen por sí solos.

¡Firas había vuelto!

Sadim arrancó del calendario el día que el tiempo le regaló tan generosamente. Colocó con mucho cuidado la hoja en su álbum azul celeste, entre las muchas páginas que mostraban su imagen y que hablaban de él.

Firas había vuelto a ella, sólo dos días después de echarlo de menos en la boda de Lamis. Había vuelto, unos cuantos días después de firmar el contrato matrimonial y unas cuantas semanas antes de celebrar la boda.

Sadim estaba en Khubar. Aquella noche había ido a la boda de una pariente y, al terminar, volvió a su habitación en casa de su tía Badrija. No conseguía dormir. Khubar... era Firas. El aire que él respiraba la ahogaba. Las farolas de la calle, que a él le indicaban el camino, a ella la cegaban. Era como si Firas hubiera cubierto con su túnica la ciudad, porque le pertenecía.

A las cuatro de la mañana estaba llorando y sollozando. Su móvil sonó, algo poco habitual desde la separación de Firas. Lo cogió y leyó: «Aún sufro porque has dejado de formar parte de mi vida. Ahora sé que sufriré durante mucho tiempo. He quemado tus fotos y tus cartas. Mi corazón me cegó y el fuego carbonizó lo más bonito que tenía. Pero tu cara, tu voz y tu recuerdo no puedo borrarlos de mi corazón. No espero que contestes a mi mensaje, sólo quiero que sepas cómo me siento. Me siento débil y enfermo sin ti, Sadim, estoy infinitamente cansado.»

Apenas podía leer las letras porque las lágrimas le empañaban los ojos. Se había echado a llorar nada más ver su nombre. Aún lo tenía en la agenda porque no había sido capaz de borrarlo: «Firasi Taj Rasi» («Mi Firas, mi corona»).

Sin pensarlo, marcó su número de teléfono. ¡Y su Firas respondió! Firas, el amado, el hermano, el padre, el amigo.

No hablaba, sólo oía su respiración, pero fue suficiente para que Salim rompiera a llorar.

Él continuaba en silencio, pero de repente un ruido tapó el sonido de su respiración; parecía el motor de un coche. Sadim lloró tan fuerte que parecía que quisiera librarse de una vez de todas las lágrimas que había acumulado durante semanas y semanas y que no le habían permitido respirar. Él escuchaba sus sollozos y la besaba una vez tras otra a través del teléfono.

Firas se le apareció como en un sueño y, sin esfuerzo, Sadim dinamitó las fortificaciones que habían levantado las fuerzas de su resistencia. Parecía que sólo hubiera estado esperando una señal suya para lanzarse en sus brazos.

Cuando le dijo por teléfono que estaba en Khubar, él no se lo podía creer. La casa de su tía estaba a pocos kilómetros de la suya. Durante todo el camino habló con ella, pero no le preguntó la dirección exacta. Le dijo que estaría con ella antes de lo que pensaba.

Y entonces empezó una noche que nunca más olvidarían. Los pájaros entonaban su felicidad de madrugada y Firas, enfermo de amor, condujo a través del barrio mientras cantaba la canción de Nawal al-Kuwaitija:

> *La nostalgia me empuja a ver tus ojos,*
> *nunca me había pasado.*
> *Esté donde esté,*
> *estás conmigo.*
> *¿Cómo voy a vivir sin ti?*
> *Saber que estás tan lejos de mí*
> *hace que mi vida sea aburrida y oscura.*
> *Así pues, ven hacia mí, querida,*
> *los pétalos de rosa te indicarán el camino*
> *hacia mi corazón.*

Había tanta pasión en esa canción que a los dos les parecía que iban a volverse locos. Pensaron que el destino los había separado para siempre y que ahora movía los hilos para unirlos de nuevo. Y lo hacía con ternura, como un padre que ya no puede ver sufrir más a sus hijos.

Sadim se acercó a la ventana y le describió las casas vecinas. No sabía el número de la casa de su tía ni su situación exacta. Lo único que podía ayudarlo a encontrarla era la puerta marrón con los árboles al lado.

Cuando a lo lejos vio los faros del coche se hundió en un mar de felicidad. Firas la descubrió en la ventana, con el pelo color miel que le caía sobre los hombros y la piel suave que quería cubrir de besos. «Eres como la miel y la nata», solía decirle siempre que miraba sus fotos.

Aparcó el coche delante de la casa, muy cerca de la ventana de Sadim. Ella la abrió y le pidió que estacionara más lejos para evitar las suspicacias de los vecinos. Sin embargo, en vez de arrancar el motor, Firas empezó a cantar:

*Estáte quieta para que pueda mirarte,*
*tengo sed de ti, el deseo me inflama,*
*Dios mío, aún eres más hermosa,*
*y tus ojos brillan como a mí me gusta* (1).

Lo único que os puedo decir es que aquella mañana fue muy especial en la ciudad de Khubar.

(1)   De Nabil Shail, cantante kuwaití.

Para: seerehwenfadha7et@yahoogroups.com
De: «seerehwenfadha7et»
Fecha: 7 de enero de 2005
Asunto: La vida de Lamis después de la boda

Como siempre, los lectores están divididos entre los partidarios y los contrarios al retorno de Firas. Pero esta vez —y se trata de un hecho insólito— todos coinciden en que, pase lo que pase, el amor extraordinario entre ambos exige que la historia tenga un final extraordinario.

A Michelle le llamó la atención que Himdan empezara a hablar de lo que esperaba de su pareja. Decía que soñaba casarse con una mujer que fuera su mejor amiga. Tendría que ser como ella, como Michelle, segura de sí misma y de mentalidad abierta hacia el mundo (Michelle sonrió cuando lo oyó elogiar su mentalidad abierta, la misma cualidad que había suscitado tantas críticas en su propio país). También se dio cuenta de que él no dejaba de hacerle cumplidos sobre su aspecto elegante; apreciaba cualquier pequeño cambio que hiciera en su apariencia un día tras otro.

En su vida en Dubai, Michelle se había propuesto mantener los pies en el suelo y ser sincera consigo misma.

Ahora se hallaba ante dos posibilidades: o admiraba mucho a Himdan o lo quería muy poco. Su presencia la hacía sentirse feliz, más feliz que en la agradable compañía de Matty, pero mucho menos feliz que cuando estaba con Faisal. Estaba convencida de que, en su corazón, Himdan albergaba unos sentimientos más intensos hacia ella que los que Michelle tenía hacia él. Por ello, decidió fingir que no se daba por aludida y mantuvo una cierta distancia. También evitó sobrepasar los límites de lo que estaba establecido para no darle falsas esperanzas. Himdan tenía que creer que aún era demasiado pronto para hablar de una relación seria y se alegró al comprobar que no se lo tomaba mal y que no intentaba alejarse de ella.

Himdan sabía que se podía hablar largo y tendido sobre los problemas racionales, pero no de los que afectaban a los sentimientos. En la universidad había aprendido que los gestos, la mímica y el tono de voz decían más que las propias palabras. Era, por decirlo de algún modo, el lenguaje de los sentimientos, y de eso Himdan sabía mucho.

Lo que le gustaba a Michelle de él era que no tenía complejos. La mayoría de los hombres eran unos acomplejados. A pesar de que por su aspecto, su naturalidad y su éxito material y social, estaba predestinado a ser un arrogante, a ella le parecía muy equilibrado emocionalmente. Su forma de moverse y de comportarse daban fe de su inteligencia emocional. Para Michelle era la persona de todas las que conocía que más la estimulaba y la influenciaba intelectualmente.

Y, a pesar de todo, no podía quererlo. Pero quizá era simplemente porque no se permitía a sí misma intentarlo. Ya había tenido suficiente con los dos intentos fracasados. Si su familia rechazaba que viviera con su primo americano, y si una familia saudí se negaba a casar a su hijo con ella, ¿cómo iba a funcionar entonces la relación con un hombre de los Emiratos Árabes? Tras la primera decepción decidió volar a América, después de la segunda la habían obligado a vivir en Dubai, ¿adónde tendría que ir si volvía a fracasar?

En su vida todo iba muy bien, excepto el amor y el matrimonio. Ya no creía que algún día ella y el destino se pondrían de acuerdo respecto al hombre adecuado, porque Michelle y el destino no habían dejado de pelearse desde tiempos inmemoriales. Si encontraba a un hombre que le gustaba, el destino se lo arrebataba, y si ella lo detestaba, el destino lo arrojaba a sus pies.

A su vuelta de la luna de miel, Lamis anunció que en adelante llevaría velo. Kamra y Sadim la felicitaron por la decisión; sólo Michelle intentó convencerla de que no lo hiciera: una mujer totalmente tapada no sólo era una imagen desagradable de ver, sino que también era un signo de mentalidad atrasada. Pero Lamis estaba segura de su decisión, que había tomado por propia voluntad, sin que nadie se lo pidiera, ni siquiera Nizar.

Lamis estaba convencida de que toda la libertad que había deseado la había vivido antes de su matrimonio y durante la luna de miel. Consideraba que ya era hora de iniciar una vida que gustara a Dios. Al fin y al cabo, el Señor le había regalado el hombre que tanto había soñado y que envidiaban sus amigas.

Realmente, los dos eran muy felices. En su círculo de amistades y conocidos no había ninguna pareja que se entendiera tan bien como ellos y que viviera de una forma tan armónica. Y eso que ambos eran de naturalezas muy distintas. Nizar era muy tranquilo, mientras que Lamis, sensible como era, en seguida se alteraba. Sin embargo, de las cosas prácticas, como la casa y las finanzas, ella se encargaba con más calma y prudencia. Por ello, Nizar le había cedido la gestión de esos asuntos, pero la ayudaba lo mejor que sabía a limpiar, a lavar la ropa, a cocinar y a planchar. No querían contratar a una asistenta hasta que tuvieran su primer hijo.

Lamis valoraba mucho tener una buena relación con la familia de su marido. La tierna relación con la madre de él –la llamaba «mamá»– los unió aún más (1).

Le regalaba rosas rojas sin ningún motivo especial. Antes de irse al servicio de guardia le colgaba una carta de amor en la puerta de la nevera. Si no había ningún caso urgente, la llamaba antes de acostarse. Si Lamis no trabajaba ese día, en cuanto llegaba a casa la invitaba a cenar o a dar un paseo por el mercado. A diferencia de otros hombres jóvenes, no le importaba que sus amigos lo vieran paseando con ella. En cambio, si era Lamis la que tenía que ir a trabajar, Nizar le dejaba una ensalada y un bocadillo en la nevera. Los dos esperaban con impaciencia tener un día libre para poder compartirlo. Cuando llegaba el día, lo celebraban como si aún estuvieran de luna de miel.


Había una pregunta que Sadim no sabía contestar; tampoco Kamra ni Umm Nuwair. La pregunta era la siguiente: «¿Es una suerte o una desgracia que una mujer sea culta e inteligente?»

El motivo de su pregunta era esta idea: a pesar del avance social, todavía hoy en día una bobalicona encon-

---

(1)   Mientras que las chicas de Hiyaz llaman «mamá» a sus suegras, las de Nejd consideran que este tratamiento es despectivo para sus madres, por lo que llaman «tía» a las madres de sus maridos.

traba marido con mayor facilidad que una chica culta y experimentada. Buena prueba de ello era el hecho de que muchas médicas no estuvieran casadas. Los hombres de esta parte del mundo son celosos por naturaleza, y cuando conocen a una mujer que puede hacerles sombra, la temen. Por eso prefieren casarse con una mujer débil, poco culta y desamparada. Quieren ocupar el lugar del maestro ante una alumna que hay que modelar. Aunque muchos hombres admiran a las mujeres fuertes, pensó Sadim, no se casan con ellas. Por eso muchas chicas lelas gozan de una gran aceptación, mientras que las inteligentes y espabiladas contemplan sin poder hacer nada cómo su nombre se graba poco a poco en una placa gigante en conmemoración de las solteras, una lista virtual que aumenta cada día para satisfacer las exigencias de todos los hombres que no saben lo que quieren y, por tanto, se niegan a estar con una mujer segura de sí misma.

Para: seerehwenfadha7et@yahoogroups.com
De: «seerehwenfadha7et»
Fecha: 14 de enero de 2005
Asunto: La adicción de Sadim

Un tipo que firma como «Hijo de los Jeques» (1) está enfadado.
No entiende por qué en el último e-mail he criticado a los hombres saudíes orgullosos y celosos (se refiere a los hombres a los
que no les gusta exponer a su mujer a la mirada de hombres extraños, aunque sean sus amigos, paseando con ella por un centro comercial o cenando en un restaurante). El Hijo de los Jeques justifica este comportamiento informándome de que es
más molesto si un amigo ve a tu mujer que si lo hace un desconocido, porque un desconocido no sabe quién es el marido,
pero un amigo llevará la fotografía de la mujer grabada en la cabeza, ¡y la puede evocar siempre que te ve! El Hijo de los Jeques
resume su teoría diciendo que un hombre que no es celoso no
es un hombre. Además, añade que es perfectamente natural
que un hombre elija a una mujer inferior a él (especialmente
porque todas las mujeres, en su opinión, se hallan a un nivel inferior al de los hombres en la jerarquía de los organismos). Según

(1)   Aquí, *jeque* hace referencia al patriarca de una tribu o familia árabe.

el peculiar razonamiento de nuestro amigo, «un hombre necesita sentir el peso de su superioridad y su masculinidad cuando está con una mujer. De lo contrario, ¿qué le impediría casarse con alguien igual que él, es decir, con otro hombre?».

En fin, sin comentarios...

Cuando Sadim volvió a Riad, había cambiado. Para Kamra era evidente que el cambio se debía a Firas. Sus ojos brillaban de felicidad, tenía las mejillas rojas y no paraba de sonreír como una ingenua, todos ellos, síntomas inequívocos de que estaba enamorada. No había duda pues, de que Firas había vuelto.

—¡Fantástico, Sadim, estás enamorada, felicidades! Ya no tienes mala cara. ¡Estás espléndida!

Que Sadim hubiera vuelto con Firas o, mejor dicho, que estuviera de acuerdo en que él volviera a ella, había pasado sin ninguna condición previa. No había sido gracias a uno de los astutos planes de Sadim, sino simplemente porque los dos se habían dejado llevar por el impulso de un amor loco. La felicidad que vivían había arrinconado todo lo demás, en particular la sensación de culpabilidad que asaltaba de vez en cuando a Firas y la vergüenza que Sadim sentía ante sus actos.

Pero su felicidad no era tan grande como para permitirle perdonarlo todo. En el fondo de su corazón, Sadim sentía rencor y cierta amargura. Aún se sentía amenazada por el dolor y la decepción. Estaba convencida de que Firas no tomaría una decisión definitiva y eso le hacía comprender que si aceptaba ser su amante perdería una gran parte de su dignidad y su autoestima. Pero como no podía renunciar a él, decidió no pensar en ello hasta que Dios decidiera intervenir en los hechos.

Hasta que llegara la fecha de la boda de Firas, ninguno

de los dos quería renunciar ni un solo día a ver al otro, como si desearan disfrutar intensamente de los días anteriores a la muerte. Les quedaban sólo dos meses y el acuerdo invisible de pasar juntos esos días era el intento desesperado de aferrarse al amor hasta que llegara el día del enlace.

Por pura melancolía, Firas no podía evitar telefonear a Sadim a diario, después de llamar a su prometida (que, una vez firmado el contrato, ya era su esposa legal). Y ella, tan loca como él, esperaba pacientemente que la telefoneara después de haber realizado la llamada de rigor.

Firas evitaba estrictamente hablar de su prometida. Ni le había dicho su nombre ni le había contado cómo era. Incluso le ocultaba la fecha de la boda. Eso enojaba mucho a Sadim, pero Firas sabía cómo calmarla. Era un maestro en reconciliaciones.

Cuando ella descubrió que Firas visitaba a su prometida al menos una vez por semana, sintió que perdía la poca dignidad que le quedaba. Los celos la volvían agresiva y eso hacía que, a menudo, terminaran peleándose. La situación le parecía absurda y difícil de soportar. Y cuando se alteraba, Firas le hacía comentarios terriblemente crueles, como por ejemplo:

—¿Cómo puede ser que pierdas los nervios tan deprisa? ¿Es que tienes la regla?

Él, que había gemido de dolor con cada lágrima de Sadim, ahora hablaba de forma relajada mientras ella sollozaba. En una de estas conversaciones le dijo con desprecio:

—Dios mío, nunca se te acaban las lágrimas. Por cualquier estupidez te echas a llorar.

¿Qué le ocurría? ¿La despreciaba porque había vuelto a él y aceptaba esa situación desagradable? Y —lo más importante–, ¿cómo podía ser que ella hubiera caído tan bajo hasta el punto de aceptar esa situación? ¿Cómo había podido aceptar que Firas le declarara su amor cuando estaba comprometido con otra mujer?

Una noche la ira se apoderó de ella. Firas le contó que, en general, se sentía bastante satisfecho con la mujer que su familia había elegido para él. En principio se correspondía con la idea que se había formado de una mujer, lo único que le faltaba era quererla tanto como a Sadim. Pero todos le habían asegurado que eso cambiaría después del enlace. Le habían aconsejado que se mantuviera alejado de Sadim y que se guiara por el sentido común y no por los sentimientos. No se tomaba a mal que ella no entendiera su situación, al fin y al cabo, era una mujer, y las mujeres enamoradas no son coherentes. Le contó todas las tonterías que su familia y sus amigos le habían inculcado. Pero del amor en sí no hablaba. ¿Cómo podía alguien que no creía en el amor valorar la generosidad, el sentido de la responsabilidad y la fidelidad de una mujer que quemaba los años esperando a casarse con el hombre al que quería?

Todos esos autonombrados muftís (2) escuchaban atentamente a Firas y a continuación le daban una opinión comedida que coincidiera con lo que ya pensaba. Todo el mundo sabe que un hombre nunca quiere oír opiniones contrarias a la suya. Lo único que le interesaba era encontrar a alguien que reforzara sus ideas y sus sospechas y que lo animara a hacer lo que ya tenía decidido hacer desde el principio. Algunos incluso intentaban tranquilizarlo diciéndole que no debía tener remordimientos de conciencia. La joven que lo había trastocado

(2)  Juristas.

no era buena para él y por eso le aconsejaban que dejara la relación.

—¿Te han prevenido contra mí? ¿Lo dices en serio? ¿Por qué? ¿Acaso me conocen? Esos tipos no saben nada de mí, ni de nosotros, ¿y te aconsejan que te alejes de mí? ¡Y tú los escuchas! ¿Cuándo empezaste a escuchar a los que te querían dar una *fatwa* (3) o un consejo tan feo como su propia cara? ¿O quizá te gusta que te digan que no te equivocas nunca, que eres el mejor y que la chica que conociste es la que se equivoca y tendrías que dejarla porque no es lo bastante buena para ti? ¡Tú, tú... que te mereces lo mejor! ¡Tú, que no tienes vergüenza! ¿Y ahora vienes y me dices todas esas tonterías después de todo lo que he hecho por ti? ¡Eres un canalla, un cobarde, un imbécil!

Esta vez fue Sadim quien rompió con Firas, cinco días después de reconciliarse. Esta vez no lo lamentaba porque le había dicho exactamente lo que pensaba de él. Era la primera —y la última— vez que le gritaba y lo insultaba.

No hubo lágrimas, ni ayuno, ni ninguna canción triste, y soportó mejor de lo que esperaba el final de esa historia de amor. Cuando fue consciente de que ella lo quería mucho más que él a ella, se avergonzó de haber creído durante tanto tiempo que se trataba del amor más grande de todos los tiempos.

Aquella noche escribió en su álbum azul celeste:

¿Puede una mujer querer a un hombre al que ha perdido el respeto? ¿Cuántas historias de amor, vividas durante años, deben de haber acabado como la mía en una sola noche? Los hombres generalmente no aman a las

(3)  Opinión o decreto legal.

mujeres que los respetan, pero las mujeres sólo aman a un hombre si además pueden respetarlo.

En el mismo álbum azul celeste que había presenciado el nacimiento de su amor por Firas escribió el último poema sobre él:

> *Mi última carta a F.*
> *¿Qué puedo decir de la fuerza de un hombre,*
> *que en manos de sus padres es una marioneta?*
> *Lo hacen bailar al ritmo del himno del clan,*
> *y él deja que las cosas ocurran así...*
> *Había un amor que él alimentaba*
> *a su manera.*
> *¡Soy un hombre, grita,*
> *deja que me guíe la razón!*
> *Y yo digo: Soy una mujer*
> *que sigue lo que le dicta el corazón.*

Ese día se veía capaz, por primera vez después de cuatro años, de vivir sin Firas. Él ya no era el agua sin la cual moriría de sed, ni el aire sin el cual no podría respirar. Ya no era el único sueño, la única esperanza de su vida. Llegó la primera noche en que no rezó para que Firas volviera. Ya no estaba triste, sólo arrepentida de haber perdido tantos años de su vida persiguiendo un espejismo llamado amor.

Abrió el álbum azul celeste y en la última página escribió:

Nunca había deseado tanto nada como que mi amor con Firas durara para siempre. Ese amor era toda mi vida y me daba miedo que cuando desapareciera no pudiera seguir viviendo. Ahora es agua pasada.

Gradualmente fue viendo claro que ella misma era culpable, en gran parte, de su mala suerte. Siempre se había negado a descifrar los «mensajes ocultos», como Lamis los llamaba, que Firas le enviaba. No había querido entender por qué no quería unirse a ella. No había permitido a su corazón darse cuenta de que el amor que él sentía no era tan intenso como el suyo. Había renunciado a dejarse guiar por su conciencia y a entender que Firas haría finalmente lo que su familia deseara. Había cometido el error fatal de los enamorados: poner una venda en los ojos de la razón y del corazón para que no vieran los mensajes no deseados del ser querido.

Por fin Sadim se curó de su adicción al amor, pero fue una experiencia terrible que le hizo perder el respeto por todos los hombres, empezando por Firas y, antes que él, Walid, y siguiendo con todos los hombres de la faz de la tierra.

## 46

Los que nos quieren repugnan a nuestras almas,
y aquellos a quienes queremos, el destino se niega a dárnoslos.

NORA AL-HUSCHAN (1)

Para: seerehwenfadha7et@yahoogroups.com
De: «seerehwenfadha7et»
Fecha: 21 de enero de 2005
Asunto: ¡Bien venido, Tarik!

Os deseo un feliz retorno con motivo del festival después del Peregrinaje, Eid al-Adha. Puesto que no estaré con vosotros en el próximo festival, dentro de doce meses, dejadme decirlo de una vez: os deseo mucha suerte todos los días de vuestras vidas. Que Dios llene vuestros días, y también los míos, de bondad, salud y amor.

Cuando Sadim se trasladó a casa de su tía Badrija, quien más se alegró fue su primo Tarik. Desde el primer día se hizo responsable de su bienestar y de que tuviera todo lo

(1) Poetisa saudí.

que necesitaba. Como ella no pedía nunca nada, él la ayudaba discretamente. Cuando tuvo dificultades económicas, llamó sin que ella lo supiera a un par de amigos que trabajaban en bancos. Por la noche le llevaba su comida favorita del Burger King y cenaban juntos. A sus hermanas no las invitaba y, por esta razón, iban a quejarse a su madre. Naturalmente, Sadim sentía que Tarik tenía interés por ella, pero no estaba en condiciones de hacerse notar de forma similar a la de él, porque vivían en la misma casa y también porque le resultaba desagradable su presencia, puesto que no dejaba de mirarla.

Tarik era un año mayor que ella. Había ido a la escuela en Riad, porque su padre trabajaba en un ministerio. Después de su jubilación, la familia se trasladó a Khubar, donde vivían los padres del hermano. Por ese motivo Tarik cursó allí los estudios secundarios. Después volvió a Riad para estudiar medicina dental en la Universidad Rey Saud.

Los fines de semana que no visitaba a su familia, visitaba a Sadim y a su padre. Entonces —ella todavía iba a la escuela secundaria— ya notaba que le gustaba bastante a su primo. Él la halagaba con pequeños obsequios y hablaba mucho con ella. Por eso no le interesaba. Le parecía simpático, pero nada más. Lo trataba como si fuera un hermano que conocía desde que jugaban de pequeños en casa de su abuelo. Su amor inocente la conmovía, pero la llama del amor no se prendió nunca.

En aquellos tiempos, en la escuela, Kamra se reía de Sadim porque su primo se había enamorado de ella. Pero cuando se prometió con Walid, nunca más volvió a mencionar a Tarik. Ella intentaba mantenerse alejada de él. Cuando iba a visitarlos, sólo se encontraba con su padre. Después de que le pasó esto varias veces, Tarik dejó de ir. Cuando Sadim se veía obligada a ir a Khubar, entonces era él quien evitaba el encuentro, y ella valoraba mucho ese gesto de respeto.

Lo que le molestaba de Tarik era su franqueza casi infantil. Le desconcertaba con qué pocas florituras le mostraba su afecto. Le parecía un niño grande, con su cara infantil, su sonrisa inocente y su cuerpo algo grueso. Todo eso no era demasiado grave, pero para ella era suficiente como para no considerarlo un hombre con el que casarse.

Una noche, cuando todos se habían acostado y ella estaba viendo una película que daban en televisión con él, Tarik se volvió hacia ella y le susurró al oído el apodo que él mismo le había puesto:

—Dimi...

—¿Qué pasa?

—Me gustaría hablar contigo de un tema un poco delicado.

—¿Delicado? Espero que no sea nada malo.

—Oh, no. Es algo bonito, aunque no sé si a ti te lo parecerá...

—Vale, pues relájate y cuéntamelo. Podemos prescindir de las fórmulas de cortesía, ¿no?

—Bueno, no me entretendré mucho. Escucha, Dimi, nos conocemos desde que éramos pequeños. Aún te veo delante de mí cuando venías de visita, con tu pelo brillante y el collar rojo. Eras la más bonita de todas y no querías jugar con ningún chico. ¿Te acuerdas de cómo me peleaba con los chicos que te molestaban? ¿Y que sólo quería ir a comprar contigo para poder regalarte algo? Éramos unos críos, claro, pero ya entonces te quería.

»Cuando crecimos, siempre me alegraba mucho que vinieras a visitarnos. Sé que yo no pintaba nada allí, con vosotras las chicas, pero para mí era muy importante estar cerca de ti las pocas horas que venías a vernos. Por cierto, ¿sabes que sólo les llevaba helado a mis hermanas cuando venías tú? Cuando querían algo de mí y no tenía ganas de comprárselo, me preguntaban cuándo vendrías.

»Sé que no me quieres. Quizá te parezco simpático y te gusta que te admire, pero eso es todo. Siempre me decía a mí mismo: tienes que entenderla. ¿Qué quieres que le guste de ti? No eres atractivo, estás gordo, no tienes ningún diploma, ni dinero... No hay nada de ti que la pueda atraer, excepto el hecho de que la quieres.

»El día que me aceptaron en la Facultad de Medicina Dental, salté de alegría. ¿Y sabes por qué? En primer lugar, porque me aceptarías mejor como médico y, después, porque estaba en la misma ciudad que tú y porque me haría apreciar tanto por tu padre que podría venir a verte a diario.

»Cuando apareció Walid se me cayó el mundo encima. No podía pedir tu mano porque acababa de comenzar los estudios. Mi madre me dijo que tu padre no podía rechazar a aquel candidato sólo porque yo, que aún estaba estudiando, quisiera casarme contigo. Pasé la peor época de mi vida cuando te prometiste con él y te casaste. Pero cuando os separasteis, el mundo volvió a brillar para mí. Quería pedir tu mano inmediatamente, pero no pudo ser porque en seguida te fuiste a Londres.

Se detuvo un momento. Sadim parecía conmovida.

—Cuando volviste, me di cuenta de que me evitabas cuando os visitaba. Y tampoco reaccionaste a mis llamadas. Pasado algún tiempo, me dije: Hombre, es evidente que la chica no te quiere o, peor aún, no te soporta, así que aléjate de ella y déjala tranquila.

»Y eso fue lo que hice, pero juro por Dios que no te he olvidado ni un solo día. No podía quitarme tu imagen de la cabeza. No perdía la esperanza de que un día el destino nos volviera a unir.

»Cuando murió tu padre, no había nada que deseara más que poder estar a tu lado, pero no podía. Y cuando te negaste a vivir con nosotros intuí que era por mi culpa.

»Pero entonces te trasladaste aquí y me prometí no presionarte. Quería mantenerme en un segundo plano, para que no te pareciera que quería aprovecharme de la situación y hacerte cambiar de parecer. Incluso mi madre ha tenido en cuenta que no debía hablarte demasiado de mí, aunque sabe que te quiero mucho. Si fuera por ella, haría mucho que estaríamos casados. Pero no he osado hablarte de ello hasta ahora, ya que si lo hubieras rechazado se habría creado una situación muy violenta para las dos, para ti y para mi madre.

»Hace ya medio año que vivimos bajo el mismo techo. Como sabes, he terminado los estudios y también el año de prácticas. Ahora mi duda es si buscar una plaza aquí o fuera. La universidad me ha ofrecido una plaza como asistente, pero si la acepto tendré que ir un par de meses al extranjero. Podré tomar la decisión cuando sepa qué va a pasar con nosotros. Todo depende de ti, de si crees que tenemos posibilidades. Tú tienes tu trabajo aquí y no sé si lo abandonarías por venir conmigo. Si no quieres ir al extranjero, no hay ningún problema, yo buscaría un trabajo aquí.

»Si renuncias a vivir conmigo, confiaré en Dios y me iré. Eso hará que la situación resulte más emocionante. Entonces también me quedaré más tiempo fuera, entre cuatro y cinco años. Dispondrías, por tanto, de suficiente tiempo para encontrar a un hombre simpático y casarte con él. Pero debes saber algo: decidas lo que decidas, puedes sentirte segura y protegida en esta casa. Puedes hacer y dejar de hacer lo que desees.

Hizo una larga pausa. Esforzándose por hallar las palabras adecuadas, Sadim tartamudeó:

—¡Pero Tarik! Es verdad que nos conocemos muy bien, pero con eso no basta para tomar una decisión tan importante. Hay muchas cosas de mí que no sabes, y seguro que yo tampoco lo sé todo de ti.

—Sadim, en lo que se refiere a mi amor, no va a cambiar nada. Debes saberlo todo, pregúntame lo que quieras. Contestaré a todas tus preguntas.

—¿Y tú? ¿No quieres saber por qué me separé de Walid? ¿O por qué te he evitado todos estos años?

—Te separaste de Walid porque era un tonto de capirote. Cualquier persona con dos dedos de frente haría todo lo posible por no perder a Sadim al-Harimli. Te conozco muy bien, Sadim, sé de dónde procedes y cómo has crecido, y con eso me basta para confiar plenamente en ti. Si quieres hablar de tu historia con Walid, hazlo, pero yo no te lo pediré nunca. Como has vivido tu vida sin mí, no tengo derecho a pedirte explicaciones. Lo mismo sirve para todos los años que te has mantenido alejada de mí. Tampoco hace falta que me cuentes, porque ya lo imagino, que durante este tiempo has estado con otro hombre. Lo único que me importa es empezar una nueva vida contigo, si Dios quiere, claro. Estoy dispuesto a sentarme a tu lado y a contarte toda mi vida desde que nací hasta hoy mismo. También te diré qué chicas me gustan más, las de la provincia del este o las de Riad.

—¿Ah, sí? ¿Has probado las de los dos sitios?

—¿Probado? Cualquiera que te oyera pensaría que hablas de hachís. Como cualquier otro chico, yo también perseguía números de teléfono. Si quieres te los doy.

—No, muchas gracias, deja la caja cerrada. ¿Cómo dicen en las series egipcias? «Me pillas por sorpresa.» Dame tiempo para pensarlo y te daré una respuesta.

—Mañana me voy a Riad porque tengo un par de entrevistas personales. Podrás pensar con tranquilidad.

## 47

Para escuchar la canción, <u>haced clic aquí</u>.

> ¿Por qué el primer amor siempre nos hace sufrir?
> ¿Por qué no puede formar parte del pasado?
> Crece con nosotros y con los años,
> quiere que lo conservemos
> Buscamos la salvación y corremos,
> pero el primer amor nos quiere quemar.
> El viejo amor no nos permite
> acceder a la nueva felicidad.
> No importa hacia adónde huyamos,
> pues no nos dejará ir.
>
> JULIA BUTRUS (1)

Para: seerehwenfadha7et@yahoogroups.com
De: «seerehwenfadha7et»
Fecha: 28 de enero de 2005
Asunto: Quien ríe el último…

La historia ya casi ha llegado al final. Pero mis amigas aún son velas que la vida mantiene encendidas. Se van fundiendo, que-

(1)  Cantante libanesa.

madas por el amor y la pasión. Os he cogido de las manos, apreciados lectores, para guiaros en un recorrido semanal por estas velas perfumadas, que parpadean desesperadamente. Quería que olierais sus fragancias. Quería que estirarais los brazos, cogierais unas cuantas gotas fundidas de cera y sintierais su escozor caliente. Así entenderíais las penas y el fuego que causan el escozor.

Y ahora doy un beso a las velas que se han quemado y fundido, pero que antes de apagarse han iluminado el camino a los demás, abriendo una vía que es un poco menos oscura, no contiene tantos obstáculos y se ha llenado con un poco más de libertad.

Después de dos años, Michelle volvió a Riad para celebrar con sus amigas que habían terminado los estudios. Al levantarse por la mañana, aún no sabía que había vuelto en el momento oportuno, su vida llena de cambios volvería a dar otro giro.

El día comenzó con la llamada tempranera de Lamis.

—Ve al baño y lávate la cara con agua fría —le aconsejó su amiga, para que pudiera absorber el impacto de lo que iba a contarle.

—¿Qué pasa? —preguntó Michelle, perpleja—. ¿Por qué me despiertas tan temprano?

—¡Michelle, Faisal se casa hoy!

Se hizo el silencio al otro lado de la línea.

—Michelle, ¿estás ahí?

—Sí, sí.

—¿Estás bien?

—¿Qué Faisal? ¿Mi Faisal?

—Sí, sí, el mismo.

—¿Quién te lo ha dicho?

—Ahora viene la segunda sorpresa. Resulta que Nizar está invitado, es amigo del hermano de la novia.

—¿Nizar, tu marido? ¿Conoce al cuñado de Faisal? ¿Por qué no me lo habías dicho?

—No lo sabía: me he enterado hoy mismo. Cuando ayer llegué a Riad, pensé, de acuerdo, iremos a esa boda, pero lo que más feliz me hacía era pensar que tú también estás en Riad. Nizar aún no había abierto el sobre con la invitación y cuando hemos abierto la carta esta mañana, no me lo podía creer. He leído más de una vez el nombre del novio para comprobar que realmente era ese Faisal.

—¿Cuándo se prometieron?

—No lo sé. Y Nizar tampoco debe de saberlo. No son tan amigos. A mí me invitaron porque les sobraba sitio.

—¿Sabes algo de la novia?

—Sí, que procede de una familia muy normal.

—¿Lamis?

—¿Sí?

—¿Puedes conseguirme una invitación?

—¿Bromeas, no? No creo que sea una buena idea. No lo soportarás.

—Por mí no te preocupes, sí que podré.

—No lo veo claro, Michelle. ¿Por qué quieres martirizarte así?

—No me voy a martirizar, al contrario. Quien ríe el último...

Lamis le dijo a Nizar que no se sentía bien y que prefería quedarse en casa. Le propuso ir a la boda con Michelle.

Mientras Michelle se dejaba peinar, leía una y otra vez la invitación. «Sheiha y Faisal tienen el placer de invitarlos a su enlace matrimonial.» Suspiró. «¿Es éste tu final, Faisal? —pensó—. ¿Una chica llamada Sheiha? ¡Qué nombre tan ridículo!»

Se maquilló y después se puso un vestido llamativo diseñado a partir de una creación de Roberto Cavalli. Era estrecho y resaltaba sus encantos femeninos.

Al llegar a la sala, observó las fotos de los novios que había en una mesa de la entrada. La imagen de la novia le gustó bastante, porque no tenía nada que pudiera atraer a su prometido. Faisal prefería las mujeres esbeltas con el pelo negro y ésta era más bien gruesa y con el pelo teñido de diferentes tonos, que hacían que pareciera una bola de discoteca que reflejaba todo el espectro de colores. ¡Y qué labios tenía! ¡Qué gruesos eran! Era evidente que no podían competir con sus labios finos y seductores.

Después de que una de las invitadas felicitó a la madre de Faisal, Michelle también se acercó y le dio la enhorabuena por la boda de su hijo. Entonces buscó un buen sitio en el que sentarse. Eso era muy importante, ya que tenía un buen plan para esa noche. Cerca de la entrada —delante del podio—, vio una silla libre. Desde allí podía observar bastante bien a las hermanas del novio. Él se las había descrito a todas, incluso sabía sus nombres. La mayor era Nora, la mediana, que decían que tenía una lengua viperina, se llamaba Sara, y la más joven, Nudjud, era, como él mismo le había dicho, la más bonita. Su madre estaba a su lado y, ahora que la observaba de lejos, recordaba cómo había presionado a su hijo. En realidad, tendría que odiarla, pero en vez de eso la admiraba porque despreciaba a su débil hijo.

Tenía la sensación de que la madre de Faisal no dejaba de mirarla. Quizá pensaba que podía ser una posible candidata para su hijo pequeño o para uno de sus primos. La animaba pensar que pronto haría pasar un mal rato a esa familia, aunque, al mismo tiempo, no podía evitar sentir un poco de compasión.

Ésa iba a ser su noche. Quería celebrar su triunfo sobre

todos los hombres y librarse también para siempre de Faisal. Se levantó y empezó a bailar. Se movía y giraba como una bailarina oriental. Su danza iba a juego con la boda de su amado, que ese día se casaba con otra mujer. Por ahora todo resultaba más sencillo de lo que había imaginado. Le parecía que ya lo había vivido alguna vez, como si la sensación de *déjà vu* la hiciera feliz y libre. No prestaba atención a nada, seguía bailando. Era su fiesta, se estaba celebrando a sí misma, su negación orgullosa y firme a librarse a las tradiciones y a convertirse en una de esas mujeres desgraciadas que llenaban la sala.

Proyectó mentalmente a Faisal tumbado en la cama con su mujer y cómo éste se incorporaba para acercarse a su amada. Pero la gorda Sheiha estaba encima de él con toda su grasa, y él no podía respirar ni moverse. Se rió, ese pensamiento era muy cómico.

En ese instante, las luces de la sala se apagaron y en la puerta de entrada se encendió un potente foco. La novia entró y se acercó al podio. Sonreía en todas direcciones. Después de observarla detenidamente, sintió cómo su autoestima aumentaba hasta límites hasta ahora desconocidos. La mujer era horrorosa. Su cuerpo casi no cabía en el vestido y su velo tenía tantas lentejuelas que parecía que hubiera hecho una excursión al cosmos y hubiera vuelto con todas las estrellas que había podido coger.

Cuando anunciaron la entrada de los hombres, Michelle tuvo un pensamiento diabólico. En un visto y no visto se sacó el móvil del bolsillo y escribió un mensaje de texto: «¡Muchas felicidades, novio! ¡No seas tímido, te estoy esperando!»

Todos aguardaban con impaciencia, pero no se veía a ningún hombre. No pasaba nada de nada. Cuando, al cabo de una hora, no habían aparecido, la gente empezó a ponerse nerviosa. Las mujeres hacían comentarios en voz alta y la novia parecía totalmente confundida. Debía de estar pensando si tenía que seguir esperando al novio o si era mejor desaparecer. Finalmente se abrió la puerta y entró Faisal acompañado de su padre, sus tres hermanos y el suegro. Andaba tan rápido que parecía que no quisiera ser visto. Michelle sonreía feliz, su plan iba sobre ruedas.

Cuando la pareja y las familias se colocaron para las fotografías, Michelle se levantó y se acercó lentamente a la puerta. Faisal debía tener tiempo suficiente para ver lo guapa que estaba. Y realmente la miró; sus ojos brillaban, como si quisieran indicarle que se fuera lo antes posible. Ella no se movió de la puerta, sin preocuparse por los otros invitados. Lo miraba descaradamente, se acariciaba el pelo, juguetona, y hacía muecas para demostrarle lo abominable que le parecía todo.

Cuando se dejó caer en el asiento trasero del coche que la llevaba a casa, ya no pudo contenerse más y se echó a reír como una loca. Se imaginaba las ganas que tendría Faisal de pasar la noche de bodas con su nueva mujer, después de haberla visto a ella. Sería una noche «maldita por sesenta maldiciones», como habría dicho Lamis. Y precisamente eso era lo que quería que pasara.

Cuando llegó a casa se dio cuenta de que era la primera vez, desde su separación de Faisal, que no había llorado después de ver a una «pareja feliz». Ahora estaba segura de que muchas parejas escondían detrás de su radiante sonrisa el dolor de no haber podido elegir ellos mismos a su pareja. Si tenía que verter alguna lágrima, lo haría por la pobre novia, porque las circunstancias la habían unido esa noche, y todas las noches, a un hombre al que habían obligado a casarse con ella. Un marido que deseaba en cuerpo y alma a la mujer que había bailado en su fiesta.

## 48

Las mujeres son como bolsas de té. No sabemos lo fuertes que son hasta que las sumergimos en agua.

ELEANOR ROOSEVELT

Para: seerehwenfadha7et@yahoogroups.com
De: «seerehwenfadha7et»
Fecha: 4 de febrero de 2005
Asunto: La fase de superación

Las cosas claras: ¿no estáis hartos de mí después de un año de e-mails? ¡Yo sí que estoy harta de mí misma!

Un día Sadim descubrió, en la página de sociedad de un periódico, que el doctor Firas al-Sharqawi había tenido su primer hijo, Rajjan. Casi había estado cuatro años con él, pero en los quince meses que hacía que se habían separado le habían pasado muchas cosas: compromiso, firma del contrato, boda, embarazo, primer hijo. Todo eso parecía confirmar que Firas no era tan original como ella había pensado en un principio. En el fondo no se diferenciaba mucho de Walid, Faisal, Rashid o el resto de los hombres. Su aferramiento a las viejas tradiciones evidenciaba que él también era un hombre débil.

Había ido a Riad porque quería celebrar con Lamis y Michelle que las dos habían terminado sus estudios. Cuando Michelle la visitó en casa de sus padres, no pasó mucho tiempo hasta que ambas empezaron a lamentarse de los tormentos del amor perdido.

—Sadim, ¿cómo puede ser que alguien te dé una patada en el culo y después tú aún le vayas detrás? —le dijo Michelle—. ¿Sabes cuál es tu problema? Pues que, cuando te enamoras, pierdes la cabeza. Permites que te humille y, en vez de rebelarte, le dices: me gusta, dame más. Siento decirlo de este modo, pero es la verdad. Si no fuera así, seguramente no habrías perdido tantos años de tu vida con ese canalla, aunque ya sabías que no iba en serio.

La opinión de Lamis y Kamra no era menos dura. Al principio, Sadim pensó que a sus amigas no les gustaba que su relación con Firas hubiera fracasado, pero con el tiempo entendió que le recriminaban que la hubiera mantenido tanto tiempo. Eso le parecía injusto, porque ninguna de ellas creía posible que su gran amor acabara de ese modo. Habían sido igual de optimistas que ella. Ahora, en cambio, decían que ya se habían dado cuenta hacía tiempo de que Firas era un hipócrita. No le quedó más remedio que escuchar en silencio. Lo que más le costaba aceptar eran las críticas de Michelle. Ella había vivido una decepción similar, pero, al contrario que Sadim, después de que Faisal le comunicó la decisión de su familia, había cortado totalmente el contacto con él. No quería vivir una situación tan complicada como la de Sadim, simplemente no quería sufrir tanto.

¡Cómo había deseado que Firas fuera más valiente que Faisal! ¡Cómo le habría gustado demostrarle a Michelle que era posible luchar por el gran amor y que sí que existía el derecho a casarse con el hombre al que una ama! Si ese sueño se hubiera hecho realidad, ahora sería la más lista, la más orgullosa y la más feliz.

Se negó rotundamente a sacrificar su amor para evitar descubrir que su amado la abandonaba. La había dejado en la estacada igual que Faisal a Michelle, pero sin hacerle perder toda la esperanza y permitiéndole cantar el himno de la lucha y la persistencia del amor, aunque hacía tiempo que él había dejado de cantarlo.

—Qué suerte tienes, Michelle, de no tener que ver todos los días en el periódico la foto del tipo del que estabas enamorada o leer un artículo que habla de él. Para una chica, lo peor es enamorarse de alguien famoso: por más que se esfuerce por olvidarlo, el mundo entero conspira para hacerle recordar a su antiguo amor. ¿Sabes lo que deseo de vez en cuando, Michelle? Me gustaría comportarme como un hombre en una relación. No habría dejado escapar a Firas, puedes estar segura de ello.

—¡Una persona tan débil como ésa no es un hombre! ¡No te merecía!

Los comentarios de su amiga conseguían que cada vez odiara más a Firas y que aniquilara para siempre el último sentimiento de ternura que se escondía en su corazón. ¿Era consciente, aquel pedazo de egoísta, de que ella —desde el momento en que la trató tan injustamente— consideraría a toda la sociedad como un instrumento de represión?

—Ay, Sadim, yo no renuncié a Faisal porque dudara de su amor. Habría dado la vida por él. No, lo abandoné porque la sociedad se puso en contra nuestra. Tengo suficiente confianza en mí misma para poder superar las dificultades que me surjan por el camino. Pero, sinceramente, no tenía confianza ni en Faisal ni en ningún otro hombre de esta sociedad enferma. Si hubiéramos querido ser felices el uno con el otro, los dos deberíamos haber reunido suficiente fuerza y firmeza. Yo sola no habría sido capaz. Tampoco sirvió de nada que Faisal no me dejara estar, que se informara de lo que hacía y me enviara e-mails y mensajes en los que me pedía que volviera con él. Sabía que eso sólo era un signo de su debilidad, que no había cambiado nada y que no había ninguna solución a nuestro problema. Por eso fui tan fiel a mi negativa, por eso no cedí a su debilidad y a su anhelo. Ya que uno de nosotros tenía que ser el fuerte, decidí serlo yo.

»Créeme, Sadim, ambos, Firas y Faisal, a pesar de la diferencia de edad, están cortados por el mismo patrón. Son pasivos, débiles y fieles a las tradiciones, aunque su espíritu las rechace. Desafortunadamente, todos los hombres jóvenes de este país están cortados por ese patrón. Como fichas de ajedrez movidas por sus familias, gana el que tiene la familia más fuerte.

»A mí no me habría importado hacer frente a toda la sociedad, pero entonces mi amado no tendría que haber formado parte de ella, una sociedad que deja crecer a sus hijos con contradicciones y una doble moral. Uno se divorcia porque su mujer no lo excita sexualmente y el otro se separa porque su mujer no finge que siente repugnancia y vergüenza, sino que, todo lo contrario, le demuestra que le gusta hacerlo.

—¿De dónde has sacado eso? ¿De Kamra? —preguntó Sadim, estremecida.

—Sabes perfectamente que no cuento nunca lo que las demás me confían, ya sea Kamra o seas tú. No debes tener miedo de mí. Al fin y al cabo no he crecido en esta sociedad, donde todos hablan de todos.

—Supongamos que tienes razón en lo que dices sobre los hombres de Arabia Saudí. ¿Entonces, por qué no te casas con Matty o Himdan?

—Por una razón muy sencilla: quien ha experimentado el amor verdadero no puede sentirse satisfecho con una relación a medias. No me puedo conformar con menos. Faisal era el amor de mi vida. Lo que pueda sentir por otro hombre sólo será una cuarta parte de lo que sentí entonces. Aunque me he separado definitivamente de Faisal, él sigue siendo el hombre con el que comparo a los demás y, naturalmente, yo soy la gran perdedora.

—Yo siempre he deseado a un número uno, Michelle, y con un hombre que tenga menos nivel que Firas no estaré satisfecha. Pero mi número uno se ha conformado con menos que yo, así que yo también tendré que conformarme con menos.

—Yo no pienso así, Sadim. Mi número uno se ha alejado de mí para siempre, pero estoy segura de que llegará alguien que será mucho mejor. Nunca en la vida me conformaré con menos.

## 49

Si hubiera sabido lo peligroso que era el amor,
no me habría enamorado.
Si hubiera sabido lo profundo que era el mar,
no habría salido a navegar.
Si hubiera conocido mi final,
no habría empezado.

Nizar Qabbani

Para: seerehwenfadha7et@yahoogroups.com
De: «seerehwenfadha7et»
Fecha: 11 de febrero de 2005
Asunto: La fiesta de graduación

Un hecho agridulce: la historia que empezó hace unos seis años ha llegado al presente; también se acerca, pues, el fin de mis e-mails.

Para honrar a las licenciadas universitarias (Lamis y Tamadir Yadawi y Mashail Abd al-Rachman —más conocida como Michelle—), se celebró, en uno de los mejores hoteles de Riad, una cena festiva. La lista de invitadas era muy selectiva: las tres chicas antes mencionadas, más Kamra, sus hermanas Hussa y Shahla, Sadim y Umm Nuwair.

Lamis se convirtió, con su gran barriga, en la estrella de la noche. Desde hacía dieciséis meses estaba felizmente casada y ya se encontraba en el séptimo mes de embarazo. Sus mejillas rojizas y la sonrisa radiante anunciaban que su vida rebosaba felicidad. Naturalmente, Tamadir y Michelle también se sentían felices ese día, pero en comparación con Lamis sólo lo estaban una modesta cuarta parte. ¿Y qué otra cosa podía hacer más que irradiar felicidad? Como decía Michelle: «Lo tenía todo.»

Era la única que había conseguido hacer realidad todo lo que las chicas deseaban: un matrimonio feliz, un diploma brillante, estabilidad emocional y un futuro seguro. Era un regalo de Dios que no hubiera tenido que sufrir tanto durante el camino.

Kamra y Sadim estaban a punto de salir cuando entró un conocido suyo en el restaurante. Se llamaba Sitam y trabajaba en un banco. Tarik se lo había presentado cuando buscaban a alguien que las ayudara en las cuestiones financieras de la empresa. Ya lo habían visitado más de una vez en el banco. Entró con un grupo de hombres, parecía una comida de empresa. Cuando se sentó, las saludó a ambas con una sonrisa. Como se encontraba en compañía de hombres, no se podía permitir el lujo de saludarlas. Ellas, a su vez, no podían devolverle el saludo, porque estaban con un grupo de mujeres o, para ser más exactos, porque estaban en presencia de las hermanas de Kamra, las «espías», como ella las llamaba, a las que gustaba delatar conductas inadecuadas.

En la mesa de los hombres, Firas preguntó en voz baja a su amigo si conocía a las mujeres que se acababan de le-

vantar. Le había llegado el olor a *dehn oud* (1), que le resultaba familiar. Sitam le susurró que eran clientas de su
banco y, a pesar de su juventud, unas empresarias exce-
lentes. Cuando oyó el nombre de Sadim al-Harimli a Firas
le dio un vuelco el corazón.

Si hubiera mirado mejor y no hubiera bajado la vista,
él mismo habría descubierto que una de las mujeres era
su Sadim. ¿Su Sadim? ¿Todavía era su Sadim? Lleno de
nostalgia, miró a las mujeres que iban abandonando la
sala una tras otra. Y ella salió, ella, la que estaba tan cerca
de su corazón, ella, la de la cara tan dulce e inocente, a
quien tanto echaba de menos.

Lo que le sucedió aquella noche a Firas es difícil de
contar. Él mismo se sorprendió. Estuvo dos días seguidos
pensando en Sadim. Le parecía oler el perfume que le había regalado hacía dos años. Si se lo ponía, ¿no significaba
eso que todavía lo quería?

Nunca había experimentado nada similar a lo que sentía por Sadim. Nunca una mujer antes o después de ella le
había hecho hervir así la sangre. Su esposa nunca lo había
hecho tan feliz como Sadim.

Cuando yacía en la cama de matrimonio, al lado de su
mujer, la que le había dado el primer hijo y que ahora estaba embarazada del segundo, Firas tomó una decisión
que tendría graves consecuencias.

(1)    Perfume caro que se extrae de los árboles en algunas partes de Asia.

Para escuchar la canción, <u>haced clic aquí</u>:

> Me preguntas: ¿hay alguna novedad?
> Desde que me dejaste no ha cambiado nada.
> ¿Te hace feliz oírlo?
> No ha cambiado nada,
> hoy aún estoy en tus manos.

Para: seerehwenfadha7et@yahoogroups.com
De: «seerehwenfadha7et»
Fecha: 18 de febrero de 2005
Asunto: Un consejo de oro: ¡quédate con quien te quiere,
    no con la persona a la que quieres!

Confieso que la inmersión en la historia de mis amigas durante todo un año me ha convertido en una de esas mujeres que saben exactamente lo que quieren.

Quiero un amor que llene el corazón para siempre, como el amor de Faisal y Michelle. Quiero un hombre que sea tierno y se preocupe de mí, como Firas con Sadim. Quiero que nuestra relación una vez casados sea tan rica y sólida como la relación de Nizar y Lamis. Quiero tener hijos espabilados, como el niño de Kamra, y quererlos, no porque son mis hijos, sino porque forman parte de él, de mi amor. Así es como quiero que sea mi vida.

Dos días después de la fiesta de graduación, Sadim volvió a Khubar. Una noche que tenía que acompañar a su tía Badrija, su marido y sus hijas a una cena en casa de unos parientes, les dijo que no se encontraba demasiado bien y que prefería quedarse en casa. Era la noche en que Tarik volvía de Riad. Ella estaba cortada, desorientada, no sabía qué decirle. Durante horas estuvo delante del espejo probándose ropa. Se recogía el pelo, se lo soltaba, se lo volvía a recoger y se lo volvía a soltar. Ella misma lo había llamado y le había pedido que volviera. Su vacilación le parecía ridícula, pero eso no quería decir que hubiese llegado a tomar una decisión.

Se acordó de lo que le aconsejó Kamra: «¡Quédate con quien te quiere, no con la persona a la que quieres! Alguien que te quiera te protegerá como a su propia vida y querrá que seas feliz. En cambio, aquel al que amas te torturará y querrá que siempre le vayas detrás.»

También se acordó de lo que le dijo Michelle sobre el amor verdadero. Después le vino a la memoria la imagen de Lamis sonriendo feliz el día de la boda y su confusión aumentó. En sus oídos aún resonaban las plegarias de Umm Nuwair: «Que Dios haga realidad todo lo que deseas.»

Tomó aire y se relajó.

Cuando Sadim saludó a Tarik, él sujetó su mano más tiempo que otras veces. La miró atentamente a los ojos porque esperaba hallar alguna respuesta en ellos. Decidieron sentarse en la sala de invitados, pero no era tan fácil. El hermano pequeño de Tarik se había escapado de la canguro y los perseguía. Sadim no podía evitar reírse, porque Tarik intentaba desesperadamente deshacerse del niño.

Ya habían estado sentados en la sala de invitados, pero esta vez era distinto. No jugaban al Monopoly o al Uno, no se peleaban por el mando a distancia de la televisión y tampoco iban vestidos tan de estar por casa como entonces. Sadim llevaba una falda de ante marrón que le llegaba hasta las rodillas y, en la parte de arriba, una blusa de seda sin mangas. En un tobillo lucía un brazalete de plata y las sandalias con tacón dejaban al descubierto unas uñas cuidadas y bien pintadas. Tarik llevaba su túnica larga y un pañuelo que normalmente sólo se ponía los días festivos. Despedía un olor agradable e intenso. Naturalmente, le había llevado su comida favorita del Burger King.

Mientras comían, ninguno de los dos dijo nada, estaban inmersos en sus pensamientos. Sadim se decía: «No, esto no es lo que siempre he soñado. Tarik no es el hombre por el que lloraría de alegría el día de firmar el contrato. Es muy agradable, y seguro que celebraríamos una boda fantástica, pero no me sentiría en el séptimo cielo. Todo sería extremadamente moderado, como mis sentimientos hacia él. Pobre Tarik. No le agradeceré todas las mañanas a Dios el hecho de tenerlo a mi lado en la cama. No sentiré mariposas en el estómago. ¡Qué triste es todo! ¡Qué banal!»

Después de cenar, Sadim se esforzó por romper el hielo.

—¿Qué quieres beber, Tarik? ¿Té, café o algo frío?

En ese instante sonó su teléfono móvil, que había dejado sobre la mesa de mármol. Con unos ojos como platos, miró el número de la pantalla. El corazón le dio un vuelco. ¡Era el número de Firas! Lo había borrado definitivamente de su agenda después de la última separación, pero no lo había olvidado.

Salió corriendo hacia la sala de estar. ¿Por qué llamaba precisamente ahora? ¿Sabía algo de ella y Tarik? ¿Quería hacerla cambiar de opinión? ¿Cómo podía ser que siempre se enterara de todo y que llamara en los momentos más decisivos?

—¿Alguna novedad, Sadim?

—¿Qué novedad quieres que haya?

¡Hacía tanto tiempo que no oía su voz! Su corazón palpitaba más deprisa.

Seguramente ahora le preguntaría qué ocurría con Tarik. Pero no lo hizo. En vez de eso, le contó que hacía un par de días la había visto en un restaurante con sus amigas. Ella miró en dirección a la sala de invitados: Tarik se frotaba las manos nervioso. Con la paciencia llegando al límite, le preguntó, incómoda:

—¿Para eso llamas?

—No… Es porque quiero decirte algo. He notado…, quiero decir, querría…

—¿Podrías expresarte de forma más clara? ¡Tengo un poco de prisa!

—¡Sadim, una sola conversación por teléfono contigo me hace más feliz que todos los días juntos desde mi boda!

Pasaron unos cuantos segundos de silencio y después Sadim dijo en un tono burlón:

—Te lo advertí, pero no me hiciste caso. Me dijiste que con lo fuerte que eres estabas preparado para resistir ese tipo de vida.

—Te echo de menos, querida, ¡te necesito! ¡Necesito tu amor!

—¿Ah, sí? ¿Y para qué me necesitas, si se puede saber? ¿Te crees que estoy dispuesta a volver contigo y ser tu amante, como antes, ahora que estás casado?

–Sé que eso es imposible, pero… quería hacerte una pregunta… ¿Te quieres casar conmigo?

Pulsó la tecla *off* del teléfono. El tono triunfal de su voz dejaba bien claro que Firas esperaba que se lanzara a sus pies con un «sí» a la generosa oferta de convertirla en su segunda esposa. Se volvió. Tarik había dejado el *shimagh* sobre el respaldo y se tocaba nervioso el pelo con las dos manos. Ella le sonrió y fue a la cocina. Había preparado una sorpresa para él.

Cuando volvió a entrar en la sala de invitados, llevaba una bandeja en las manos con dos vasos de zumo de arándanos. Bajó la cabeza y sonrió con fingida vergüenza, igual que en las viejas películas en blanco y negro que habían visto juntos. Imitando la escena clásica en que la chica indica que la propuesta de matrimonio del pretendiente ha sido aceptada, dejó la bandeja delante de él y le ofreció un vaso. Tarik se echó a reír y empezó a besarle las manos. Loco de alegría, no se cansaba de repetir:

–¡Ojalá hubieras recibido esa llamada mucho antes!

# Entre vosotros y yo

No afirmo que aquí haya dicho toda la verdad,
pero espero que todo lo que he dicho sea verdad.

GHAZI AL-QUSAIBI

Las chicas de Riad continuaron con sus vidas. Lamis (que
en realidad se llama de otra forma, como el resto de las
amigas) se puso en contacto conmigo después del cuarto
e-mail. Me escribió desde Canadá, donde ella y Nizar cur-
san sus estudios de posgrado, y me felicitó por la idea de
escribir estos correos desvergonzados y alocados. Lamis
se dio un hartón de reír con el nombre que elegí para su
hermana, Tamadir. Yo sabía que a su hermana no le gustaba nada ese nombre y que Lamis la llamaba así cuando
quería hacerla enfadar.

Me contó que es muy feliz con Nizar y que ha tenido
una niña preciosa que se llama igual que ella. Y añadió:
«¡Espero que la niña no esté tan loca como tú!»

Michelle se quedó boquiabierta y me dijo que no tenía
ni idea de que yo me diera tanta maña contando historias.
Me ha ayudado a recordar algunos hechos y me ha corre-
gido algunos detalles que tenía borrosos, aunque ella no

entendía algunas palabras de mi árabe clásico y siempre
me pedía que utilizara más el inglés, por lo menos en los
e-mails que hablaban de ella, para que los pudiera entender.

Al principio Sadim no me manifestó sus verdaderos
sentimientos, por eso pensé que la había perdido como
amiga después de contar su historia. Pero un día, después
del e-mail número 37, me sorprendió con un regalo precioso: su álbum azul celeste. Nunca habría sabido que
existía si no me lo hubiera dado antes de firmar el contrato de matrimonio con Tarik. Me lo dio para que se lo guardara y me dijo que podía revelar todos sus sentimientos de
aquel período tan doloroso de su vida. Que Dios bendiga
su matrimonio y que sea un enlace que borre toda la tristeza y el dolor de los años anteriores.

Kamra se enteró de los e-mails por una hermana suya,
que se dio cuenta desde el primer día de que Kamra era la
doble real del personaje, pero no sabía cuál de sus amigas
era yo. Kamra se enfadó conmigo y me amenazó con romper todos nuestros vínculos si seguía hablando de ella. In-
tenté convencerla —Michelle y yo lo intentamos—, pero le
daba miedo que se descubrieran cosas que ella y su familia
no querían que se supieran. La última vez que hablamos
me dijo algunas cosas desagradables: que le arrebataba
todas las posibilidades que le quedaban (se refería a las
posibilidades de casarse, supongo). Y después de eso cor-
tó toda relación conmigo a pesar de mis muchos ruegos y
disculpas.

La casa de Umm Nuwair aún sirve de refugio a las chicas. Se reunieron por última vez durante las vacaciones de
Año Nuevo, cuando Lamis vino de Canadá y Michelle
de Dubai para asistir a la boda de Sadim y Tarik. Sadim insistió en celebrarlo en casa de su padre, en Riad. Umm
Nuwair planeó el enlace con Kamra.

En cuanto al amor, éste aún debe luchar para poder salir a la luz en Arabia Saudí. Se percibe en los suspiros de los hombres aburridos sentados solos en los cafés, en los ojos brillantes de mujeres con velo que andan por las calles, en las líneas de teléfono que se animan después de media noche y en las canciones y los poemas de desamor, demasiado numerosos para contarlos, escritos por las víctimas del amor desautorizado por la familia, por la tradición, por la ciudad: Riad.

# Agradecimientos

Quiero recordar aquí al hombre que me enseñó a escribir, mi padre, Abdullah Alsanea, que en paz descanse. Espero que se sienta orgulloso de mí.

# Glosario de nombres

El número 7 sustituye una letra árabe similar a la H inglesa. Los árabes se sirvieron de números, como 7, 3, 5 ó 6, para sustituir algunas letras árabes que no tienen equivalentes en los teclados occidentales. Se denomina «el lenguaje de Internet» y también se utiliza en los mensajes de texto de los móviles.

**Seerehwenfadha7et:** nombre del grupo de correo creado por la narradora. *Seereh* significa memoria o «historia»; *wenfadha7et* o *wenfadhahet* significa «revelado» o «descubierto». He tomado el nombre de una tertulia libanesa llamada *Seereh Wenfatahet*, que significa «historia contada», aunque se cambió a *wenfadhahet* para darle un tono más escandaloso.

He elegido el apellido de los personajes para indicar de dónde proceden. Como en todo el mundo, en Arabia Saudí puedes saber muchas cosas de una persona si sabes de dónde procede.

P. D.: *Al* equivale al artículo «el».

**Sadim al-Harimli:** de Haraimla, ciudad de Nejd, la parte central de Arabia Saudí.

**Kamra al-Kasmandji:** de Qasim, ciudad de Nejd, la parte central de Arabia Saudí.

**Lamis y Tamadir Yadawi:** de Yidda, ciudad de Hiyaz, en la costa occidental.

**Mashail y Mashal Abd al-Rachman:** nombre elegido al azar que puede ser de cualquier familia sin raíces conocidas.

**Firas al-Sharqawi:** de Sharqiyah, costa oriental de Arabia Saudí.

Los siguientes apellidos son adjetivos árabes que describen la personalidad de cada personaje:

**Rashid al-Tanbal:** el memo.

**Faisal al-Batran:** de alto linaje.

**Walid al-Shari:** el comprador, el vendedor.

**Fadwa al-Hasudi:** la que odia ver a los demás más felices o afortunados que ella.

**Sultan al-Internetti:** de Internet.